有度文化

对岸

叶弥 ——

著

山西出版传媒集团 北岳文艺出版社

·太原·

图书在版编目（CIP）数据

对岸 / 叶弥著. —太原：北岳文艺出版社，2023.3

ISBN 978-7-5378-6675-0

Ⅰ.①对… Ⅱ.①叶… Ⅲ.①中篇小说—小说集—中国—当代②短篇小说—小说集—中国—当代 Ⅳ.① I247.7

中国国家版本馆 CIP 数据核字（2023）第 013168 号

对岸

叶弥 / 著

//

出品人
郭文礼

选题策划
刘文飞

责任编辑
范戈

书籍设计
张永文

印装监制
郭勇

出版发行：山西出版传媒集团·北岳文艺出版社
地址：山西省太原市并州南路 57 号　邮编：030012
电话：0351-5628696（发行部）　0351-5628688（总编室）
传真：0351-5628680
经销商：新华书店
印刷装订：山西人民印刷有限责任公司

开本：787mm×1092mm　1/32
字数：180 千字
印张：7.25
版次：2023 年 3 月第 1 版
印次：2023 年 3 月山西第 1 次印刷
书号：ISBN 978-7-5378-6675-0
定价：59.80 元

本书版权为本社独家所有，未经本社同意不得转载、摘编或复制

目 录

成长如蜕　/ 001

对　岸　/053

久违了，地平线　/ 069

郎情妾意　/ 083

司马的绳子　/ 097

五彩缤纷　/ 113

香炉山　/129

小女人　/147

蔡东的狩猎　/ 203

后　记　/ 219

成长如蜕

说起我的弟弟,先要说我的父亲。

我的父亲是一位成功的企业家,计有两家工厂和四个经营部。资产累计近一个亿。用现在流行的话讲是完成了资本的原始积累。

作为第二代人中唯一的男性,弟弟无可选择地成了他事业的继承人。说是无可选择,是因为没有一个人问我的弟弟:你喜欢做这些吗?这就像强行给他穿上一件衣服,合适与不合适,其结果是一样的。

说起我父亲,就要说起那些特定历史时期的经济形势。

一九八八年,也就是改革开放的第十年,我父亲从一家中学里辞职。斯年他四十八岁,看守学校的大门将近两年。他的学历是大专,籍贯江苏无锡。他出生的那年,他爷爷在上海滩上创下的家业已面临四分五裂。但他总算过了几天小少爷的日子,据他的叙述,两周岁之前他从来没有下地走过路。所以他至今害怕走路。即使他在落难时也没有改变这个特性。那时候,我们一家四口人蜗居在十二平方米一间的屋里,夜间父亲也是蹲在马桶上撒尿,那种突兀而来的急促声音总是扰人清梦;而厕所就在屋子前面不到百米处。

父亲尽职地看守大门,把所有偷懒不肯下车的人拦下来,包括校长。人们随意而简便地叫他"看门老头"。没有谁知道这个看大门的老头身上流动着祖先善于经商的血液,也没有谁对他的处境表示惋惜。回想起来,那段鲜为人知的日子,可能是父亲一生中最自在的日子。你可以想见我的父亲在无所事事中懒洋洋地伸展四肢,日子因为平淡而显得缓慢,他在缓慢中享受着每天缓慢行走着的太阳光,在缓慢中体味着生命的坚实和漫长。父亲后来成了亿万富翁,唯独失去了那种坚实的缓慢感。他无法欣赏太阳在大地上展现的魔法,后来他就否定缓慢,并不自觉地对我弟弟的生活进行干涉。因为我弟弟这时正好在读大专二年级,整天津津有味地做着一些无关紧要的事。他的悠闲使父亲多少有些失落感,甚至产生对目前粗糙的生活感到不满的心态。他对我弟弟说:"你要继承我的事业,必定先要改变你的生活方式。"

我的父亲那天向校长递交了一份辞职报告,从此他主动积极地改变了自己的生活方式。当时所有的人吃了一惊:这是他们知道的第一份辞职报告。有人幸灾乐祸,以为父亲必定倒霉,有人替父亲担忧。但归根结底他们对那份辞职报告十分好奇,对父亲隐藏的动机猜测不定。他们加紧了接近我父母亲的次数,母亲在学校的校办工厂做会计,她对前来探听情况的人,报以既老实又不老实的赧然一笑,无可奉告之下让人觉得受了一场莫名其妙的怜悯。

校长当时捏着那份辞职报告只管发愣,他不知道这是怎样一回事。他不安,甚至有祸事临头的预感:为什么让他碰到这种事?这件事是否影响他的声誉、危及他的地位?于是校长婉劝、规劝、力劝,无效,就把辞职报告锁进抽屉里。父亲正式办理好辞职手续是在半年后,那时候,人们对"辞职"这一行为已不陌生了。

我父亲就这样成了经济改革以来第一代民营企业家(也就是私营企业主)。他们中的一些人一夜之间成了"暴发户",他们的消费和生活方式刺激着别人的神经,其意义大过了赚钱本身。

人们最后的结论是,我父亲辞职的背后酝酿着一场重大的家庭变故。于是他们停止了议论,等待着。三四年过去了,什么事都没有发生,而我家却表现出让人喘不过气的欣欣向荣景象:有了那个时候所有的最高档的东西,私家车的号码是00018。后来我母亲也辞掉了工作,跟随我父亲了。我们家里一下子有了两个辞掉"铁饭碗"的人。

我家最初富有的那几年,应该说人们对待我家的态度还是友好的。一是我父亲的奋斗使他们具有了希望和新的梦想;二是他们潜意识里为我父亲的事业做了一个限制,不相信父亲真能发展成后来的规模。这也是时代给予他们想象上的制约。他们关心着我家里的一举一动,宽容着我家并做着希望的梦。母亲从学校离开以后,他们就从钟老师那里打听我家的消息。钟老师与我家同住一个大院,从他有时半开玩笑的回答中,他们知道了我家最新的经济动向:我父亲又开了一片厂;从刮西北风那天起我家窗后面的垃圾箱里天天有新吃下的蟹壳;母亲手腕上的金镯起码有三两重。

听的人不屑一顾,散去后就说:"手上戴那么重的东西,自找苦吃。"或说:"我要是钟老师早就搬走了,天天看着别人吃香喝辣的,气都气死了。"什么话都有。当时,由于改革开放,他们已经熟悉了我父亲这一类的人,但越来越不习惯与我父亲这一类人生存在同一空间。好几年下来了,希望变成了失望,梦想更是让人烦躁沮丧。他们常常被迫与我父亲这些人做对比,并逐渐形成泾渭分明的对抗意识。这是一种来自两个经济阵营的对抗,最后发展为钟老师和我家两个家庭之间的矛盾。

我父亲老早就预见到了会有什么样的一种矛盾等着他。从我母亲添置第一枚金戒指时,他就读懂了钟老师眼里的蔑视。那种蔑视里有着种种复杂的、只有双方都是男人才能领会的意思。这一刹那,我父亲的心软了下来。他怜悯钟老师,理解他作为男人的处境。同时,为了息事宁人,我父亲采取了"靖绥"政策。经常给钟家送去各样礼物,衣料、水果什么的。借以平息两家人之间的潜伏着的矛盾,不管是何种意图,父亲的举动呈现着讨好的意思。也就在这时候,钟老师还是教务处主任的身份,而我的父亲又回到昔日看大门老头的职位。我现在想,如果钟老师当时只是摆摆姿态的话,我父亲可能会一如既往地扮演讨好角色。但一九九一年的春节发生了一件事,使得两家人的平衡状态发生了变化。

那一年的春节,母亲在父亲的差使下,抱着一版冰冻对虾到钟家去。母亲是很不情愿的,她为"年夜饭"忙了一整天,现在又被丈夫差遣着做这件事。但是她还是去了,因为她知道,家里除了她没有第二个人可以担当这一任务。她双手合抱着冰冻对虾,手指头一碰到冰,就沾了上去,她不得不经常轮换着指头。她敲开钟老师家的门,走进去她就把那版冰冻对虾放在地上,不说任何话。钟老师的女人,人称莫老师的,一个在教育局管理档案的女人,把我的母亲叫住,扭捏地客气,说:"拿了你们这么多的东西。穷老师,没有什么回报的,祝你们来年身体健康!"

一定是莫老师的话里有什么东西刺激了钟老师。反正我母亲后来说,她没有做错表情,她对莫老师的祝福报以同样客气的微笑。她走出钟家,绕过一口水井走到钟家屋后时,钟家的后窗户打开了,钟老师在里面声音不大不小地说:"我看你不要客气,不拿白不拿。这些东西都是剥削工人的剩余价值得到的。我们吃,吃饱了好好教书,为人民服务。"我母亲气得浑身发抖,把围巾朝头上一蒙急急忙忙地回来了。这些话当然是讲给我母亲听的,没有谁会在刮着西北风的寒夜,把后窗户无缘无故地打开。

父亲听了我母亲的叙述,只说了一个字:"哦"。

随后吃晚饭,看春节联欢晚会,守岁,放炮仗。一切都很平静。

过了春节,父亲开始实施他的报复行动。他雷厉风行地用了一系列优惠条件,把院子里除了钟老师的房子全部转为他个人可以使用的土地。(半年以后,房地产开始升温,表明他的决策在商业上也是成功的。购买时看上去很高的代价变得不足挂齿。)

父亲在办理建房手续时,速度快得惊人。别人猜测说,政府里的人跟院子里的房主一样被我父亲的糖衣炮弹打中了。钟老师尚未反应过来,院子里已经热火朝天开始打地桩了。接着发生了许多老师涌进校长室请求校长出面主持公道的事。钟老师拉着校长走进面目全非的院子里时,我父亲已经造好了底楼了。他们毫无办法,他们的经济实力和智慧全都跟不上这个时代所需。校长站在那儿半天不能说话,既为钟老师愤怒,也为他自己不平。校长尽力掩饰住心中的不平,说:"你造房子不能不考虑老钟的利益,你们是多年的邻居又是同事。人要讲究良心,合法也要合理。"

校长的口吻表明父亲依然是他的属下,但他的话并未激怒父亲分毫。作为一个既得利益者,我猜想父亲早已摆正了自己的位置,现在,他不是校长的下属,他是一个成功的企业家,他为社会创造了很大的财富,他的社会地位早就高过了昔日的校长。

父亲沉默着,而母亲却勃然大怒。她请校长放了屁赶快走,我家造三楼是城建局、规划局、土地局批准的,并不影响钟家通风采光。

校长在我母亲怒骂声中及时找了台阶下,他临走时歉然地对钟老师夫妇说:"有辱使命呵。我看你们再把情况朝上面反映一下。这个泼妇真是粗俗不堪,怪不得人家说赚了钱的都是有问题的人物。"他骂得曲里拐弯很是高妙。他既指我父亲若干年前曾为经济问题坐过监狱的事实，又指出当时发家致富的一批人的情况。当时流行着这么一个说法，说发财的个体户十有八九是从"山"上下来的。我母亲突然噤口，她向我父亲投过心虚的一瞥。而我的父亲还是沉默着。

三个月过后，一幢漂亮的三层楼房矗立在钟家的屋后。房前，与钟家的屋子之间，父亲辟了一块绿油油的草坪。并在上面栽了一些名贵的月季，每天清晨和傍晚时分给它们浇水。很悠然、很心平气和的样子。有时候他会发现其中的一朵花消失了，他也不追究。他知道是我弟弟把它摘走了。这朵花经历了一些不为人知的小小波折，出现在钟家的小女儿钟千媚的闺房里。父亲的脸上出现一丝淡然的笑容，他不反对年轻人之间的游戏。

现在，我家的三层楼房雄壮地矗立于钟家的屋后，钟家的破旧老屋子就像个被大人欺负的小孩，流露出末路的寒酸和卑微，又像不堪后面无形的压力而马上要倾倒了。

一九九二年的春节之夜，钟老师悲愤地拟了一副对联贴于门上，说是：

　　斗转星移是非全颠倒
　　物是人非贫富太悬殊

在他的对联中，一连两次出现了"是"和"非"，我想他是故意的。钟老师在学校里教的语文课是一流的，他本人的语文水平也是有口皆碑的。他完全可以把重复出现的字用别的字替换掉。

那副对联第二天晚上就消失了。左联被钟千媚顺手拉下来甩在风中，右联被她的哥哥钟千里扯下来揉成一团，然后用打火机燃着烧尽。钟千里与我的弟弟是同学。钟老师喝了半瓶绍兴女儿红加饭酒，醉意蒙眬地瞅着一双儿女,沉重地叹了一口气,说道:"唉。我不行了,认输。就看你们第二代是不是能打赢。"

现在终于要说到我弟弟了,在这篇小说中我弟弟是最后出场的一个人物,然而他是主角。就好像戏幕拉开,锣鼓敲了一遍,众喽啰——走过场,最后主角登台亮相。上面说过,我父亲已经完成了资本的原始积累,接下来的事情全着落在我弟弟身上。他需要守业,需要创业,需要不断开拓市场,需要扩大再生产。他的成功和失败关系到他自己,关系到我父亲,关系到企业的命运,关系到我家和钟家对抗的最后结局。弟弟一直隐藏在父母的身后,缓慢地进行他的人生过程。然而现在他就要被推上前台了,他是关键性的人物。道路已经铺就,障碍也已设置好。我的父母心明如镜,他们要把儿子培养成合格的接班人,我弟弟的责任是太大了。

一九九三年秋,我弟弟从学校毕业,不管他的再三反对,父亲把他安置到主营厂担任法人代表。在这个问题上弟弟没有半点儿发言权。

在我父亲的创业史上,我弟弟有过一次登台亮相。那是我父亲交上辞职报告的当天晚上。我记得是深秋了,雨懒懒地打在窗外的梧桐叶上,那种冷冰冰的寂寞预示着漫长的冬季即将来临。我们一家四口人坐在客厅里。这是一间小小的会客室,它的一边放着两只单人沙发和茶几,另一边放着弟弟的钢丝床和一张饭桌,这种满满当当磕磕绊绊的情景是当时普通人家的写照。地板上刷着的紫红色油漆脱落得斑驳陆离,靠东的墙上印着鬼脸般的雨水痕迹。为了表示郑重其事,母亲把桌子收拾得一尘不染,连当日的报纸都拿走了。而后父亲缓缓地开了口,他说他已经辞职了,不管校长同意与否,他都将经商。为了赚钱也为了创业。我注意到他是把赚钱和创业分成两个概念的。

父亲简单地把话说完就陷入惯常的沉默。他已经说出了他的动机与目的,赚钱和创业,这就是他辞职的全部的动机和目的。为了今天,也许他已经付出了很大的代价。不过他意志坚定,就像石头缝下的一棵草芽,一场春雨过后,它就弯弯曲曲地从下面生气勃勃地钻了出来。父亲沉默以后,母亲说:"爸爸很可能失败。他今年四十八岁了,如果失败的话,他就再也找不到工作。你们要养着他。"

母亲的话突然地把气氛渲染得很酸楚。

父亲转脸瞧着我弟弟的反应。

我弟弟若无其事地歪倒在沙发里,说:"没问题。"他接着又保证一下:"绝对没问题!"

家庭会随即散了。我的父母走进卧室把门关上。父亲在这一刻显得十分疲倦,我弟弟的保证并未使他感到欣慰,他反而对自己可能有的失败心惊胆战。

我弟弟却在陷塌的单人沙发里直起了身体,双眼略带忧郁聚精会神地倾听外面的雨声。他对我说:"你听见没有?雨点落在梧桐叶上是沙啦啦地,落在芭蕉叶上是劈劈啪啪的。哈,愁因薄暮起,兴是清秋发。"我弟弟的脸色虔诚而感动。嘴里继续前言不搭后语。对他来说今天重要的不是父亲辞职,而是得到了雨声的什么启示。我毫不奇怪他的态度,这时候小城里的年轻人,个个都在埋头写诗作文章,你到处都可以看见满脸激动、神经兮兮的文学青年。我弟弟正读高一,他终日陶醉在诗歌营造出来的虚幻的境界里。后来文学降温,我弟弟也不再狂热。他离开文学后,一直没有找到自己的位置。令我不解的是:为什么当初他能追赶文学的潮流,而后全民皆商成为潮流时,他却一反常态地不能成为其中一员。他并不是意志很坚决的人,因为文学降温,他也就对文学冷淡了。但为什么他顽固地抵抗着我父母呢?我父母的生活方式在什么地方与他的生活不相融洽？还是原本就是父子之间的权力对抗？

我弟弟是在被迫的情况下接受我父亲的安排的。我知道他一直都把世界机械地分成两大类：富人（强者）和普通人（弱者）。他是站在弱者这一边的，因他本身就具有怯弱的本性。他站在了父亲的对立面，这里面有着弟弟的善良愿望，更有着无法承受压力的软弱。在我弟弟走进商界之前，他的生活是懒散而浪漫的。他有一个朋友圈，圈子里都是他班级的同学，钟千媚有时也参加他们的活动。他们在一起纵情欢乐，心心相印。他们下围棋、打扑克、旅游。在月光底下放歌，在雪地里喝啤酒。他们之间经常有一些看似矛盾却冲击心灵使之友情不断加深的事发生。我曾经翻看过弟弟的照相簿，绝大多数都是在这个时期拍的黑白照片。有他与钟千媚搂着肩膀的，有他与钟千媚两个人抱着膝盖坐在台阶上的，更多的是七八个人搂着腰挤在一处。他们笑得轻松、纯洁、甜蜜，就像真的兄弟姐妹。弟弟在其中的几张集体照片上精心地用红笔写了"幸福"两个字，他那时真的觉得全世界的人都亲如兄弟姐妹。我父母有时把他拉到客户中去应酬，告诉那些客户：这是我唯一的儿子，他正在读企业管理。客户们马上知道这是未来的一厂之主，他们客气而有趣地打量他。我弟弟表现得很不耐烦，他不喜欢利益覆盖的虚伪。他总是一言不发，冷冷地观望着父亲的客户们财大气粗的面孔。但是他一开口，总能叫那些在商界中打滚的老油子发笑。我弟弟有一句著名的祝酒词：

"让天下的人都幸福。"

于是小城的商界掩口窃笑，知道我父亲有这样一个儿子。

我相信我弟弟并非矫情。在翻看他的照相簿时，我原以为一定会在他与钟千媚的照片后面也写上"幸福"字样，结果没有。我弟弟不是那种羞涩内向的少年。那就是说我弟弟寻求的不是个体之间的幸福，而是寻求他在群体中的认同。这样他才会觉得幸福。他愿意像一个普通人一样淹没在人堆里。他朋友的父母都是很清贫的,他在这些家庭出入,吃着朋友的母亲烧出来的焗青菜和精淡冬瓜汤,听着朋友的父亲对社会不公现象的议论,感受着清贫的然而其乐融融的家庭气氛,他会为朋友的父母平淡而充实的话语而感动。他心中也一定歉然,为自己的家庭有别于别人的家庭而内疚。自从我家渐渐富有后,我弟弟的朋友也渐渐地鲜有上门。我父母像所有的富人一样爱清静,对上门来玩的年轻人脸色不善,疑虑重重。这也是我弟弟抵抗我父母的原因之一吧?但我认为这还不是弟弟最深层的内心因素。

父亲不会听任弟弟朝反方向发展下去,他要尽快让儿子接他的班。

弟弟毕业后没多久,那是他刚从千岛湖旅游回来的一个日子。父亲把我弟弟叫进书房,拉上和客厅共用的铝合金移门,把我和母亲隔绝在外面。父亲和弟弟面对面地坐在真皮沙发里,弟弟的脸正好对着书房隔壁的花房,他闻不到花香,但能看见里面开着灿烂的玫瑰和月季。不一会儿我们听见父亲的叫喊声,母亲从健身房里跑出来,我从厨房里奔出来。我们同时看见父亲气呼呼地拉开移门。

父亲指着奔过来的母亲说:"你生的好儿子,骂我为富不仁。都是你平时纵容他的结果。"

这两句话说重了,母亲立即和父亲争执起来。突然父亲冲到院子里,不知从什么地方找出一根木棍,直奔我弟弟,一棍结结实实地砸下。弟弟危急中把身子一偏一弯,腰背那儿就响起了惊天动地的"呼"的一声,棍子断为两截。弟弟被打得单膝跪在了地上,他在慌乱里看见父亲捡起了一截断棍,赶紧忍痛一转身,攥住了父亲的双手。父子两个人涨红着脸,颤抖着手相持着。父亲口角边堆着白沫,只是低低地重复:"打死你,打死你。"突然紧张的局面瓦解了,父亲把棍一松,仰天倒在了地毯上。父亲中风了。弟弟张皇地一抬头,看见花房里的花怒放着,——被禁锢地生存着,弟弟的心中一刹那间滑过这个想法。他跪下去扶起父亲的头,急急地说:"爸,我们不吵了。"

父亲在医院治疗的日子里,拒绝见我弟弟。我弟弟每次来探望只好在窗户上敲三下,让我知道是他来了。我就找个借口来到走廊上,说几句话。有时候我们沿着医院边上的那条河散步,谈话就深入了。我劝他看在父亲年高力衰的份儿上,接任吧,他有时候表示得很决绝,有时候又显得犹豫不定。我就说你是跟一个假想中敌人打仗吧?他说不是的。那么,我说,你就是为了千媚和你那帮朋友和父母作对,这样很有趣,很带劲是不是?弟弟迷惘地笑了一声。

有一次我们信步走着,走到一座深宅大院前迷路了。八点多钟的冬天,月亮已冷峭地吊在天空。我们沿着宅子走了一圈找出路。这座宅子里面有座二层砖混结构的民居,从房子到围墙都涂成了黑色,在月光下显得阴森森的。从房子和大门的情况看来,这是一家新建不久的民宅。宅子后面栽着两排小松树,乱堆着废弃不用的建筑材料。弟弟指着树对我说,人家说,暴发户什么都可以得到,可他没办法让院子里的小树一夜之间长大。我说那有什么要紧的,到他儿子或者孙子手里,树就长大了。我们俩说话的时候,惊动了宅子里的两条狗。两条狗一递一声地"汪汪"叫喊,在月光底下的旷夜中传得老远。弟弟抬起脚狠狠地朝黑墙上踢了几脚,骂道:

"妈的。恶心,这家人整个就是地主恶霸,再来一次革命才好。平均主义是最让人幸福的。"

而后弟弟问我还记得小时候在农村时,有一个地主把我们赶到河里去的事。我说那是我们小孩子不懂事,成天跟在他后面叫地主,地主,坏分子。我弟弟说他至今想起来这个人还觉得讨厌。他嘴角下撇深深地弯进腮里，脸上从无笑容。他有时候像只猴子一样龇牙咧嘴地朝我们叫喊："穷崽子们，老太爷玩金元宝的时候，你爷你奶只好光着屁股躲在旮旯里哭哭啼啼。"我承认那个地主确实面目可憎，但我认为在这个时候回忆这个地主是不合时宜的。我隐约地感觉到我弟弟绝不是单纯地替别人发泄不满，即使是为了求得某种群体的认同，也不至于如此偏激。

父亲一个月后从医院的贵宾房里搬回家。父亲消沉了一段时间，为他自己，为弟弟。但他很快振作起来了，他不是那种善罢甘休的人。他又开始逼迫我弟弟，无休止地谈话、争吵，一次又一次的家庭风波。最后，他在激动之下给弟弟跪下了，铁打的人也经不起这样的做法，弟弟上任了。我替父亲想一想，这样做值得吗？这里面除了父亲的意志在起作用外，另外还有什么因素在起作用？我的解释是一样东西：利润。父亲变得贪婪了。

我弟弟就这样被父亲强逼进了商界。他已经知道在这里不能对别人掏真心，不能说"让天下人都幸福"。他压抑着内心的反感，和他认定的一帮脑满肠肥的人、为富不仁的人打交道。他尽着最大的努力压抑自己的本性，但他有时还是顺应着内心的单纯，他因此显露出很多毛病：智慧不足，言语笨拙，头脑不灵，固执己见。他就像贸然闯入商界的一个怪物，他分不清朋友和敌人的界限。越是分不清，就越是想分清。结果他把自己搞得晕头转向。除了这个问题，他还有许多交易中的问题需要分清楚。譬如一位他熟悉的同行，我姑且称为甲爷。甲爷一口气能喝七瓶啤酒，且口不择言，上了桌子就骂同道、骂他自己。因而我弟弟在内心把他归为豪爽的一类人。

甲爷对我弟弟说："×地方的乙爷要到我厂里订一大批产品，这龟儿子养的。我这批货成本高，价格实在不能下去。我知道你厂里这种产品的成本比我低,你弄点儿打发他走吧。你记住了,我这边最低价格每台××元。这只乌龟王八蛋!"

我弟弟自然对送上门的生意兴奋不已对甲爷心怀感激之情。于是我弟弟招待乙爷。乙爷肯定是要这批产品的,但乙爷表现出不急不躁的样子,拼命压价。弟弟每天招待他吃喝玩乐,并一步一步地在价格上退让,最后弟弟已经把价格降得比甲爷的价格还低一点儿。因为甲爷之前实际上已让弟弟遵守一个最低价的诺言。所以弟弟不再降价,而坚持着那个价格。到第五天,乙爷忽然丢下句:"你这人太死心眼。"一声没吭地走了。

其实甲爷暗地里一直与乙爷有着联系。他知道我弟弟不会把价格压得太低,因为弟弟还相信守诺言。他让乙爷与我弟弟接触,一来是放个烟幕弹,二是这几天的费用让我弟弟承担。甲爷从我弟弟那儿知道了最低价,就对乙说:"怎么样,人家把价煞住了吧。我可以比这小子再优惠一点儿。这四天的吃用开销我加给你个人,就算我也招待你一回。"

乙爷提了产品悄悄地溜了。所以,他对我弟弟说了那句话。我弟弟后来听了这件事的内幕情况,这才明白了乙爷话里的含义,他怒不可遏之下又犯了错误:他去责问甲爷。甲爷全部承认。但他把责任推给了乙爷,是乙爷软缠硬磨之下才这样干的,他现在也后悔了。甲爷甚至搀着我弟弟的手把他拉到财务室,翻开账簿,让我弟弟看乙爷把价格压得多么低,个人又拿了多少回扣。甲爷眼中都要滴出泪来。他说小老弟,我难呵,门面上好看,实则上我是打肿脸充胖子。这批产品卖出,虽说是没有利润,总算让资金流动起来。

我弟弟当然不好再发火,他心中恨恨的,对甲爷的人格发生了怀疑。在怀疑之下,我弟弟继续犯下错误:他与甲爷断交,而且在各种场合下表示对甲爷的鄙视。

我的父亲认为现在该他出面指导我弟弟了。父亲把事情的全部分析给我弟弟听，然后告诉我弟弟：第一，听说这件事后，只当没事。不能去责问甲爷。责问的本身就给了他解释的机会，而且这样做让他小看你。你要不动声色地，让他心里寻思。不知道你下一步给他吃什么药。第二，如果他解释以后，你就不能和他断交。你不相信他的解释，他也知道你并不相信他的解释。那他为什么要做解释呢？他这样做是表示歉意。这时候，你就要大度地表示原谅。你得拉拢他，因为有了这一件事后，在可能的情况下，他还会帮你一把。这就是商界互惠互利的原则。你与他断交，损失的只有你，你少了一条路。

我弟弟满脸的不解和好奇，说我把这件事宣扬得大家都知道了，别人还会信任他吗？还会跟他做生意吗？

父亲想对儿子说，傻子，这件事宣扬出去的结果就是让别人背地里嗤笑你。商人做生意时只有一个原则——有利可图。父亲忽然对我弟弟感到厌烦起来，他觉得自己快变成喋喋不休的娘儿们了。父亲一向喜欢沉默，他何尝说过这么多的话？他看着面前这个一米七五高的健壮的儿子，想，这个头脑简单的东西把我都改变了。

父亲说，我最后告诉你一句，用心学习才能进步。

我弟弟说，学什么？变得狠毒奸猾吗？我宁愿是个穷人。有一帮真诚的朋友，一个老婆，一个孩子，靠工资吃饭。父亲说，朋友？老婆？孩子？父亲说完就躺下睡觉了。从此后他真的对弟弟不闻不问。他从账面上转走了几笔款子，说是作为将来养老用。

甲爷这件事过后，我弟弟又陷入另一场骗局。有一个从国营厂里辞职出来的工程师，包里带着图纸找我弟弟，说是他刚研制出来的新产品。我弟弟看了一看，认为可以开发，便买断了产品生产权，两个人签订了合同，在公证处进行了公证。我弟弟在组织生产时，发现全市不下七八家厂都在生产这种产品,他赶紧去打听,才发现这个工程师把图纸如法炮制地卖给了这几家。我弟弟叫了几个朋友准备登门算账,工程师闻讯连夜逃到深圳去。听说他后来在深圳发展得很好。我弟弟厌恶地告诉我,这个工程师平时有一句口头语,说除了钱,爹娘也不认的。就是这么个人,商界里许多人都佩服他。将来他成为大富翁的时候,他一定会津津乐道地向人叙述他当年如何从一群傻瓜手里骗来了原始的资本。

我父亲创下的企业在我弟弟僵硬的操作下,很快走了下坡路。一九九四年的下半年,企业出现严重亏损。我弟弟突然撂下摊子,失踪了。三天后他打来电话,说他已到了西藏。我告诉他,企业亏损,我父亲不怪他,请你回来吧。况且我就要生养了,B超上做出来的是一个女孩。他在电话那头唏嘘了,说他并不是畏罪潜逃。他现在在西藏,心里很安逸。他的外甥女儿长大后,什么都可以做,哪怕就是做妓女,也不要踏进商界半步,这里是世界最肮脏最丑陋的地方。我不是不能做好,我是实在不想勉强自己。我听出他的话里一股酒意,就把电话挂了。我真想对他说,做妓女也是经商的一种。经商就是把物品卖个好价钱或者把自己卖个好价钱。挂断电话后,我就想西藏那个地方一定是很明净的。而后我感到了恐惧:弟弟的心理症结远比我想象的要严重,受到的伤害也是巨大的。他踏入商界就如踏进了地狱,在这里他看不到他喜欢的和谐、平静、信义,他的心灵受着折磨,忍着来自各方面的嘲弄、讥笑和阴谋。现在他走了,脆弱得不堪一击。到西藏去是他防止发疯的最好选择。但是西藏能根治他的毛病吗?

我父亲在同线电话上听着我与弟弟的对话,不住地捶胸、咳嗽,却什么话也没说。我挂下电话后,父亲怔怔地坐在床上发呆。

已经是冬季了,第一场寒流袭击着城市。家里到处开着取暖的电器，厚厚的羊毛地毯散发着温馨可人的气息。当你听着外面西北风呼啸中树枝断裂的声音，你就会觉得家里的一切都变得厚重而温暖，变得如附在你身上的一件棉大衣。而我弟弟却在西藏远离他喜欢的这种氛围。我把父亲扶着躺下，尽量小心地不打扰他的思维，我敢肯定父亲现在想的不是弟弟而是他的企业，但我想错了，父亲躺下时惨然一笑，说："我再狠，也狠不过命。"我无言，给父亲掖好被角。心中替他一阵悲哀：父亲信命了。

半夜时分，风突然停了。我掀开窗帘，世界呈现出狂怒后的安详和纯洁，月光洁净如水，地面上结了一层薄薄的冰面子，在月光下有时发出"吱吱"的断裂声。

我想弟弟所在的西藏，月亮会比此时此地的月亮更干净。但我不会为了追求一个干净的月亮跑到西藏去。这当中有着复杂的取舍，体现了一个人是否真正的成熟。真正的成熟使人抑制某种欲望，牺牲某种信念，换取目前的平衡，这才是一种清醒的取舍，含有人生真正的悲壮。而弟弟却不屈不挠地追求他的镜中花或者水中月。弟弟小时候是个聪明实际的小孩，和大多数小孩一样，他会为一粒糖而使用点小心眼，或者为打碎的花瓶撒一个谎。我不知道是什么使他变成了今天这个样子，换而言之，他是为了什么才把自己塑造成今天的这个样子。

我要想想他以前的事。

我家是在一九七一年秋天下放到苏北农村的。弟弟那时是六岁。那时候农村的行政体制是人民公社，公社下面是大队，大队下面设小队。小队里面无可设置。社员就在口头上把小队分成一个个基本组成，叫×庄×庄的；叫姓的，叫地形特征的，叫树的名称的。我家住的地方紧密地分布着十几家人家，因为柳树又多又大，就称为大柳庄。我们一家在秋天的傍晚中静悄悄地来到大柳庄,被安置在姓于的寡妇家里。寡妇也是外来人,四十多岁,身材高大结实。因为他的第二个儿子在县城水电站工作,所以她的一家都有着不可置疑的体面。深秋的雨一下,大柳庄的人就基本上没事了,成天朝一起聚,等待冬天来临,再把它熬过,熬到春暖,日子又有了希望。哪怕肚子吃不饱,身上却不会再感到西北风的寒冷。大柳庄不是最穷的庄,这是大柳庄人的一笔巨大的精神财富。大柳庄的人一日三顿玉米稀汤,里面掺几根山芋干。如果谁家例外地烧了米饭,那一定要用碗盛着,当礼物一样送到左邻右舍。米饭里面放一块猪油,这就是美味佳肴了。我家安置下不久即学上了这里的规矩,隔三岔五地盛了米饭,一五一十地让弟弟送出门。我记得母亲先是让我去的,但被弟弟热心而蛮横地夺走了这个差使。弟弟那时候愿意和别人交流,远不像现在这么在人前感到紧张。弟弟成了送饭使者,同时成了大柳庄里最受欢迎的人,他的一举一动都是别人嘴里的新闻。他可以坐在别人家的床上和大爷大妈大嫂拉家常,一本正经地问:"月亮怎么不摔到地上?"又问:"饭变成屎需要几个钟头?"于是第二天,这些社员们在地里劳动时扶着铁锹说我弟弟这些新闻时,一脸的惊叹和迷惘。

我弟弟在大柳庄感受到的气氛肯定影响了他今后的审美取向。农民的质朴,简单贫乏的日子中只剩下缓慢的对大自然的等待,等待到了好年成时大自然真诚而不露声色的感谢,懒散的没有一丝过多欲望却时而闪现智慧的个性。弟弟表现出赞许和喜悦⋯⋯在我弟弟若干年后过着锦衣玉食,耳闻目睹的却是丑陋的尔虞我诈时,回忆起来,大柳庄那里有理想中的完美的人际关系。他把大柳庄作为他心中的圣地而竭力维护。一九九二年夏,我父亲带着我弟弟回到大柳庄,我父亲的用意很明显,他开着自己的轿车,西装的口袋里鼓鼓囊囊地放满了崭新的十元钱。他带来的轰动效应不下于省委书记下乡,甚至比之更热闹。父亲到每一家熟人家里都坐一下，听着埋怨或者诉说，看着哽咽或者潸然泪下，欣赏着因崇敬而焕发的满脸红光而导致的手足无措。我父亲眯着眼睛慈祥地微笑，全盘接受各种深浅不同的形形色色的思想。可我弟弟在后来却一口咬定父亲是在玩猫捉老鼠的游戏，因为我父亲总是在听完许许多多的诉苦以后，才不慌不忙地从口袋里掏出准备好的钱发放。我弟弟在大柳庄之行回来的路上就和父亲吵开了。他讽刺父亲说，他应该把那一张张十元换成一元或者一角，这样拿出手的时候显得更多更漂亮。父亲说这是我辛苦赚来的钱，我愿意把它怎么样就怎么样。我弟弟说你这样做是在施舍懂吗？父亲说，这有什么奇怪的。这是施舍，谁不知道这是施舍。他们需要的就是施舍。我弟弟说你可以换一个方式帮助他们。父亲不耐烦地叫起来，难道要我既损失钱又要费心照顾别人的自尊心吗？儿子，如果你换在我的位置上，你也只能选择这种方式。别人不需要你如此挂心上，你最重要的是把自己挂在心上。我弟弟沉默了，眼睛看着窗外，在默思中，他把自己换到父亲的角色。他反复衡量，反复思考，从各个角度为父亲的行为找出理由和实施的必然性。最后他毅然地对父亲说："不，我决不会像你这样污辱他们。"

我弟弟曾经发誓要报答大柳庄人对他的爱护，但他至今没有实现过诺言。至于原因，情况不明，也许被我父亲当年说中了，我弟弟找不到有别于父亲的更好的做法。但在当时，我弟弟迈着短短的小细腿，端着比他小不了多少的盛满饭的大海碗，跨进每一家门槛，他确实给大柳庄人带来了最直截了当的、最实质性的好处。因此，大柳庄人极是喜爱他。他在这里受到成年人的待遇：他可以面对面地与各位年长的坐在一条凳子上，对话，从而感受浓醇的人情。但我的弟弟在长大成人后，不知道出于怎样的心理把起初的原因剔除了，把结果安排成原因：因为他受到了温暖的关怀，所以他对大柳庄怀有美好的感觉。我弟弟在这种偏差的美好回忆中固定了自己的人生观。实际中的大柳庄在他心中淡化了，只留下关于解释美好的误差性概念。他把这种概念当成现实世界的参照。我弟弟就是这样一步一步远离了现实世界而囿于他的丰富美丽的内心世界，大柳庄是重要的原因。

当他从他厌恶的那个世界仓皇出逃时（他的房间里撒了一地的零碎衣物，他甚至忘了拿他的一副二百多度的眼镜），我想过一个问题：他为什么选择了西藏而不是大柳庄，与大柳庄相比较，西藏的梦更遥远艰辛充满危机。他为什么舍近求远，舍易取难呢？我忽然明白了：我弟弟是个极聪明的人。他的聪明在于避开有损于他内心世界的一些事。我父亲馈赠钱时，大柳庄表现出的感激；或者诸如此类的过激情绪时，弟弟一定受到了震动。他一定后悔看见父亲成全虚荣心的举动，他被父亲的举动伤害了，所以他才恼怒地和父亲大吵大闹。

我弟弟小时候的聪明表现出他的另一面人格。我们的房东于大妈是极喜欢我弟弟的，寡妇人家的禁忌是出去串门。她就常在晚上把我弟弟抱在她床上，抽着她那黑腻腻的烟斗，一边呵斥着孙子，一边听我弟弟说话。忽然有一天，我想是于大妈那盏跳动不已的煤油灯里，我弟弟看见了于大妈的耳朵上跳跃着灯光一般晶莹的黄光。弟弟忽然呆住，他偏着头死盯住于大妈的耳朵看。于大妈后来对人形容我弟弟的神态只用了三个字：

"吓人呢。"

于大妈在我弟弟的注视下下意识地捂住了耳朵。我弟弟却沉思着别过头去，两条腿"啪哒啪哒"地击打着空气。他若无其事地问于大妈："这是什么东西？"

于大妈告诉我弟弟这是金耳环。

这个孩子就再次打量于大妈的耳朵。冥冥之中是什么因素把他突然唤醒了。弟弟站起到床上，采取了最简单的利己行为，这种行为也是后来我弟弟在某种僵硬的思维方式中逐渐消失殆尽的。我弟弟紧紧抓住于大妈的耳朵，于大妈左右躲闪不开，低吼一声："疼哪。"

于是我弟弟最终没有把耳环抢到手。第二天早上，他拿了一把东西来换于大妈的金耳环，计有：他自己吃剩的五粒驱蛔虫宝塔糖，一把新牙刷，一块新的方格子男式手帕。这些东西即使在物资匮乏的年代也是普通的物品，但宝塔糖的可贵之处不在于驱虫的功能，而在于甜，入口又甜又沙。牙刷的可贵之处在于，是我的父亲昨天晚上从上海出差带回来的。这是当时我弟弟的价值观。宝塔糖马上给于大妈的孙子抢跑了。于大妈思考了一下，就收下了牙刷和手帕，再从耳朵上取下一只金耳环放在弟弟的手心里。六七年后于大妈一定会为她的举动后悔。但在当时，金子对人没有多大用处。于大妈收下香喷喷的手帕压在箱底下，她的二儿子请人带信说过几天就回来。于大妈收下牙刷，配上她二儿子获奖得到的搪瓷杯，让她的大儿媳、二儿媳、三儿媳沾上盐水轮流刷牙了。

所以我说，我弟弟作为一个人，一开始是个普通人，他的心理和行为都和大家一样。金耳环事件对他的心理来说是完成了一次利己主义的潜渡，他的行为上具有了人类进入私有制社会后的商业行为：交换。这只金耳环弟弟一直保存着，他曾经和我说起过这只金耳环，忏悔伴随着对大柳庄美好人情的感激，弟弟一如既往地剥去了事物的本质，他的潜意识里否定这种本质，因为他认为这种本质是丑恶的。本质如石块一样沉于深水之中，这时他的水面上就升起了美丽的莲花。

如果说人具有喜欢追忆过去，粉饰过去的特性，那么我弟弟的心情就很容易理解。但我的弟弟，粉饰过去不仅仅为了心理的需要，他把粉饰后产生的事件内涵，作为自己遵循的规范。

上面说过我父亲在一九九一年回到大柳庄上，风光了几天。他在激烈如战场的商场中抽出几天的空暇其实不易。其中重要的原因就是他想洗刷在这里留下的不愉快的记忆。一九七七年他作为盗窃犯被捕三年，逮捕他的当天，整个乡里都轰动了。他的被捕是因为一起桃色事件引起的。

事情是这样的：大柳庄的旁边有个叫徐庄的小村子，它那边有二十几家姓徐的人家团居在一起。徐庄和大柳庄隔了一条河，可以说是一衣带水了。徐庄里面有一个不姓徐的下放知青姓岳，姓岳的知青娶了邻近公社姓黄的女知青。小岳小黄都是苏南人，丈夫羸弱妻子懒惰，这样的两个人凑在了一起，除了不断地让日子过得难受外，再也没别的内容。他们自留地里的草长得比麦子还高，奇怪的是他们的孩子却如雨后春笋般繁荣昌盛。小岳对着四个孩子唉声叹气愁眉苦脸的时候，小黄却跨出了改善生活的第一步：和大队书记勾搭上了。这是一桩互不吃亏的交易。书记乐意和女知青浪漫一番，女知青家的口粮和工分却凭空地多了起来，有时候还会有一段衣料一只猪腿之类的东西。这一对知青夫妻开始打架，从床上打到地上，丈夫用尽了力气，气喘吁吁，妻子眼泪一把鼻涕一把。四个孩子的哭嚎声就像一群黑夜里的小狼崽。妻子一次又一次地上吊，丈夫一次又一次地把她解救下来，两个人好像在上吊和被解救过程中获得了家庭的乐趣。他们达成了一致的意见要保存家的完整性，以免孩子遭受不测。妻子不再上吊，丈夫发誓要让妻子儿女吃饱吃好。丈夫小岳是个老实人，他一定是在无计可施的情况下，才铤而走险地与人合伙偷了一台机器。他把机器卸成零块藏在他家屋后的稻草堆里，准备当成废铜烂铁卖给旧品收购站。

我父亲当时在公社办的机排站搞销售，他是戴帽"右派"，具有大专学历，在乡下，他被人家尊称为"先生"。

男知青小岳在几场雨过后，偷偷扒开草堆一看，发现铁上生锈了。锈不多，但已经令他有些焦急，他听人说锈会"吃"铁的。于是他冒冒失失地来求我父亲了。我父亲跟着他到草堆边扒开一看，心中豁然明白这是一台完整的机器。我父亲心中明白后站在草堆边沉吟了许久，走在路上也是边走边想，回到家中就对着窗外出神。而后他买下这台机器，因为站里也正好需要这种机器。我父亲作出这一决定有两个因素，一是同情，二是有利可图。我认为更多的是出于后者。当时流行的一句话是：世上没有无缘无故的爱，也没有无缘无故的恨。我父亲不可能只是为了同情而把自己推向犯罪的境地，作为一个国家的销售人员，他知道这种机器只会来源于一种地方：国家的大厂。但他还是铤而走险了。他用低价收购了这台机器，又以国家牌价转卖到机排站里。小岳自然是千恩万谢，我父亲同时也解决了自身的困境。作为一个男人，我父亲和小岳的处境是一样的，他得养活妻子儿女，我和弟弟正在上学、长个子，而母亲从来没有做过真正的农活儿，作为一个家庭妇女，她尽心尽力抚养我们，帮助丈夫。

不久东窗事发，我父亲起先作为知情者被公安机关传讯。我猜想父亲曾经与小岳有过某种暗示性的约定。我父亲是个聪明人，他不可能让小岳说出机器的底细，那样的话，他就被动了。那暗示性的约定是必需的自我保护。公安局的人找到我父亲，请他协助调查这件事。如果父亲这时候全部交代清楚，我想他不会为了这件事吃那么多的苦头的。但我父亲全然没有坦白的打算，刚硬的脾气发作，拒不交代。他说他不知道机器是偷来的。他是太看重那个约定了。但是小岳受了拷问后一口咬定我父亲是明白机器的来源的。从这件事过后，我父亲从不相信任何人的口头许诺，哪怕白纸黑字的合同，他也会指着说：

"这种东西，骗骗人而已。做生意的，千万不要让它迷惑。"

我父亲在以后除了不相信别人的口头许诺,是不是也会用口头的或纸上的约定去迷惑别人?我弟弟极端的理想主义,最初的动机是否只是想反叛父亲的人生信条?

知青小岳很快地交代了所有的犯罪事实,我父亲被作为同犯判了三年徒刑。小岳漫长的服刑期满后,我父亲已在中学里守大门,度他一生中最轻松的日子。小岳出来后费尽周折地打听出我家的住址,找上门来,未说话就跪倒在我家的门槛外面,他跪了足足有五分钟。他说来世必定做牛做马报答我父亲。他说得那么斩钉截铁,说明他对今生今世已失去希望。

知青小岳第二次许下了无法实现的诺言,他似乎卸去了心头的重负,十分钟后他走了。每个人都很平静,只有我弟弟热泪似乎要盈眶而出。很多年了,父亲坐牢的经历他一直作为耻辱噤声不言,现在我弟弟终于找到了破译这件事的金钥匙,他解了心头的结又让自己的水面盛开了新的莲花。他开始向他的朋友讲述这件事,于是这件事就如同童话般的美好,我父亲成了解救别人于危难而不幸蒙难的人,十多年后那个出卖他的人在他面前下跪了。故事中具有了这些东西:高尚和信义,蒙难和忧郁。但在我看来那五分钟的下跪,却有十分不协调的地方,因为老话说,早知现在,何必当初?我父亲和小岳的事是可笑的。我弟弟却这样利用了这件事,更深地把自己引入他设计的那个天地。在他的天地里,人生实质性的苦难没有了,五分钟下跪引出的美丽,使得生活里真实的狰狞微不足道了。

我想,我已经基本上说清楚了弟弟为什么抗拒我父亲的原因,这原因在于他对社会和人生有着顽固的理想化审美倾向。一个人在择定自己的观点时,一定会同时使用两种方式:排斥和吸收。我弟弟排斥了真实,吸收了虚幻。他用虚幻来滋润自己。上面我说过,我弟弟一步步远离现实世界而囿于他的内心,大柳庄是原因之一,父亲和小岳之间发生的事又是原因之一。他从这上面吸取的东西使他极力抗拒进入商界。商界在他的心目中几乎是丑陋的代名词。我弟弟一方面把误差的美好概念存入内心;一方面把无法误差的事物作为禁锢自己的理由,我想这就是我弟弟落后于社会的原因。我弟弟对商界产生反感,尚有另外一个原因,这就不得不说起父亲的爷爷。

父亲的爷爷本是江南乡下的一个农民,后来他来到上海滩并在这里发家致富,其中的经过和原因已无法知晓。据说他在经商中使用了一些令人反感的手段,因而他很快致富并成为远近闻名的泼皮人物。这种人物我们在古典小说中经常看到,譬如《水浒传》中蒋门神、郑屠户、西门庆之类。在三十五岁那年果断地了结了与他同居多年,竭尽全力为他周旋的从良娼妓,回到老家去娶了一位健康结实的女人。这个女人不负厚望,一口气让我的老太爷做了八个孩子的父亲。临到五十岁生日的那天还生了个老幺,她七十岁时,还是神清气爽,满脸红光。七十一岁和大儿子打官司,她用砖头砸破了自己的头,告了大儿子忤逆罪。她在法庭上哭声惊天动地,摄人心神。法官最后把家族的产业管理权从大儿子手中判给她时,她大宴宾客三天。我从亲戚的家里看见过我老太爷和太婆的一张合影。老太爷的脸色凶横,一只手叉在腰里,一只脚搁在凳子上。我的太婆横眉立目地站在旁边,脸色冰冷。看得出她模仿着我老太爷的为人处世,两个人都是手粗脚大,流露无遗的自满嚣张,使整张照片有了一种醒目的粗鄙。老太爷和太婆都是地道的农民,本身在离开家乡时没有劣迹,祖上各代都安分守己,他们是后来才变成了一对令人生畏的人物。听说他们与人做生意时,凶悍而不近情理。我们不可以把这种变化归结为环境所致,只能说他们具有了某种强烈的欲望,在欲望的驱使下，他们才变化了。正因为变化了，他们才成功了。简单的变化和简单的成功，是我们永久不变的咒语。老太爷的发家史，就是一部改写自己的历史。社会总是这样的奇怪：为什么没有了道德规范的约束，他反而有了强大的生存力？

我老太爷和太婆的处世方式深深地腐蚀了第二代。老太爷死后，太婆把财产管理权争夺到手后，八个孩子明争暗斗，财产被瓜分得支离破碎，热闹的大家庭也分崩离析。老太爷创下的家业没有再度辉煌。可想而知，我父亲在这样一个家庭中能感受到什么。在他的周围只有一个人值得他永久地纪念，这个人是他的母亲。她把我父亲生下来七天后，染上产褥热而撒手归天了。她没有留下一张照片供我父亲瞻仰，因而我的父亲只能从他的阿姨身上，推断出他的母亲该是善良美丽平和勤劳的一个人。他的推断似有主观之嫌，但谁说不是合情合理的？父亲后来以异乎寻常的热情与他的阿姨频繁地往来，他的心里必定从中得到了安慰，他所寄托的对人世的一点儿美好的看法也有了着落之处。而我的爷爷在我奶奶死了不久之后，立刻成了一位寻花问柳的好手。他在他认为必要的日子里，打扮整齐：头颈里带好金链条，西装口袋里揣上怀表，手腕里还套着手表，十只手指上戴满金戒指。诳说下乡去看看地里的收租情况或者别的什么情况。等到黄鹤久久地归来，他的身上只剩下内衣内裤，就像遭过一场生死大劫了。

我的父亲一直对他的父亲讳莫如深，也许他明智地认为不应该拿很多年前的又脏又破的事情来干扰我们。但父亲在一次酒后打破了沉默，第一次说了他父亲的事情，他说从前啊，那是很久了吧。有一年的年三十晚上，他饿着肚子在家里等着父亲回来。他父亲的兄弟姐妹们全都分了家，大分家时为了财产彼此结下了刻骨仇恨，因此，谁也不会来照管这个七天就失去母亲的孤儿。我发现弟弟神色恐惧。

父亲继续回忆，他的父亲拿了几枚金戒指出去，他想在这年三十的晚上，父亲拿了金戒指是为了换米和一些好吃的东西。他就坐在楼梯上，在黑暗中等待着。

你完全可以想象出一个需要吃饱和温暖的孩子是怀着怎样的心情坐在楼梯上：他的心呈现出某种易碎的敏感，他的直觉在黑暗中如刀子一样锋利，他那一点儿愿望把空间填满了。未来因此变得甜蜜、辛酸而不可预测。

半夜里，门开了。进来两个人：一个是他的父亲，另一个是陌生的女人。陌生女人说："你怎么还有这么个小可怜？"这孩子的父亲就飞起一脚把孩子踢到楼梯底下，并喝一声："嚯"。

我父亲讲述这个故事时，我和弟弟早已过了靠长辈教训的年龄了，所以父亲的故事并未让我们感觉到有忆苦思甜的意思。我们在心理上已把父亲当作朋友一辈了。我想父亲以前受了多么沉重的难言的伤害啊。有的人一生当中很少体会到美好的东西，那不是他的错，实在是运气不好，上帝没有好好地看顾他。

父亲讲完这个故事，我弟弟仓皇地四下里张望，好像空气里还流动着那个惊天动地的"嚯"。他站起来又坐下，脸上突然现出极度的不快，咕哝道："讲什么讲？有什么意思。大家不快活。"我弟弟不近情理的话让我的父母呆坐着，过了好一刻他们才恢复常态，两个人对视一眼，不尽地怜悯和悲哀。我父亲酒意全消，他与我母亲同时推开杯盏离开餐厅。这是一九九二年除夕之夜的事情，我弟弟读大专二年级，夏季就是他毕业的时候。父亲就是在这个时候决定把弟弟逼进商界的，以父亲的观点来说，我弟弟只有进入商界进行拼搏，才有可能让他自己进步和成熟。

这一年的除夕之夜过得很沉闷。我弟弟在我父亲母亲离开餐桌后，走出了家门,他临走的时候一再对我说:"这种事讲有什么意思?你说说。我问你讲它有什么意思,这么丑的事也值得讲出来?"

我平心而论说确实没有什么意思,但我告诉弟弟应该让父亲有一个宣泄的机会,他是个很不愿意公开自己的人,今天他这样宣泄了,就应该为他高兴。

我弟弟说:"哦,你这么实际的人也会替别人考虑了?祝贺你了,我觉得你今夜不再面目可憎。"

我弟弟走后,一九九二年的除夕之夜就这样结束了。在父亲讲述完那个令人不快的故事后,他所遭受的苦难实质上一点儿不漏地转嫁到了我弟弟身上,他感受到的苦难甚至比我父亲还要多。贪婪和冷漠覆盖了人性中的其他特征,我弟弟本能地厌恶这一切。

我弟弟的成长是缓慢而沉重的。因而,当我的笔叙述他成长的历程时,也相应显出了缓慢和沉重。对于我弟弟来说,阻碍他成长的因素多而复杂,因此他的成长就不可能是某时某刻的"顿悟",必定如蜕壳一般难受而缓慢。内因和外因的一般关系在弟弟的身上反映得彻底:外界的因素影响了弟弟的人生观,被外界影响了的人生观反过来影响弟弟和外界的关系,这就像一枚受精的鸡蛋终于孵出了一只小鸡。

我弟弟出走西藏的那些日子里,我一直很有信心地等待他突然出现在家里。一九九一年的除夕过后,他也悄悄地出走过一次,那一次是为了钟老师在年三十晚上贴出的对联。我弟弟是唯一被那副对联打伤的人,他出走了一个月。在一个月当中他思考了一些问题。

比如:世上产生丑恶的根源在于不公平、不平等。贫富不均就能造成最大的不公平、不平等。

我父亲毫不留情地尖刻地嘲笑他的观点，说大家都光着屁股喝西北风，哪有不亲如一家的？但即使是一家，亲如父子兄弟的，也会为了一枚铜板谋财害命。他活了六十几岁，见得多了。我弟弟听了，冷笑一声，面如死色。

我相信弟弟在一年之内会回家。我弟弟不是一个会实践的人，他从不知道下一步要干什么，干了之后也不能判断行为的对否，所以他每一次采取行动的原因都是值得推敲的，他无法坚持下去。

我的女儿一周岁生日那天，他真的回来了。离开家里是一年零两个月。他可能有意选择了这一天回来。

他在火车站打了一个电话回家，咋咋呼呼地说："是我，我回来了。看见家乡太兴奋了。你最好到巷子口来接我。"我赶紧放下电话告诉父母。我母亲慌忙在观音菩萨面前敬了一炷香，对空祷告一番。转眼又在财神爷面前敬了一炷香。她的行动是意味深长的。我不顾父亲的反对，抱了女儿真的到巷子口站着了。过了一刻钟弟弟从出租车里钻出来，之所以说他"钻"，因为在我的感觉里他仿佛长高长胖了。看来西藏稀薄的空气反而让他得到愉快。他长了一脸的络腮胡子，外表上风尘仆仆，神情坦然，仿佛经过了灵魂的洗礼。我很想知道他这次思考了哪几个问题。我们见面了，笑着寒暄，而后我问他是不是认为贫富不均是造成丑恶现象的最根本原因。我弟弟在络腮胡子里眨眼睛，看出我的不怀好意，但他并不想回避这个问题，以他一贯的煞有介事的认真说："是的。一切都没有改变，还是老样子。"

我弟弟给了每人一样西藏的物品，唯有给父亲一枚古铜钱。父亲有意无意地让这枚铜钱放在了厨房的洗手池边，漫不经意让它搁置了好几天，以致我以为父亲会扔掉它。我弟弟把铜钱拿出来的时候说，爸，你爱钱，我就送给你。我弟弟坦率的态度使这句话缓和了尖刻的讽刺。父亲不作声,看着我弟弟走进浴室。我弟弟在浴室里改头换面地出来时,我父亲才收回注视他的目光。我弟弟坐到餐桌边,谈起了西藏的所见所闻,他眉飞色舞,对西藏的风土人情,对西藏人的粗犷质朴和对神灵的极度虔诚使人赞不绝口。他一边说一边吃,吃完了也说完了,而后他摸摸剃得干干净净的脸说:"我回来干什么呢?"

他穿上T恤衫和西裤,准备出去了。他一边费劲地套袜子,一边还在问:"我回来干什么呢?"父亲的手突然颤抖起来,脸上出现无可遏制的苍老。

我弟弟出门的第一站是钟千媚的工作单位,他被告知钟千媚不在此处,半年前辞职到什么饭店去了,至于什么饭店无可奉告。我弟弟站在初秋的薄暮里,梦游似的看着路上的行人如蚁虫般来来往往。他还记得钟老师的那副对联叫作"物是人非"什么的,这时他真有了那种迷离恍惚、物是人非的感觉。他想人最感无奈的可能就是这种物是人非的境况。我弟弟无奈地离开。

他的第二站是一片叫作"老客"的小酒店,他的狐朋狗党酒肉朋友全都聚集在里面给他"接风"。这些未婚或刚婚的男孩子们狂饮一通,最后交流对女性的新认识。我弟弟发现自己不能习惯那些议论女人的新的时髦用语,但他不能让自己显得不合群,他端起酒杯说:"我是二十世纪里十八岁以上的唯一的处男。"他的话引来一阵哄堂大笑。男孩子们开始说下流话。我弟弟就向钟千里打听千媚,钟千里斜着眼睛,冷冷地告诉我弟弟应该换一个时辰向他打听钟千媚。我弟弟说:"哥们儿,讲究起来了?"钟千里不屑地说:"你什么东西?"我弟弟捶一下桌子:"怎么?"钟千里站起来:"凭你?"我弟弟也站起来,怒目而对:"我在西藏也和人打过架,不过没跟朋友打过。"我弟弟说到"朋友"二字,突然眼睛湿红,以致不能再正视钟千里。钟千里脸上现出鄙夷："你什么地方比别人高明？请指教。卵泡大是不是？大又回来干什么？"我弟弟劈面一把抓住千里的领子："兄弟我主要想你妹妹。"

众朋友一哄而上，嚷道喝醉了，喝醉了。拉的拉，架的架，把他们分开了。我弟弟明白过来的时候，已经在酒家门外了。他不知道是谁把他攘到了门外，他也没有细想朋友们待他有什么异样的地方。在他看来，朋友就是朋友，朋友之间是最真诚最纯洁的。甚至他也没有计较千里的态度，他想这是一个哥哥在维护妹妹的尊严而已。我弟弟离开了酒家，在公用电话亭里打了电话给钟千媚的一位女友，女友告诉他钟千媚在蓝云大酒店里当领班小姐，还顺便告诉我弟弟有空的话可以去找她。

我弟弟此时已灌足了啤酒，他脑袋麻木，脚底飘忽，处于酒后的最佳状态。他恍惚觉得蓝云大酒店在不远处，正好以步当车，让酒味散发掉，这样对钟千媚也表示出尊重。他走了好久才发觉自己的记忆出了差错，于是他叫了一辆出租车驶向蓝云大酒店，出租车开了一会儿，我弟弟忽地又想起应当尊重钟千媚，他叫出租车停下，问了蓝云大酒店的方向，就走了过去。他到达蓝云大酒店时已是九点多钟。他在餐饮服务部一眼就看见了钟千媚，钟千媚的口红涂得太鲜艳，眼睛里汪着水光，这些都是不太正经的标志。于是他生气起来，一把拉住钟千媚的袖子，气势汹汹地嚷开了。他说："你怎么好意思当吧台女郎，你知道吗？这是一门阴暗的职业。是不是这儿赚钱多？喏，我有钱，都给你。"他把我父亲给他的大把零用钱掏出来，满地乱甩。

钟千媚平心静气，她闻到了一股酒气，而后她认出是谁。她向一位女服务员招手示意，自己迅速地消失在酒店富丽堂皇的走廊里。她不想在这时候让我弟弟纠缠不休。而我弟弟在女服务员的安置下，痛痛快快地卧在角落的沙发上睡了一觉。他醒来的一刹那间心怀恐惧，以为是睡在西藏的某个肮脏简陋的小旅馆里。当他看见了墙壁上悬挂的豪华的壁灯，恐惧就如潮水一般退却了。代之的是有关家的概念：温暖、舒适、平安。西藏的日日夜夜成了他永不再想重复的一个梦。第二天下午，他接到了钟千媚的电话，三言两语刚过，我弟弟就提出了约会的要求。放下电话，他颇有些如梦初醒的感觉，那是当初偷偷送上一朵月季花所不能比拟的。什么叫"蓦然回首，那人却在，灯火阑珊处"？这种情形就是了。我弟弟的心里充满了对圆满结局的感激：父亲已和他谈过了，尊重他的意愿，让他想干什么就干什么，他不想进入商界那也悉听尊便。我弟弟想，他得找一份喜欢的工作，娶一个称心的妻子，过一份既不窘迫也不富裕的生活，与别人无争无斗地一天一天重复着琐碎的安乐和温暖。

我弟弟对"家"所勾勒的蓝图就是这样，是某种退守。

钟千媚在答应约会时有过一会儿的犹豫不决，但我弟弟迫切的声音不让她再作第二种考虑。钟千媚答应约会在水上花园里，但她又闪烁其词地说别让双方的家长知道这件事，因为这不过是一个很平常很普通的约会。

因为我弟弟和钟千媚的关系，我家和钟家再次产生了瓜葛。历史上两家有着数不清的陈年老账，随着时间和形势的变化，两家更迭着胜负的场地。一九九三年的十月份，我家卖掉了那幢引发风波的楼房，我就再也没有见过钟家夫妇。在我的记忆中，那副"是是非非"的对联几乎是钟老师最后幽怨的面孔。而现在，钟家和我家的关系变得扑朔迷离。据我的了解，我弟弟在钟千媚之前没有爱过什么异性。

我家和钟家，在我出生后的第二年就是邻居了。钟家住着前面的两大间屋子，我家在他的后面，小小的一间，以前是用作厨房的。母亲在搬进去之前，用报纸把熏得发黑油腻的墙壁全部糊起来。母亲说，我家搬进去的时候，钟家的女人，刚怀孕的莫老师，掀开她的后窗帘，不怀好意地看我家简陋的几样家具。她那不带表情的眼珠子轻侮地骨碌乱转，母亲的心中就此感到了女人之间的一种芥蒂。她心中很不能平静，如果公平地做个比较的话，钟老师是中学里语文课教学楷模，我父亲是教地理的普通教员。钟老师是校长的红人，我父亲则沉默寡言，默默无闻。钟家和我家的住房条件没有丝毫不妥。但母亲另有一种比较：钟家还没有小孩，我家四口人却住得如此拥挤。于是两个女人天天照面，却从不说话。当钟家的女人每次掀开后窗帘进行例行公事的窥察时，母亲总要找个理由给父亲看脸色。母亲已经看够了一墙的报纸，她感到了绝望。

我的弟弟出生后，我家里养了一只黄色皮毛的猫。小黄猫经常吃不饱，就在外面干起了偷偷摸摸的勾当。它抓开了钟家的碗橱，吃掉了一块排骨，在它激动无比地抓住第二块排骨时，它被莫老师连头带颈地抓着了。小黄猫才一岁多点，既缺乏经验又缺乏勇气，所以它令人羞惭地伸长了躯体一动不动。莫老师一手抓住小黄猫，一手提住那酱排骨。她神态自若地走进我家，我家吃过的晚饭碗堆放在桌子上，母亲正给我弟弟喂牛奶。莫老师把排骨扔到我母亲的脚边，把小黄猫扔到排骨旁边。小黄猫跳起来一口叼住排骨，穷相毕露，"嗖"地跳上屋脊不见了。我母亲眼皮都没有抬，莫老师走后，她才掀起一只眼睛轻描淡写地瞄瞄父亲。父亲就躺到床上去了。

在人类各式各样的歧视里，最有力的是经济上的歧视，而各式各样的歧视最后会殊途同归为经济上的歧视。莫老师在教育局里管理档案，她应该知道父亲的出身，父亲的充满铜臭的祖上会令她嗤笑不已。如果把她与钟老师两个人的祖上（他们的祖上都是书香门第）与父亲的祖上相比，她生出的<u>丝丝优越感</u>是不奇怪的。奇怪的是，她经常从我家的饮食起居中寻求优越感。

"文革"时期钟老师戴上了"高帽子",这是我母亲扬眉吐气的好时光。时间不长,我父亲也成了"右派"。而后我们在一个秋风萧瑟的天气里全家下放,直至重新回到被报纸糊满的屋子。两家人家经过了十几年的时光,风风雨雨并未冲淡他们之间的芥蒂。只是因为年龄大了的缘故,双方都不再剑拔弩张。他们都历经磨难,也都习惯了起伏不定的人生。他们都成了有韧性、有信心的人,认为自己能打败对方。

这是我弟弟第一次恋爱的背景情况。不过我弟弟用他惯常的轻松处理了这种局面:他认为他和钟千媚重复着罗密欧和朱丽叶的故事。因为有账可查,有样子可寻,我弟弟不觉得有压力。双方父母不睦的背景只是历史和环境所造成的,甚至与心情也无关。

我弟弟很快厌烦了约会的方式,他跟钟千媚,从小在一起玩,看电影、逛街、见彼此的朋友,熟悉得失去了敏感。他发现钟千媚也有些不耐烦。我弟弟就在想,是不是让两个人进一步熟悉呢?但他接受不到钟千媚那边释放出的信息,我弟弟只能悄悄地摸摸钟千媚的手,压下心里窜上窜下的欲望,心酸地对钟千媚说:"你看,我是多么爱惜你。像我这样的君子已经不多了,但愿你能好好地爱惜我。"朋友的聚会当中,每当谈起性方面的事,我弟弟基本上只是个忠实的听众。他很惊讶平时在女性面前面红心跳的朋友们,一谈起女性便是如此地眉飞色舞。女性对于他们来讲,是一架让他们登上男性屋顶的梯子。譬如说他们会想办法了解对方是否是处女,约会时突然通知女方说今天有事改天再约,发火时会把女方顶在墙上痛打一顿,女方要是母亲不同意他们往来而啼哭不已时,他们会轻松地说声:"拜拜",跟她分手。这些事都让我弟弟惊讶不已,不要说做了,想一想都是对女性的污辱。

我弟弟现在进退维谷,他发现钟千媚在他们的关系中欲进欲退。钟千媚忽喜忽愁，忽儿懒懒地朝我弟弟身上一靠，忽儿又严正地坐直了身子。她毫不掩饰自己的情绪，因而我弟弟接收到的信息就杂乱无章了。钟千媚就像舞台上的演员，四壁的灯光全部投射在她身上，但愈是明亮清楚，台下的人看着，愈是迷离恍惚。我弟弟还是那样想法，认为钟千媚对两家存有的矛盾而心怀恐惧。我弟弟开玩笑地说让我们殉情自杀吧，或者说让我们私奔到西藏去吧。钟千媚对弟弟的努力置若罔闻，淡然一笑或不笑。我弟弟无法可施，只得大肆诋毁起自己的父母，他把他目前不能伸展的生活统统归结于父母，父母伤害了许多人，其中有他们的儿子。但钟千媚却说很佩服我的父母，而她自己的父母，并不是别人看得那么清高。他们很可怜，不是给权势伤害了就是给金钱伤害了。我弟弟惊愕于千媚残酷的冷静，冷静的女孩子大都实际。很实际的女孩就不可爱了。钟千媚在浮躁不安中，家里发生了一件事：钟老师自杀了。像连锁反应似的，钟千里辞去国营厂的工作，跑到南方做生意去了。钟千媚也就突然地恢复了果决的性格，淡然而坚决地要求我弟弟不要再去打扰她。

谁都知道钟老师的死与我家有着微妙的联系，自从我家搬走后，表面上看来他恢复了平静。在他生命的最后一年里，他经常无缘无故地发火，偏激地嘲讽别人对物质的追求，他拒绝了别人邀请他出去补课捞外快的建议。经常地拒绝，夫妻俩就经常地吵架，钟老师就变本加厉地敌视一切，他躲进了卧室，平常总是锁着房门，除了吃饭，轻易不出来。他在卧室酣然大睡，好像总也睡不够的样子。当他清醒的时候，他就掀开后窗帘朝后面的楼房观望，就像莫老师当年做的那样。他漠然、平静，有着痴呆的认真。莫老师说："老头子呀，你不要这样看，你看得我心里害怕。"钟老师这样的神态，这样地看。因为他脑子没有毛病，身体又没有毛病。所以莫老师忍无可忍，终于骂道："你死吧，你去死吧。"莫老师出去买了一趟菜，钟老师就吃了莫老师的半瓶安眠药死了。

钟老师的丧事期间，我弟弟乘着钟家人多混乱时去了一趟。他挤在门外的人堆里，为钟老师而难过万分。而后他看见钟千媚披麻戴孝地跪在灵前，那种单纯的悲哀让我弟弟难以忘怀。我弟弟突然觉得情绪复杂的钟千媚是假的，只有这个单纯的钟千媚才是真的。那个化了妆的钟千媚是假的，这个脸色黄黄的嘴唇干燥苍白的是真的。我弟弟站在人堆里出了一会儿神，突然所有的记忆之门都打开了，我弟弟看见了各个时期的最纯真的钟千媚，他甚至还记起钟千媚五岁的时候经常穿着一条天蓝色的短裤，每当看见她穿着天蓝色的短裤在树下看蚂蚁，我弟弟就忍不住看看她家的窗帘是否不见了。因为她家的窗帘也是那种天蓝色的布料。

我弟弟从钟家出来，发现自己刚找到了恋爱的感觉：不是紧张的激烈的甜蜜的，而是有些心酸的，似哭非哭的，懒懒的，头脑有些晕乎，分不清东西南北，时间似乎定格了，而心中却渴望迷失。

钟老师的葬礼过后，钟千里到了远方的一个城市去了。钟千媚开始回避我弟弟。我弟弟约会的要求总是被她以母亲需要人陪为理由拒绝。我弟弟在不祥的预感中度日如年，这期间他天天喝得酩酊大醉，与别人豪赌，为一句不相干的话打得翻天覆地。经常有人看见他喝醉了酒躺在马路上。三个月后，钟千媚打电话来约我弟弟出去，直截了当地告诉我弟弟她要结婚了。她那直截了当的方式使我弟弟忽然之间明白：她从来没有爱过他。

我弟弟愣了，酸楚地说："那家伙是谁？不是个白痴吧？"

钟千媚告诉他嫁的是一个台湾商人。

我弟弟问明白这个商人的年龄、长相、资产，而后说："我的条件优于他——年龄上的，身体上的，为什么不选择我而选择了他？"钟千媚冷笑了一声，说："你这个人，什么时候让自己聪明一些。"我弟弟又问："那么，为什么玩弄我的感情？"钟千媚大叫起来："你不要这样没出息好不好？现在就连女人都不用'玩弄'两个字了。"我弟弟站起来，一把揪住千媚的头发："为什么？说个明白。"钟千媚极力挣脱，为了减轻头发的疼痛，她索性把头顶到我弟弟的胸口上，夜色朦胧中看上去就像一对相亲相爱的恋人。钟千媚挣脱不开，眼泪涌了出来："请你放开我，我告诉你理由。"我弟弟固执地说："你先讲了再放。"钟千媚伤心地说："我是想爱你的。"我弟弟把她的头发抓得更紧："请你重新找一个理由，不要说爱。"钟千媚呜咽有声："我是为了钱，他比你钱多。"我弟弟放开手说："这么说才对。"钟千媚马上跑开了，但我弟弟追上了她。他需要发泄，渴望蹂躏这个伤害他的女人。我弟弟拉拉扯扯地纠缠，钟千媚像一只受惊无力的兔子在马路上跑跑停停。我弟弟借着夜幕的掩护，时而搂着她，时而狂热地在她身上摸索，对她说下流话，想把她劫持到角落里破坏她。我弟弟满腔怒火而又充满了欲望，他完全没有了翩翩的君子风度，悲天悯人的形象不复存在。我弟弟在追逐千媚的过程中尝到了解脱的轻松。他们走走停停，最后到了钟千媚的家门口。钟千媚倚着院子的大门，面对着我弟弟，她喘着气，脸色有些半推半就了。她不去拿钥匙就是明证。但是我弟弟的脑子清醒过来。他看见我家以前造的楼房还是那么巍然屹立，钟家更显得苍老不堪，灰白的墙上一道道黑色的污迹。他马上原谅了钟千媚。他向她道歉。而后他心中空落落地，又沉重万分地独自消失在夜幕中。他刚才尝到了解脱的轻松，现在又恢复到了以前的精神状态。他为了钟千媚作了辩护，谴责自己的卑鄙无耻。而后他放倒头睡了三天三夜。

后来，我弟弟既没有振作也没有沮丧，既无悲也无喜。他孤苦的灵魂仿佛已超越在事件之外，一切都毫无意义，只有回忆才是美好的。我弟弟在想起千媚的天蓝色短裤后连续地回忆了许多事。他想起有一次千媚闯祸。一男一女两个人吵架，女的柔弱而男的凶狠，他看见千媚站在人群外，手里拿了一纸袋玉米花，时而吃一粒，时而伸长了头颈朝那凶狠的男人头上掷出一粒。千媚的身后是灿烂如锦的晚霞，初冬的傍晚，看上去一切都很干净。千媚那沉着的神情，认真地伸长头颈的模样，准确的投掷手势，至今想起来还觉得十分可爱。那个吵架的男人终于察觉了人群外面的阴谋，大吼一声，朝钟千媚扑过来，她措手不及，把玉米花扔到地上，慌不择路地逃进了女厕所。那男人叫骂一阵，不甘心地冲进了女厕所，女厕所响起一片尖叫。我弟弟急忙冲进去把千媚护了出来。她倚在我弟弟身上"咯咯"地笑个不停，她那时既没有学会冷笑也没有学会复杂。

我弟弟沉湎在回忆中不能自拔，回忆使他安静而苍老。我就去找钟千媚。钟千媚告诉我她并不想捉弄我弟弟，她想爱我弟弟，但最终放弃了努力。像我弟弟这样的人，即使身后有着万贯家产，因为他没有竞争力，眼下这些钱是不牢靠的，和他在一起的生活也是没安全感的。她要找一个有钱又有头脑的丈夫。我弟弟是那种新型的纨绔子弟，他不能保证她将来幸福。我说我弟弟很爱你，这点很重要。钟千媚抬起眼睛向我看看，她面如桃花，眸子却幽暗而森冷。她说："我有办法让台湾丈夫像你弟弟一样爱我。"她打了一个寒战，小城的人，素以谦逊著名，现在一切都不同了，这个城市已经在败坏。

话说到这儿就如隧道到了尽头。我感慨，坐在我面前的是一个坚定自信而非常实际的女性，对生活的要求面面俱到，什么都不会轻易放弃。相比之下我的弟弟显得脆弱而可笑。

钟千媚很快筹备结婚了。结婚之前她就从寒酸的家里搬到了大宾馆，等候台湾商人把她带走。有一天，她恳求我弟弟到她那儿去，在告别前有话对我弟弟说。我弟弟就去了宾馆，心里朦胧地有着什么期望，却什么话也没说。灯光暗着，屋里飘着若有若无的香味。钟千媚穿着白色的丝质睡衣，裙裾飘飘，里面的身体若隐若现，像有风在吹出一些诱人的线条。她在我弟弟面前走来走去，然后装着若无其事的样子在梳妆台边坐下，慢慢地梳理头发。我弟弟突然明白了她的意图，满身烘地一下燃烧起来，渴望清晰无比。他颤抖着把双手捂住千媚的乳房。但是，他在想进一步探索时突然放弃了，他想千媚或许是忏悔、赎罪，他有什么理由接受这样一个身体呢？我弟弟坐下来抽了一支烟，抽了半根，他回过魂魄，招呼都不打，逃一般地离开了宾馆。

钟千媚结婚后随夫婿到了台湾，从此离开了我弟弟。我弟弟在逃离宾馆后的第二天，就心急火燎地认识了一个外号"无限"的姑娘，这个外号着实奇怪，听上去又有些猥亵的意思，但我弟弟很快与她上了床，就此消除了钟千媚给他唤醒的欲望。"无限"是个坦白放荡的女人，生着一张小小尖尖的妖媚狐狸面孔。表情阴柔。一对毛毛的眼睛卖弄地半眯着。她对所有的男人都毫不顾忌，她的性格快乐而兴奋，她毫无疑问是粗俗低级的，她坦白得既无耻又天真，她极大地刺激了我弟弟的欲望。我弟弟在她身上得到了空前的解放，轻松得什么都有，轻松得一无所有。在很长一段时间里，我弟弟眼前只晃动着那张妖媚的狐狸面孔，他已记不起钟千媚是怎样的一张脸。他努力回忆着，只想起自己从宾馆里逃出来后到处找厕所大便，他想自己对钟千媚是没有欲望的，如果有欲望的话，照他现在的经验，应该是想小便而不是大便。

我弟弟的眼睛酸涩不已，他和千媚的事就这样地过去了，有着空白的纯洁。

我弟弟认识到了这一点，就和"无限"分手了。

许多人匆匆地走过我弟弟身旁，千媚、"无限"，包括我的父母。我弟弟不再把他们看作生活中重要的因素。他在经历了精神和肉体之旅后，自以为对女人看透了，又回到他的朋友身边。但是这次他的友谊不那么牢靠了，他的朋友们无一例外地经商了，有开服装店的、有开出租车的、有开米行的、有开咖啡馆的，还有倒买倒卖的。他们碰在一起谈的是怎样"轧冲头"，怎样在米里掺砂子怎样让服务小姐在咖啡馆里展开魅力攻势。他们应该知道我弟弟的忌讳和隐痛，但是他们全然不顾，口沫横飞，斗志昂扬，豪情万丈。把我弟弟冷落得像个局外之人。我弟弟感到了愤怒和惶急，对于在米里掺砂子等事他实在没有热情加以赞赏，对于做生意时的种种手段他厌恶、反对，但又懵懂得像个无知的孩子。他企图加入朋友们的谈话，但他说出来的话连他自己都觉得枯燥无味。在朋友们交流"生存经验"时，我弟弟痛苦地认识到了他以前在商界里扮演的弱者角色，纵观自己二十八年的生活，他一直是受害人，但又找不到施害者。

我弟弟怀着某种说不清道不明的愿望和父亲长谈了一次，他说服了父亲让他再次进入企业的管理层。跟以前一样，他没有明白自己最终需要的是什么。重新进入父亲的企业没多久，他又厌恶了商界的种种勾当。他整日无精打采，没有目标，他又开始厌恶朋友对经商的热衷，朋友的兴高采烈让他如鲠在喉。曾经使他感到"幸福"的纯真的友谊发生了变化了。

他与朋友终于分裂了。我现在不想详细地叙述那天在小酒店"老客"里发生的事。因为整个事情简单明了。他们在"老客"喝酒，朋友们一如既往地谈他们感兴趣的话题，我弟弟说："谈些别的吧，谈别的吧。"其中有一个外号叫"骆驼"的米行老板说："别的有什么好谈的，你要谈找女人去。""骆驼"愤愤不平地说:"摆什么老爷架子,我们爱讲什么就讲什么,你有钱去玩女人好了,在我们面前不要潇洒。谁比谁高明?你有资格限制我们讲话吗?"我弟弟把他的朋友一个个轮流打量过来,他看见是冷漠或不在乎。我弟弟就指指"骆驼"问:"你们都同意他的话?"他的朋友们全都沉默,我弟弟就明白了。他脑子里闪过一个词:众叛亲离。我弟弟悲愤地叫喊:"我是为了你们才落到今天这种地步的。""驼骆"说:"你说什么?你是为了谁才打胎的?"

我弟弟和朋友之间的分裂就这样发生了,是必然的,不可避免的。

我回过头来说一说我弟弟与他的朋友们分裂前的事。当时他陪着一批客户喝酒,喝到一半他惦念起他的朋友们,联系后知道他们都在"老客"。我弟弟就在宴会半途中溜走了。他头脑还清醒,所以他没有开自己那辆轿车,而是骑了一辆到处生锈的破自行车。他觉得开着轿车去见朋友不太好,他时刻要照顾朋友的自尊。钟老师家给了他很多启迪,钟老师的死曾经让他在无数个夜里自责不已。他为朋友搬家、办喜事、办丧事,为朋友找工作、打架。他记住朋友的生日,朋友孩子生日,朋友的妈妈生病了,他如儿子一样跑前跑后。他做得无怨无悔,最终的目的是营造着某种叫友爱的东西。他爱这种东西胜过爱父母,因为父母身上可供他做梦的东西不多了。他倾尽心力对待朋友,为朋友每一个可爱、可笑的举动而感动。值得记住的东西太多了。从十七八岁开始,譬如欢笑;譬如哭泣彷徨;月光下的沉默和歇斯底里的群殴;譬如不眠之夜的深谈。所有的喜怒哀乐都表达着纯真、信任、友谊。弟弟在那些年里淋漓尽致地表达了自己,而现在他有着心闷的痛苦,看见而无法触摸到就如隔了一层玻璃。但是我弟弟还是心怀柔情地处处顾及他的朋友们。他骑着那轮破自行车,自行车一路上掉了一只铃铛,链条脱落两次,加之我弟弟有些酒意了,拐弯时龙头太僵硬,摔了一跤。当我弟弟满身渗汗地来到"老客",把自行车朝朋友的摩托车堆里一塞,心里很安逸。他没有预感到此行凶多吉少,他根本不明白"骆驼"为什么说那些话而别的人默认了。我弟弟抬手砸了两只酒瓶,责问他们:"你们就是这样对待我的吗?"我弟弟忽然明白了不应该在他们面前表现喜怒哀乐,他就沉默了。沉默是台阶,他的朋友们陆续离开,把他一个人扔在这里。我弟弟独自喝下半斤白酒,又把隔壁桌子上的酒瓶砸了几个,他对劝阻他的酒店老板笑道:"别慌,我赔你。我无能,可是我有钱。"他把钱摔到老板的脸上,咕哝着:"这世界什么是真的呢?"老板把钱一张一张地捡起来,告诉他这个世界只有钱才是真的。然后把他揉到门外。

我弟弟站在马路上抬头一望,只见满天的星星都向他兜头砸下来。他吓了一跳,赶紧躺倒在地上,星星们就在天上旋转起来。满天里都是星星旋转造成的光环。我弟弟躺在地上想,他想他现在是条狗或者是条毛毛虫了,所以,不用多想什么,爱干什么就干什么。我弟弟轻松地在马路上打滚,他仿佛听见一个孩子在说:"妈,你看那个人。"我弟弟一下子坐起来,叫道:"我不是人。"他解下钥匙扣上的指甲剪,费劲地切割手腕上的动脉,直至他觉得手腕在剧痛中豁然开朗而一片冰凉时,他才满意地原地一躺。朦胧中想起了另外不相干的两件事。一件是在马路上追逐千媚,一件是跟"无限"夜以继日地性交。他觉得现在的解脱状态与这两件事有些相像。他喜欢这样。

我觉得我弟弟像一件过时而无用的物品似的,有着过去年代所具有的结实、隽永,虽然旧了,但从积攒了很久的时间里焕发出光泽;虽然无用,但能勾起拥有者对时光的回忆。可惜现在的人们不需要这样的物品了。现在的人需要的是短暂的停留、不断的更新,人人都像被大风刮着跑的灰尘,身不由己地向前进,未来就是一个大黑洞。

我弟弟割腕过后，愤愤然地在朋友面前炫耀起财富。他开着轿车撞来撞去，他一身的名牌，腕上带着瑞士牌全金表。他上朋友家里去的时候带着贵重的礼物。总能叫朋友的妻子发幽古而思今，想入非非而不满现状。我弟弟在朋友的眼里看了如下的情绪：强抑的自卑，虚弱的愤怒，无奈的敷衍。我弟弟的目的达到了，他乐此不疲，直至所有的朋友都老鼠躲猫似的躲着他。我弟弟告诉我，他这样做"很舒服"。我陡然想起父亲大柳庄之行。感觉中是冥冥之手操纵着弟弟重复我父亲走过的路。接下来的事也证实了我的想法。

我弟弟无处可去了，再没有人能把他连带着他的精神一同接纳下来。他如流浪儿一样回到家里，父母总是无条件接纳子女的。我弟弟如绵羊一样的乖，他乖乖地吃饭、睡觉、上班，不酗酒，不骂人，不打架，唯唯诺诺。他天天吃早饭时向父母报告他夜里做梦的内容，他爱上了做梦。为了做一个好梦而不是噩梦，他煞有介事地每天晚上听一遍儿歌，念几首诗，看看幽默小说。早晨天很亮的时候还在做梦，我父母常常在晨曦里听见他咕咕哝哝的笑声。因为做梦做得太多原因，我弟弟瘦了下来。母亲对父亲说："不会有毛病吧？"父亲看了看儿子，什么也没说，摇摇头。家里虽然能经常听见我弟弟的笑声，气氛却诡秘而阴森。

我弟弟陆陆续续地开始整理他的东西：书籍、照片、日记、信件。仿佛要总结或者回忆。但他整理的样子更像哀悼或者舔舐伤口。他在旧东西里面翻翻检检，把它的房间搞得灰雾腾腾，忽然他大声叫我了。他拿着一帧照片给我看，照片上是一个胖乎乎的十三四岁的男孩，表情黏糊糊的。弟弟一定要我猜这是谁，我猜不出。弟弟以前结交了很多朋友，因而他有很多这类照片，都是男孩子之间的依恋。他们都老实，穿着宽大的衣服，回忆中都有些胖乎乎的，弟弟说："再想想，最胖的那一个。他在下雨天的时候老撑着伞站在我家门口等我。"弟弟把照片翻过来，上面写着很漂亮的两行毛笔字：弟留念。祝永远健康幸福。兄许福赠。我看见了这毛笔字，想起了一个从小学一年级开始练字的男孩，一个下雨天老撑着伞站在我家门口的男孩。他平时不敢经常来我家，只有下雨天的时候，他才理直气壮地，很早就站在了我家门口。他这样做可以免去我弟弟撑伞的劳累，又可以搀着我弟弟过马路。我们家刚从大柳庄回来不久，弟弟老是不敢横穿马路。他战战兢兢地立在马路边瞪着眼张着嘴，就像一个梦游者。幸亏有了阿福。

"这是阿福。"我说。

我弟弟的眼睛红了，他随即慌慌忙忙地到处找手绢。终于没来得及地用一件衣服捂住掉下来的眼泪。阿福在十五岁那年生了脑瘤死了，他的拮据双亲为此一贫如洗。那幅雨天等候的情景，那种男孩的固执的亲爱、眷恋，真诚的愿意付出，一去不复返。阿福死了之后，我弟弟常常一个人坐在阿福的座位上伤神。我说的是曾经。阿福死了那么久了，有那么多年不再想起他。我弟弟大约没有必要现在这么伤心难过。红红眼睛是最大极限了，可他用那件灰蒙蒙的衣服捂住脸哭了半天。我一想到是一个死人让弟弟恢复了神气，就浑身不自在。我弟弟确实重复了父亲的经历。父亲对他从来没有见过面的母亲那么怀念，想必也是对活着的人一次次地失望了。死去的阿福继续帮助着我弟弟。他让我弟弟振作了，原谅了伤害他的人——有了阿福的情意支撑，我弟弟对别的不太在乎了。这是不是像身藏珍宝的人不在乎别人嘲笑他衣衫褴褛。我弟弟如大梦初醒，神采奕奕，满脸红光。他在濒临绝境的一刹那得救了，精神如迷途的鸽子寻找到了家。

在我看来，我弟弟的挣扎是饮鸩止渴。但不管怎么说，他又充实了内心，对人生看上去又有了信心。阿福对于他的作用类似于护身符。这道护身符挂在他的嘴巴上。他说阿福家里很穷，所以上小学时不得不带着他的小弟弟。他拉着他的小弟弟,小弟弟身后拉着家里的小狗。我弟弟朴素回忆感动了我,我想一个带着小弟弟和狗上学的男孩,心灵肯定是美的。我同时也赞赏了我弟弟的审美力。他从众多的回忆里独排出这件小事——两句就说完了。足见我弟弟审美的嗅觉有多灵敏。我弟弟对美好的事物确实有着刻骨铭心的嗜好。他说他和阿福常常安静地坐在阿福家的院子里,院子里有一棵枫树,很高大,秋天枫叶半红不红的时候,他们坐在树下,彼此沉默,世界变得若有若无了。树上掉下的东西分不清是鸟还是枫叶,时间如潮水一样忽来忽去,徘徊不前。我弟弟感受到的是缓慢的、轻柔的动荡。动荡之中蕴含了憧憬和茫然的柔情蜜意。后来阿福死了,我弟弟很伤心地一个人坐在树底下,那是初冬了,枫叶零落,被冷雨浸过的枫叶呈现浮肿的黄,就像阿福生病的脸。我弟弟无可奈何地看着枫叶从树梢上滑落,想,这就是大自然给他的启示和安慰,死生由命的。我弟弟看着满地的落叶欲哭无泪,如痴如狂。

为了阿福,我弟弟找了个小女伴,共同分享对阿福的回忆。他已不仅仅是回忆了,而是在享受那种伤感的情绪。小女伴才二十岁,婴儿一般温和天真的脸,很温顺,很听话,眨动着纯洁的大眼睛听我弟弟喋喋不休对于阿福的回忆,肚子里转动着赶快结婚的念头。但是我弟弟很自私,他把这个小女孩的功用限定得窄窄的,甚至除了手没有摸过别的地方。小女伴委屈死了,我弟弟向她解释还没有发展到那么亲密的地步。小女伴用手捶着他,命令他快点发展。我弟弟恐慌地想,天哪,我要结婚了。可是我有爱情吗?我弟弟把这个难解之题告诉了某个昔日的朋友,他们虽然已没有了亲密,但还保持着藕断丝连的来往。弟弟看在阿福的面上,已宽宏大量地原谅了朋友对他的伤害。朋友叫我弟弟早点儿"干了她"。我弟弟说这样的话就得结婚,朋友拍着弟弟的肩说你真老实,能赖则赖,赖不掉就结吧。我弟弟回到原先思考的地方,发愁道，没有爱情的婚姻是不幸福的。朋友重重地叹了一口气，费劲地告诉我弟弟他是一个大傻瓜。人家都不讲究的东西你还在讲究，不是傻瓜是什么？三年前男人热衷于找一个完整的姑娘，现在呢？你找到的姑娘都是失掉处女膜的，怎么办？你上吊去吗？你要适应，就像做生意一样。这世界到哪儿都是识时务者为俊杰。"干了她"没错。我弟弟冷笑了一通。回敬了朋友一拳，说我看你们越来越像一群动物了。朋友气急败坏地叫，谁不知道你跟"无限"，在厨房里也能干事，装正经。我弟弟红了脸，严肃而大声地说，我后悔了，我早就和她没来往了。

我弟弟一如既往地让阿福生活在他和小女伴之间。他想，你要是个善良之人，你一定不会对阿福反感，你不反感的话，我管他妈的有没有爱情也会跟你结婚了事。品行比爱情好像还重要一点儿。

这样过去了三个月，两个人之间终于无话可说，关于阿福的那几件事，反复地说，说得没了滋味。小女伴有一天把我弟弟带到她家里，指指她的床，我弟弟就提出了分手。

小女伴也不是好惹的，换上原来的本色，劈脸唾了我弟弟一口："倒让你先提出分手？告诉你，要不是你有那么多的家产，我愿意花时间在你身上？神经病。"

我弟弟向我发了牢骚，说那么纯洁的一个女孩子，说话那么粗俗；她的笑容和眼神那样美，可是内心里不存一点儿对美好事物的向往。只想让人早点儿"干了她"，达到结婚的目的。一个男人，不要谈精神或性欲，哪怕找一个稍微称心的女人怕也不容易。

失去了叙述对象的弟弟毫不沮丧，他把阿福的照片放大贴在墙上，放大了的阿福模模糊糊地笑着，眉目间越发黏乎乎的。这张照片是家里唯一不清楚的一件物品，但细想来，却是唯一清楚得要命的东西。如果在夜里，月光投射进来，你感觉到那游荡在屋子里的那份清楚，会让你毛骨悚然。父亲提出了抗议，他说这样太不吉利，对他及母亲的身体影响不好，我弟弟说你们不要烦我。我最觉得亲的就是他了。父亲恼怒地揭下阿福的照片撕个干净，我弟弟从抽屉里又拿出一张，说我早料到了，所以我印了许多。

父亲觉得父子两人的这场矛盾活像一场游戏。如果玩下去的话就越来越会喜剧化，父亲豁达地摆了手。他内心里对儿子早已失望，也早已驯服地听从了命运的安排。不过他还是叮嘱儿子，因为市场形势不好的缘故，应该多放点心思在生意上。你逃避到西藏后，企业的状况一直时好时差，很不稳固。昨天厂里跑走了两个技术骨干，还有一些做苦力的叫嚷着加工资。仓库里的材料失窃了许多。应付款无法还，应收款收不回。销售渠道有几条被别人拦截掉了。父亲唠唠叨叨地，十足是个上了年纪又不甘心的人。但他又说他现在最想干的事就是种种月季花，给它们浇浇水，捉捉虫。不用药水，用手一只只地捉下来。我到时候两脚一伸上西天，什么都不管，你好自为之，不要老像个长不大的孩子。他叫我弟弟过去摸他的身子，我弟弟触手之处皆如嶙峋的山道。我父亲挣下上亿的财产，却落个皮包骨头，身上并没比别人多一两油水。

我弟弟面临着的问题不是不想做，而是做不到。这种现状令他感到窒息。如抓不到的剧痒，如哑巴想呐喊，如坠入黎明前浓重的黑暗。他摸过我父亲的身体后，就开始严肃认真地想一些事。他想如果阿福在的话，是不愿看到他现在这种样子的。为了阿福的在天之灵，他应该振作起来。但是弟弟转念一想，如果阿福活着的话，也像朋友一样嫌弃他呢？要是阿福也经商了，开个米行，会不会也在米里掺砂子呢？看来死也有死的好处。死让人觉得有不可变化的稳固，因而过去了的事，无论在什么时候想起，都不会怀疑它的真实性。

这是冬天了，西北风在屋外猛烈地呼啸，把树摇得哑哑地乱响。我弟弟怀着对阿福的假想，一时竟觉得阿福这个人是平庸的。风把我弟弟的魂悠悠地吹到半空，刮上九霄。我弟弟的魂动荡不安。世界是如此的不牢靠，生活的本质就在于失去和被毁灭。此时，阿福在墙上默默地看着我弟弟，统领着那份苍白和虚脱的情绪。我弟弟的思绪渐渐冷却。

我弟弟在工作上勤勉了许多，这令我的父亲欣慰。

一九九六年的春节还有一个月的时候，我弟弟接到了钟千里从外地打来的长途电话。钟千里先是无聊地谈起了女人，他说他所在的城市漂亮女人多得很，烦得他常常干咽口水睡不着觉。但是他不能去招引她们，他钟千里是有原则的。钟千里突然声调一变，激动得结结巴巴地说，这里有一笔大生意，人家要订一批电器产品，恰巧这人是他拜把子兄弟。

我弟弟不置可否地扯开话题，我弟弟并不傻。但后来的一个星期当中，钟千里每天打一个电话来，有时只是说他现在喝醉了，想哭。有时说他在看书，看《红楼梦》，一个星期后，他说再也不打了，电话费吃不消。他只是寂寞得慌，身在异乡为异客，每逢佳节倍思亲罢了。他住的旅馆里，客人们都是闹嚷嚷的，成天醉生梦死。看见他们，你会觉得人的一生就是乱糟糟的：肮脏的红地毯，昏黄的走廊灯，拖在地上的被单。到处有一股说不清的杂交气味，人来人往。房间里走出来的陌生面孔，不是昨晚那个人。昨晚那个走到了什么地方去了？谁都不知道谁在干什么，他真的很想家。

我弟弟后来就带着资金去了钟千里所在的城市，准备和他联手做下那笔据说百万元的大生意。我弟弟接到钟千里第一个电话，就对墙上的阿福说这是天方夜谭。他是什么时候改变主意的，一直是一个谜。钟千里后来对别人说，他根本没有花力气去说服我弟弟。他本来只是想开个玩笑。当我弟弟出其不意地打开他旅馆的房门时，他的构想才清晰起来，为了他父母，为了他自己，无论如何要寻这个纨绔子弟的开心。

我弟弟在去找钟千里的那天早晨，坐立不安，情绪非常古怪，他为什么急急匆匆地去给阿福上坟？为什么把阿福的照片护身符一样贴在内衣口袋里？我把他的行为解释为恐惧的原因。他出现在钟千里面前时面色平静，举止稳妥。他把皮箱安置在角落。脱掉皮风衣，到盥洗室洗脸。然后他坐在钟千里的床上，脱掉皮鞋，穿上钟千里的拖鞋。这些动作他做得有条不紊，一气呵成。钟千里和衣躺在被窝里，有一刻钟他的脑袋被什么问题困扰而无法灵活转动，他显得有些呆傻，张着嘴，两只眼珠像塑料做的。他想这个老同学比预料的还要傻。

我弟弟点燃一支烟，看着钟千里说："我来了。"我弟弟的神情掺进了丝丝凄凉。钟千里心里想：虚弱无能的人都是这样的表情，他盛气凌人地评价我弟弟："你不像以前那么讨厌了。"

我弟弟说："好些事情我都想开了，再说我父亲年纪大了，我不能总叫他生气操心。"

钟千里"呵呵"大笑，熏黄的手指间夹着香烟。他为我弟弟认真的态度感到好笑，他笑完了从床底下摸出一瓶白酒："喏，喝完它。我看见你这样子感到由衷高兴。你父亲没白养你这小赤佬。"钟千里喝了白酒，开始挑衅："说老实话，我真羡慕你，老实、天真、幼稚；而且有一个好爸爸。你那好爸爸干了那么多违法乱纪的事，积下一笔资产，为的什么？为的是给你铺平道路。我呢？我那好爸爸只会吃安眠药。"

我弟弟说："你妈一个人了，你要多回去。"钟千里打断我弟弟的话："不说这个。你跟千媚的事我都知道，你没有上她的当，很好。这小婊子，她在玩弄你。"钟千里狡黠地看着我弟弟，希望他脸上出现难过的神色。但我弟弟淡淡地动了动脑袋,不知道是点头还是摇头。钟千里站起身,煞有介事地伸个懒腰,说:"不能再喝了,我喝醉了,胡言乱语了。"钟千里不再理会我弟弟,一只接一只地朝外打电话,有半个多小时,他的手没有离开过话筒。他告诉我弟弟,刚才与他通话的人都是他的拜把子弟兄,明天他就带我弟弟去谈那笔生意,让我弟弟在春节前签下那笔生意的合同。他问我弟弟此行带了多少钱,我弟弟如实地告诉他带了三万元,钟千里面色冷淡,似嫌不足。但随即他又释然地说:"多是多用,少是少用。就看你这小子是不是有运气吃下那笔大生意。"睡觉时他问我弟弟:"要不要找个姑娘陪陪,旅馆里多的是。一百元一个。"我弟弟毫不气恼,说不需要。钟千里沉默了半天。

我弟弟接下来的日子是这样度过的:他像一只温顺的羊一样被钟千里牵着,到处请客送礼,拜见钟千里的结拜弟兄们。他的结拜弟兄们成分复杂:有市政府干部、有无业游民、有当兵的、有派出所的民警、有摆摊做买卖的,还有自称是黑社会的。他们在舞厅里搂着女人,在旋转的灯光里跳得影影绰绰时,我弟弟替他们怀里的女人付小费。钟千里今日要求他买手表,明日要求他买洋酒,我弟弟一一照办,很顺从地、很平静地、几乎有些麻木地,好像是个局外之人,我弟弟打着呵欠付出各种费用,还得听钟千里的高谈阔论,钟千里向人这么介绍我弟弟:

一个好人,一个和我格格不入的人。他家里很有钱,所以他将来什么都不会缺乏。因为缺少生活磨炼,所以他至今是个好人,对生活抱有热情。我们欢迎他讲讲他父亲坐牢的事,很感动人。或者请他讲讲大柳庄的事,也很好听。

一个星期后,我弟弟告诉钟千里,他只剩下三千元了。钟千里两手一摊,无奈地说:"我为你尽心尽力了,求爷爷告奶奶,看上去签合同有些难度。但是我告诉你,只要肯花钱,没有做不成的事。你回去拿钱，我在这里等你。"我弟弟说签不成就算了，明天你和我一齐回去过年。钟千里说："我？回去过年？爹死娘嫁人，各人顾各人。我娘又在找人嫁，我看她有希望嫁个有钱的老头子。"我弟弟说不要那么心狠。钟千里一把搂住弟弟的肩膀，感叹道："唉，你是越来越会说风凉话了，今天最后一晚，走，我们喝酒去，我请客。"

钟千里把我弟弟领到一家陌生的酒吧，我弟弟在最后一晚上喝得酩酊大醉，他不知道钟千里是什么时候走的，也不知道什么时候腿上坐了一个女人。他心里很难受，他把女人推开，叫她坐在旁边的椅子上。这时从门外走进一个男人，径直走到我弟弟的面前，他说他是派出所的，请我弟弟跟他走一趟。我弟弟看看旁边的女人，说我没有……那男人打断弟弟的话，几乎是笑着把我弟弟带走了。

经过审问，没有确定我弟弟的罪名。但因为要过年了，人人都显得心不在焉。派出所的人把弟弟暂时关在拘留所里，说要把问题搞搞清楚。这样，我弟弟就在拘留所里待了一个星期。他的裤带没有了，只好蹲着，两只手放在身后不许动，连睡觉都只好蹲着。吃的是难以下咽的粗米，每顿有一碗"白菜汤"。有人哭泣有人咒骂。只有我弟弟不发一言，他经常把阿福的照片从口袋里掏出来浏览一遍。他夜不能寐，通宵达旦地醒着。他想起了父亲曾经也是这样在监狱里坐着，通宵达旦，没有尊严，没有一丝一毫多余的欲望，如初生婴儿一样无牵无挂。父亲在百无聊赖中定然把许多的人过滤了千遍万遍。当淡漠了仇恨、厌倦了思念后，最能支撑我父亲精神的，可能是他从未真实过的母亲。我弟弟经过数不清的失望和退让，阿福是他坚守的最后一个堡垒，他相信是阿福让他坦然地踏入钟千里设下的骗局，然后再原谅了他。

我弟弟彻底解脱了。他平静而豁达，过了一个星期，他从拘留所里出来，到钟千里住的旅馆去了一趟，如他所料，钟千里逃之夭夭。我弟弟替他付清旅馆费,剩下的钱够买一张火车票。

我弟弟回来了,我家和钟家的恩怨结束,落幕。我弟弟一踏进家门,父亲就指着他说:"你又吃亏了。"我弟弟说:"让我吃最后一次亏吧。"

我父亲于公元一九九六年的夏天中风病故。他总算死也瞑目,我弟弟已经能轻松地胜任了工作,大到签订合同组织生产,小到扣掉工人的一个加班费。彻底解脱后的弟弟,做什么事都得心应手,像他六岁时交换于寡妇的耳环一样,弟弟还原了。这样一个把商界看作丑恶的人,与之美好概念相对立的人,最后在商界努力耕耘了。这就是我弟弟的耐人寻味之处。我弟弟的生活在后来是很圆满的,年轻有为,事业有成,他的身边,朋友和美女熙熙攘攘,真是要风得风要雨得雨。

是的,结局很圆满了。我弟弟在最后终于显示了他的聪明,选择了他如今的选择,他成长了,令人信服,你将看见资本在我弟弟的手中得到进一步的积累。我弟弟在艰难的成长过程中明白了什么是需要的,什么是不需要的。他知道人生是从山巅朝下滑落的过程,他没有粉身碎骨已是万幸,有阿福的照片为证,他的内心还是保持着对美好人性的追求,有些无奈,但决不脆弱。他还知道,人生有些事是不得不做的,于不得不做中勉强去做,是毁灭;于不得不做中做得很好,是勇敢。

对　岸

月夜的开始,是从月亮升起的时候算起。

祝风夜里一点钟醒来,写到第二天中午,简单地吃了几块饼干,然后一觉睡到月亮挂上半天空。她掀开窗帘看一眼,想,如果没有遍地的灯光,农历十六日的月光会铺满大地。

她拿起手机给一个叫作"爱与美"的微信群留了如下语音:姐妹们,每当满月,纯洁完美的月挂在天空上,我的心就好孤独。——彩云咖啡馆见。

她的月夜之始,是从内心的孤独算起。

很快,她的手机响起好几声短信提示声。她也不看短信内容,就穿好衣服,走出她的别墅。到处都是树,地上却没有影子。她的人也是,没有影子。空气里弥漫着花草树木的香气,这些没有影子的东西,黑郁郁地聚在一起,分不清楚,仿佛密谋着什么。

从去年开始,姐妹们的时间多了起来,首先,储角的美容院门可罗雀,武清河的珠宝店经常关门歇业,宋啸云有个上市的装修公司,去年,有关部门把她好一阵子查,没有查出多大的问题,她也从此想开了,放松了工作,三天两头地出来玩。阮红心在一家外资企业做高管,外资正准备撤资,她有大把的时间消费。祝风是个著名的网络写手,她的时间自然可以由她自己支配。

她们能不时地聚会，得益于有共同的无害话题：婚姻的创伤、股票、时装、抗拒岁月的美容手段、吴郭城里流传的各种小故事。

今晚，和往常一样，她们每人开着一辆不同颜色的玛莎拉蒂来到了彩云咖啡馆。以前，大家在汽车的品牌上较劲，后来约定买同一个品牌，既解决了争强好胜的不良后果，又拉近了彼此的距离，仿佛像共爱着一个男人似的。

她们没有喝咖啡，只是泡了一壶菊花茶，坐在湖边看月亮。从这个举动来看，她们对今晚没有什么期待和预谋，而是想喝了菊花茶回家休息。

湖里不远处有一些浅滩，上面的芦苇随风蠕动，芦苇中偶尔传出鸟类"咕"的一声低语。

储角说："看到这些柔弱的随风而飘的芦苇，流淌不停的河水，我心里也好孤独。我以前会哭，会心酸，现在除了孤独，什么也感受不到。"

武清河、宋啸云、阮红心表达了相同的情绪。

那么现在就面临着一个问题：她们要做些什么才能让今夜充实起来，不要带着孤独的情绪回去睡觉？

祝风提议道："这样吧，我们讲出每个人心里最后的秘密，从来没有人知道过的秘密，好不好？"

她把"最后的秘密"说得又快又狠，大家听了以后一阵沉默。

储角打破沉默说："祝风，你是提议人，那你先说你的最后的秘密吧。"

祝风说："我有一个可怕的秘密，从来就没有告诉过谁。我从小就咒我爸死……就是这样。"她听到大家倒吸了一口冷气,没有人敢问为什么。

储角接着说:"我也有一个秘密,我从来就没爱过男人。"大家又是一声惊叹,她说了以后,谁也不敢问什么。储角,有过多少风流韵事的储角,九十年代初,她二十岁出头,就是吴郭城里著名的花心女。

武清河说:"我十年前就得了精神病,严重的焦虑症。每天都要服药。"她语速很快,蹦出来的字,两个一组地在舌头上打着架,舌头和牙齿也纠缠不清,离远一点儿就听不清楚她在说些什么?

这次没有人发出惊叹的声音,但大家张着嘴,嘴里喷出惊讶的一团一团冷气,这些冷气被微风吹到湖面上,凝结成浓雾,在湖面上飘散开来。

宋啸云和阮红心互相交换了一个眼神,低下头喝茶,表明她们不想再说可怕的秘密了。她俩的决定是明智的,因为大家已经心情沉重,再也装不下更多的可怕的秘密了。

咖啡馆的老板娘和她们很熟,她们不走,老板娘决不会下逐客令。她们沉默着,不停地喝茶,这一夜好像会无休无止,藏着无尽的空虚,所有奋斗过的人生,是一样无头无尾的怪物。

祝风说:"我们不讲自己了。我们讲别人的故事好不好?每人讲一个。"

她的提议马上得到了大家的同意,讲别人的故事至少很安全。老板娘适时地靠过来,对她们说:"各位美女,今晚上咖啡馆里除了你们也没有什么人,我厨房里有半斤一只的湖蟹十只,还有下午从渔船上买来的四斤重的大白鱼。前几天蓝湖开捕了,总能买到好鱼好虾。不如温点黄酒,大家一边吃一边讲故事,好不好呀?"

老板娘的尾音拖得很长,显得温柔而时尚。穿着打扮最前卫的储角不由得多看了她一眼。

这回轮到宋啸云和阮红心先讲了。

宋啸云说:"我们以前班上有一位个子很高的女生,坐在最后面,体育很好,但是很傻,功课很差,不知道你们还记得不记得?"

阮红心说:"哎哟,怎么不记得?不怎么说话的,一说话嘴里就带出乡下腔,又硬又土。叫什么妹……柴云妹,好土的名字。哪像我们五个的名字,洋气,豪气,大气,不知道的话,人家还以为是男人的名字,这点要感谢爹娘。"接下来她说了一长串英文。没人理会她,她也不作解释。

祝风叹了一口气。

黄酒先温了,服务员端了上来。然后端来了水煮带壳花生、新鲜红菱角、蒸糖藕。

宋啸云说:"听我老宋仔细说来。柴云妹高中一毕业,她爸就逼着她结婚了。她反抗也没用,听说她不愿意结婚,撞头,把头撞在桌子角上,就跟祥林嫂一样。不过她比祥林嫂更惨,祥林嫂撞的桌子是木头的,她撞的是金属包的桌子角。"

阮红心说:"只有乡下人家才用金属包角吧?"

祝风问:"我就不懂了,她为什么不肯结婚?"

宋啸云呛了她一句:"为什么?她有她的理由的。就像你不肯再婚,不是也有你的理由?"

武清河听得焦虑起来,咳了一声,伸出戴了一只冰种翡翠手镯的玉腕,把一碗黄酒递到宋啸云嘴边。于是宋啸云抿了一口酒,说下去:"她为什么不肯结婚呢?是因为她那个搞笑的爸。我只消说一件事你们就明白她爸是个什么人。那一年,他爸晚上搭了顺风车进城找工作,刚进城,就尿急。他就四处找厕所,结果没有找到。他心中大怒,赌着气,憋着尿,朝城外走了十五公里,找到一个加油站里的厕所,才把尿放了。"

听故事的四个女人爆出一阵大笑。

宋啸云自己也笑得合不上嘴,过了好一阵子才继续讲柴云妹的故事:"有一回,一个小偷进了她家的院子,偷了她家晾在外面的一件女式羽绒衣,并且把它穿在身上。她爸追出去,追了五十多公里路,捉住了小偷。他没把小偷交给派出所,反而带回家来,让他给柴云妹当了倒插门的女婿。柴云妹的爸说,这小偷不是惯偷,长得身强力壮,拿当他一个劳动力使唤也好。她就这样嫁给了一个小偷。听说后来生了一个女儿。"

宋啸云说完,阮红心说:"轮到我讲了。我刚才也想起一个故事,也是柴云妹的事。是谁讲给我听的,我忘记了,大约也是哪位同学聚会时讲的。说柴云妹高中毕业后,进了国营丝织厂立织车间当女工,三班倒。她工作上肯吃苦,是一员猛将。后来犯了一个错误,被丝织厂开除了,只好自己在外找事做。不过后来国营丝织厂也倒闭了——这是后话了。她当时还是市三八红旗手,出了事以后,市妇联给她发的光荣册都上交处理了。"

武清河催了一句:"你倒是快快地朝下讲呀。"

阮红心说:"立织车间都是女人,只有一位男人,就是机修工。女工们仗着人多势众,经常'调戏'这位机修工,给他讲黄段子,说'荤'话,摸他的脸、大腿、屁股。这位机修工还没有结婚,刚从别的行业调过来,很不适应女工们的行为,他认为这是女工们对他的欺压,他要求调到别的车间去。但是领导对他说,天下的丝织厂都是一样的,女人霸权,这个车间的玩笑还是有分寸的,从来不脱男人的裤子。"

储角想起自己的美容院,自从开辟了男士美容项目后,老有年轻貌美的美容师找她告状,说某某男士给她们讲黄段子,某某男士又对她们动手动脚……要是她们有丝织厂女工的胆量就好了。她浮想联翩,"咯咯"地笑出了声。

阮红心说:"领导的话马上就传到了女工们的耳朵里。那位年轻的机修工没有任何心理准备返回立织车间时,女工们捉住他,把他扳翻在地,然后摁住他的手和脚,脱下了他的裤子。就是这样。"

听故事的四位女士面面相觑。

阮红心说:"我闻到螃蟹蒸熟的香味了,我要赶快把这个故事讲完。因为吃东西的时候讲这个故事,让人倒胃口。女工们把机修工掀翻在地,脱下他的裤子。脱裤子,就是脱掉男士的长裤。里面的内裤,就像如来佛贴在五行山上的封印一样,没人敢去揭开。别的车间的女工,再疯也是到此为止,被脱裤子的男士,一般来说,从此把女工们奉为神明,唯唯诺诺。所以大家脱下年轻机修工的长裤,一个个就笑着住了手。没想到柴云妹不罢手,也许她继承了她爸莽撞固执的个性吧,或者说她就是疯魔了——反正不知道她是怎么想的,她又撕又扯,拼力扯下了机修工的短裤,跑到外面,把他的短裤扔到外面的栾树上。"

阮红心话音刚落,老板娘就端来了一大盆香喷喷的熟螃蟹,时间卡得正好。

祝风敏锐地问阮红心:"这件事,是在柴云妹结婚以后还是在结婚以前?"

阮红心回答说:"我不清楚。"

宋啸云、武清河、储角也是一脸空白。

这时候,老板娘忽然开口说道:"是结婚以前的事。"

热腾腾的螃蟹渐渐地冷了。它们呆乎乎地伏在盘子里时，红着脸，完好无缺，看上去栩栩如生，还能思考的样子。边上就是无边的湖水，波光粼粼，散发出生机和梦想，对它们简直是个莫大的讽刺，也着实让看着它们的人感到尴尬。

老板娘拿起蟹，每人面前放了一个，温柔地说："吃吧吃吧。"

五个女人你看我一眼，我看你一眼，机械地开始吃起螃蟹。

老板娘说："祝风，到底是作家，思考的问题就是与众不同。"

祝风站起来，把放在地上备用的一瓶黄酒，喝了个底朝天。她酒量一般，这种喝法是她的极限了。喝完以后，她对老板娘说："柴云妹，这一瓶酒，我喝了，给你赔个不是，也是庆祝一下我们重逢。"

老板娘，现在应该叫她柴云妹了。柴云妹站起来，双手合十，给大家鞠了一躬。她礼数周到，仪态万千，一点儿也想不到她竟然扒过男人的裤子。

储角上下打量着柴云妹，满心不快地说："你也太会迷惑人了，变得连我都没看出来。"

武清河脱下手镯，拉住柴云妹的手腕，硬把这份贵重的礼物送了出去。

宋啸云拍着桌子说："柴云妹啊，我记得你以前个子很高，现在怎么变矮了？"

柴云妹说："宋姐姐，我以前是很高，但是我出了高中以后就不长了。你们五个人很奇怪，又长高了一点儿。我的脸以前是圆的，经历的挫折太多了，脸上的骨头都显了形。再加上化妆……还有，每次你们都是夜里才来。我是认识你们的，你们第一次来，我就认出来了。"

阮红心一直在边上没说话，此时她赶紧说："这么多年，你吃苦了。"

现在，是六个女人坐在湖边了。

柴云妹说："我也讲个故事给你们听，不是别人的，是我的。"

五个女人同时朝后一仰，好像散步到了悬崖边上，猝不及防。然后慢慢地回正身体，正襟危坐，摆出一副赔小心的样子。

柴云妹低眉顺眼，开始讲她自己的故事："有一天，我和几位女友约好到郊外的一个农家餐馆用餐。我后来搞股票，赚了一些钱，投资在房地产上面。这些女朋友就是我在商界认识的。我有意去得早了两个小时。你们都知道，我本来就是乡下妹进城，心里对土地总是亲的。这么多年忙忙碌碌，不大去乡下回味小时候的生活。我停下车，就去散步，看见一条陌生的河，就站在边上看。我站的时间可能太长了，来来回回的人就以为我在等什么人。一位当地的老爷爷对我说，前面有个人，也在一条河边站着，可能也在等什么人吧。老爷爷让我去前面看看那个人，我没有去。又站了一会儿，我突然发觉，自己好像是在等什么人，等一个喜欢的人出现。这种念头越来越强烈。我就想啊想啊。"

五个女人同时笑了起来，并且不约而同地把身体放松下来。从等一个人到等一个喜欢的人，这里面出现了一个很大的逻辑空洞，只有女人们才能听懂柴云妹的话，所以她们笑了起来。

柴云妹拿了一只蟹开始剥："我想啊想啊，想到了一个人。那个时候，离丝织厂那件事已经十多年了。被丝织厂开除以后，我跟我爸收留的男人结了婚，生了一个女儿。连他都看不起我了，才结婚一年，他就找个理由和我离了婚。平时他经常问我一个问题：一个没结婚的大姑娘，为什么敢去脱男人的裤子，冒犯一位无怨无仇的异性？这个问题也是我想搞明白的。离了婚以后，这个问题越发像一条毒蛇死盯着我，折磨得我日夜不得安生，我后来就像武清河那样得了严重的焦虑症，然后就像储角一样到处找男人。不知道的人,以为我们水性杨花。我们自己明白,就是心里没有自信,想从最亲密的人那里得到肯定。越是想得到,越是得不到。……我像宋啸云、阮红心一样再婚两次,又离婚。每次都是只维持一年就离了,以后就一直没有结婚,就像祝风一样不思婚嫁。我有一个本事,就是一个人也能把住的地方住暖,不管这个地方有多大。一个人住着,就像有一大家子住着一样,温暖安详,处处显得有人气。反而是每一次有男人共同生活,就会把我住暖的地方搞得僵硬冷清,气息凌乱。这种情况一直到我看见一条陌生的河,想起一个人……"

阮红心插了一句话:"我也有这个本事。"

大家都暗自点了头,证明她们同样也有这个本事。

柴云妹说:"我们来喝一杯吧。"

大家把面前的酒一干而尽。

祝风在听柴云妹讲话时,脑子里尽在回忆关于柴云妹的事。她记起了一些事,隐约感觉到,柴云妹想起的那个人可能是高中时的班长方啸天。因为柴云妹有一次上体育课,突然提出要和方啸天掰手腕。方啸天拒绝了她,但还是受到了男生们的取笑。男生们笑话方啸天缺少男子气,所以被女生约战。柴云妹采取了她自己独特的方式,找到一位取笑方啸天的男生,把厚厚的《汉语成语词典》朝他的脸上狠狠地砸了过去。祝风记得当时方啸天也在场,他一脸惊愕,仿佛受到打击的是他。

柴云妹给大家的酒杯里满满地倒上酒。

月亮升到空中了,微风从远处过来,掠过水面,就带着凉意了。

柴云妹说:"再喝一杯,暖胃祛寒。"

大家又一饮而尽。

柴云妹叹了一口气说:"就快讲到关键部分了,我心里慌得不行。我想起了一个人,这个人你们也认识的,就是高中时候的班长方啸天。"

除了祝风,另外几个女人发出惊叹。祝风给大家倒了酒,自己先喝了一大口。

柴云妹说:"我的女朋友们都来了,连我一起,也是六位。我们开始喝酒,闹。喝到管不住嘴的时候,我把我心里的秘密说了出来。"有一个女友说,啊,那是你的初恋啊!还有一位女朋友说,她正好认识方啸天,两个人有生意上的往来。就有人提议把方啸天叫来,那位与方啸天有生意上往来的女朋友,趁着酒兴,把方啸天叫来了。后来发生的事情都是趁着酒兴了。方啸天是在一个饭局上过来的,来的时候已经喝了不少,到了这里他坚决地不喝了,盯着我看,说,没想到我现在变得这么漂亮,如果他要再喝下去,那就显得愚蠢了。我的女朋友们一看情形,马上起哄,说今晚她们要成全一位新郎和新娘。不由分说地,她们给一家五星级宾馆打电话定了六间房间,她们叫了几辆车,把我和方啸天塞在其中一辆,风驰电掣地到了那家五星级宾馆。我的女朋友们很贴心,给我和方啸天定的这家宾馆是在另一个城市。她们说,干这种事要离开家乡。这个城市不算远,开到那边也才一个多小时。她们七手八脚地把我和方啸天塞到套房里,自己也住下了,说要等着我明天出来,给我放炮仗庆贺,因为我从第三次婚姻出来后,五六年了,没有碰过男人。难得今天找到初恋之人,又对爱情感兴趣了。那间套房很大,很宽的一张大床,睡四五个人都可以。两个洗浴间,娱乐室,摆放着花草的大阳台,小吧台上放着红酒和咖啡之物。……小储物箱里,一大堆包装好的各色零食中,还有两包男女用的避孕套。总之,气氛不错,我和方啸天两个人,趁着酒兴,什么都不用去想,只需把一件风花雪月的艳遇完成就行。

但是……什么都不用去想，怎么能做得到？即使我现在脑子麻木，我也想起来问他一句："你有家庭吗？"

他毫不犹豫地回答："有。"

我倒是一愣。随即问了他又一个问题："你背叛妻子，不内疚吗？"

他也马上就回答了："内疚。"

我笑了："那你怎么想的？"

他说："没怎么细想，我和我老婆结婚十几年，从没有出过轨，不是不想，而是怕烦。但是看见你，我就不怕烦了。"

我理所当然地问他为什么？

他说："我在高中时，就知道你的厉害。我想知道，一个敢扒男人裤子的女人，她究竟是个什么人。"

几个女人听到这里，浑身不由得都是一冷。

柴云妹望着远处。远处，天与水连成一条线的对岸，若隐若现地现出道路的轮廓。她看了一阵，回过脸对着大家说："我好久不抽烟了。你们谁有烟吗？"

只有武清河有，她说她特别焦虑的时候，连吃药都不管用，就靠着抽烟度过一个个孤独的长夜。

大家每人都抽上一支烟，烟头猩红的亮点在夜色中此起彼伏。

柴云妹说："我也告诉他，不管他出于什么目的，我不会后退。谁怕谁啊？于是我们各自去洗澡。我拉上浴帘，洗盆浴，他关上浴室的门，洗淋浴。那个洗澡盆特别舒服，放满了温水，又把盆边的干花、鲜花精油、泡澡的浴盐，一股脑儿放进水里，浸在香喷喷的水中，半沉半浮，肚皮老是想朝上翻起，很淫荡的样子，惹得我想笑。我听见方啸天很快就洗好了，并且把电视机开响了。可能受电视机里面的嘈杂声影响，一刹那，纷繁的生活迎面扑来，我心绪不宁了，开始莫名地慌乱，害怕。我是趁着酒兴来的，现在酒意还很浓，当人酒意浓重时，不会考虑到道德这种细腻的问题的。我重复地说一遍：我没有考虑什么，我只是莫名其妙地慌乱和害怕。"

柴云妹为了描述当时的慌乱和害怕，说了许多话。所以，很多年过去，祝风还能很清晰地记得她当时的样子。除了慌乱害怕，她当时的行为隐约有种仪式感，仿佛是命运让她走进了一个祭坛，而不是一张床。

慌乱和害怕是什么样子的？是一片空白，是什么颜色都没有，是一个天大的空虚。不是世界消失了，而是她消失了。世界还好好地在那儿，坚不可摧，强悍到无形，并且每一天都在加固。她像是没有存在过，所以是没有价值的。她在世界之外，任何人无法命名她是一样什么。但有一点是可以肯定的，她和这个世界没有发生过任何联系，她的呼吸从来不曾与任何人的呼吸发生过接触，她吸进去的空气也与任何人不同……那么，她到底发生了什么？

她紧张地从浴缸里站起来，有一个念头快要接近事物的本质了，她小心地屏住呼吸，清扫大脑中多余的思想杂质，一个她从来没有过的念头发出呼喊：她恋爱了。

但是这个念头光告诉她的状况，还没来得及输入一丁点恋爱的方法，就消失得无影无踪。她一下子瘫在浴缸里，呛了一大口水，惊得又一次站起来。就在站起来的当口儿，有一种莫名的力量瞬间拥抱了她的身心，使她感到前所未有的愉悦。

她现在好像不空虚了，拥有了一样最重要的东西，这样东西会让她的人生绽开理想的花朵，这就是爱情。可是她虽然结过三次婚，却从来不懂爱情。不懂爱情，也是她刚刚意识到的。浴缸对面有一面镜子，照出她纤细而柔润的身体。那么今晚只有这具身体能代替她谈恋爱了,也只有这具身体能掩饰她不懂爱情的灵魂。

就像要打击她的想法似的,她的身体突然一颤,紧接着,一缕细细的红线从双腿间流过,流到水里。她好像看到红线钻进水里的瞬间,有了生命,像蛇一样,打个水花,然后沉到水底不见了。

她明白了,她的身体用这种方法拒绝了她,身体不愿意单独上床赴会。她是个非常健康的女人,经期从来准时,今天离正常的时间还有十天。她说:"你吓坏了吧?"这句话,好像对自己说的,又好像是对腿间流下来的那缕红线说的。

她哭起来,哭得十分伤心。哭完,她浑身轻松,宛如重生。因为她刚刚谈完几分钟的恋爱,已经知道了爱情的可贵。

她擦干身体,处理完一切,裹上浴巾出来。她看见方啸天已经穿好衣服准备走了。

方啸天说:"你在浴室磨蹭半天,我就知道今天不是一个好日子。我要走了,回家。让今晚这个小插曲到此为止吧。"

她说:"是的,今天不是一个好日子。……我吓得例假提前十天来了。很对不起你呀。"

方啸天做了一个鬼脸,说:"你要原谅你自己。人是肉做的,不是钢铁做的。"

她忽然恍然大悟,花了十几年的时间,此刻才明白,当初脱掉一位异性的裤子,只是一个恶作剧而已,并没有特殊的含义。

她原谅了自己。她躺在床上想,我们其实都是孩子。我们没有那么强,要做的就是原谅自己。

这一夜她睡得十分安稳,没有焦虑,没有失眠。她已经多少年没有睡得如此之香了。

后来她没有再与方啸天见面，或者说，方啸天也没想与她见面，他知道她是个什么人了。

柴云妹说完了，这就是她的故事，听来惊心动魄。

咖啡馆外面响起几声规律的按喇叭声，柴云妹说："接我的人来了。"

武清河问她："你的焦虑症后来怎样了？"

柴云妹说："多少年不服药了，也不失眠了。"

一会儿，走来一位男士，远远地看着我们，柴云妹站起来跟着他走了，两个人走到僻静的地方就搂在一起了。

武清河先用手机招了一个代驾的。一会儿，她的代驾来了，她先走了。看她脚步那么轻松的样子，也许她在今夜放下了许多莫名的焦虑，把自己当成一个孩子，原谅自己，也原谅别人，然后睡一场清清白白的好觉。

接着，宋啸云、阮红心、储角分别找了代驾，回去了。宋啸云临走时对祝风说："柴云妹说得对，我们都是孩子。"

往常这个时候，祝风还在电脑前码字，回去也不会睡觉，所以她一时还不想走。今晚实在是让人拍案惊奇，她得想点儿什么，或者说，当她发现自己也是一个孩子时，她要有一点儿时间接受这个事实。

久违了，地平线

初春的早晨，胡蒙蒙站在一座散发出淡白雾气的小山包下，腰挺得笔直，眼神专注。她这个表情是全吴郭人都熟悉的。

这座光秃秃的小山包是胡蒙蒙承包下来绿化的，但其实是她的父母承包下来的公益项目，一共五座小山包，这是其中的一座。她给这座小山包命名为：补丁山。这个名字让她感动得有点心酸，因为她觉得现在的人们身心破损，需要好好地打上补丁。但显然吴郭人不赞同她的想法，说这座小山包在早晨总是雾气蒸腾，还不如叫热馒头山。于是他们给她起了一个绰号叫胡补丁。有人写了一篇小文章：胡补丁修理补丁山。无论她做什么事，都是吴郭市的一大新闻，所有关于她的新闻里都放了一点儿调侃。传说年轻的男人们对她退避三舍，说她怪异，难以相处。

城西的警察所长范达辉从来不认为她怪异，昨晚是两个人第一次在家里约会。范达辉告诉她，她是多么可爱。她的朴素和真诚，是这个不那么好的世界里一道风景。她对范达辉说，郝龙从来没有这么夸过我。郝龙说，赞美的语言是最不负责任的，它们会让你的软弱再加深一到两层。范达辉问，郝龙是怎么把加深的一到两层计算出来的？

她不知道郝龙是怎么计算出来的。这个人四海为家，到处去拍地平线。他最近去了南非，写了一篇文章刊登在《吴郭晚报》上，说他在这里找到了家的感觉。他难道想在好望角的岬角上搭个窝？

以前她闲着，编过一个故事：一个男人，喜欢到街上去看女人。他最初是怀着纯洁的念头去的。他在心里给每个女人"换"上最漂亮的衣服，有的是西式晚礼服，有的是中式手工绣花长衫。有的是露脐装，有的是小西装套裙……红黄蓝绿灰粉，黑白青橙紫棕。当然是他认为最漂亮的衣服。久而久之，他具有了特异功能，一看到女人的身体，不管她的衣服多厚实，统统变得像被水淋透的丝绸，紧紧地贴在身体上，轮廓尽现。再到后来，这层湿衣服也没了，满大街上都是裸体女人。刚开始他很兴奋，但是成年累月地看过来，他看得很痛苦。于是就自杀了。到了阴间，阎王爷大吃一惊，说，你是个老实人呀，还有许多年的阳寿，怎么就想不开了呢？阎王爷就跟他做了一个交易：拿掉他的一对卵子，重回阳间。他就这样回到人世间，又能看到女人身上的衣服了，很平静，很幸福。

昨天晚上，在胡蒙蒙租借的房子里，她把这个故事讲给范达辉听了。

以前她讲给郝龙听，郝龙气乎乎地问，男人平静的代价就要拿掉一对卵子？拿掉了卵子还有什么幸福可言。

范达辉是个性情温和的男人，因而他的逻辑思维也是温和的。他说，第一，如果女士不想让男人看到她身体的话，男人是看不到的。除非强迫，那是犯法的。第二，不想探究女人的男人，可能不会真正平静的。第三，编这个故事的人可能是个怪胎，这个人对男人可能怀有敌意。……可能是个女人吧？

范达辉说了那么多的"可能"后，胡蒙蒙说，是的，我知道编故事的人是个女人，她是在读硕士的时候，闲的，才编了这么个段子。但是她对男人没有敌意呀。她的用意是探究这个世界。

范达辉问，她探究到了啥？

胡蒙蒙学着范达辉的口气说，她可能探究到了男人的敌意。

好像是为了化解敌意，她带着一股风，也带着率真的劲头站起来，先脱了自己的衣服。范达辉没动，仰脸看着她，看来吃了一惊。片刻，他一口喝掉杯中酒，下了决心似的，站起来，却是把她的外套披在她身上。胡蒙蒙低着头笑了几声，穿上衣服对范达辉说，嗯，你是一个老实的好人。

范达辉脸上红了一红，灯光下是看不到他脸红的，他也就是感到两颊热了一下。胡蒙蒙脱剩下的吊带衫时，他看到了吊带衫的前胸打了一个补丁，才临时决定中止缠绵下去。他没有看不起这个补丁的意思，他是想到了另外的意思，也许胡蒙蒙在内衣上打个补丁有她的企图，借此告诫她的爱人，不要对她的家产有什么贪念。

但是他说出来的话是这样的：没想到你这样朴素？这么朴素的人是神圣的，不可以随便侵犯的。

现在，胡蒙蒙站在补丁山下，迎着初升的太阳，眯起眼睛，只等范达辉从阳光照过来的方向进入她的视野。昨天晚上，范达辉的冷静很合她的心意，她已经厌倦了摸不着头脑的激情，只有冷静、克制、内敛才是可靠的。范达辉还没有来，她转头朝不高的山顶上看去，山顶那里有一块巨石，是一块没来得及被人运走的石头，红漆写着：补丁山。从此它不会离开这座山了，它会作为一道风景永久地安坐此地，就像她的心一样。让郝龙到处漂泊吧。

可惜的是，补丁山太矮了。站在山顶的巨石上朝远处望，无穷无尽的房屋，永远看不到地平线。

范达辉怎么还不来呢？现在已是二月中旬了，她得抓紧时间绿化这座小山包。花上个把月，才能把这座小山包种上花草和花树。美人蕉正是分株的时候，它们要种在山脚下。美人蕉边上，她准备扦插紫薇。别的地方，除了山丘顶部，全都移栽上各色雏菊。她还要亲自去园林里采南天竹的籽，用沙藏法催芽以后，把它们种在山顶大石块周围。她要去的园林是自己家的，当年她一意孤行跟着男朋友郝龙去了北京，两年没有回吴郭老家。父母造了个园子，叫"蒙园"，取她名字中的一个字，里面遍植她喜欢的南天竹。这个园子就像祭坛一样，南天竹类似于招魂幡，真的把她又招回来了。但她还是没有住回家，和以前一样租了房子住在外面，离家人远远的。

来了五辆运土车。领头的司机老王是她父母公司里的，车子也是她父母公司的。老王管着二十几辆大大小小的车。他今天最主要的工作就是把土运过来，指挥工人把山包上无土的地方填上土。

老王临走的时候说，我就搞不懂，你为什么要自己干这种粗活儿？你爸妈要买飞机了，你还骑着自行车。

他上了汽车后还一个劲地摇头。胡家女儿的怪异行为，工人们都耳有所闻，所以他们都心照不宣地咧开嘴笑着。

她终于等到了范达辉，太阳已经升到半天空了，阳光也开始耀眼。范达辉开着他那辆不显眼的"现代"，缓缓停靠在边上，摇下车窗，看着她，眼神里没有内容。半晌，淡淡地说，哎，我想，我们俩不合适，以后就是好朋友了。

胡蒙蒙说不出话，额头上出了一层汗，她伸手去擦，竟然擦也擦不完，额头上就像钻了一个小泉眼。她眼看着范达辉的车子汇进街上的车流大军里，片刻就不见踪影了。

好吧，趁着她发愣的时候，我们理一理胡蒙蒙的生活。她出身于一个衰落的名门大族，到爷爷奶奶这一代，靠着双手打拼，从一个窗帘小店开始，到后来交给她父母亲的上市装修公司，资产十几个亿，算是吴郭城里的富裕一族。她风平浪静地在吴郭读完小学、初中，上高一时，她走在路上，被一位导演看中，去演了冰清玉洁的女二号。她的照片和画像在城里城外到处被人张贴。对于声名，她表现出令人无法理解的抗拒，高中一毕业，就去美国的大学读植物系。读完硕士回到吴郭城，这时候她又成了吴郭人关注的目标，关于她的消息经常在别人的朋友圈里传来传去，传得最多的还是她的怪异。像她这么一个大富人家的女儿，理应过着天堂一样的尊贵生活，但是她就像一个穷人一样，住着一间租来的房子，骑着一辆十几年前的旧自行车，穿的外套快二十年了，她还当个宝一样，干活儿的时候她要脱下外套放好。那么她里面的毛线衣怎么样呢？露出来的毛线衣，前胸、后背、腋窝和一处下摆重新织补过了，织补过的地方隔着五米也能一眼分辨出来，它们僵硬着，皱着，像一个没牙的老太婆，抿着瘪嘴费劲地嚼着什么。……也许费劲咀嚼的是自己的生活。即使如此费劲咀嚼，生活也曾是消化不良吧？

　　从她开始有自己的想法开始，她就不停地要对别人解释，对爷爷奶奶解释，对外公外婆解释，对父亲母亲解释，对七大姑八大姨解释。对亲人要解释，对不亲的人也要解释……但很多时候根本就解释不了，解释了一遍又一遍，他们还是不懂，她为什么要这样做，为什么要那样做。为什么她总是与别人不一样，而且坚决不改？……为什么要跟着郝龙去北京？郝龙自己也说，他是个浪荡子，花心的人，他不会和任何女人尝试过普通的日常生活。即使过，也不会长久。但是胡蒙蒙喜欢他，他至少忠于自己。这个不着边际的人，在北京一个风雪交加的夜里把她赶到大街上。那天，她一个人在风雪里走了三个小时，她感到她的手、脚、脑袋，全都变成了冰坨子，沉重、麻木，行尸走肉一样，是这个世界的累赘。她后来猛醒，走了三个小时，绕来绕去，最后总是回到他们租房同居的楼下，她就是想回到那个浪荡子的身边，他们曾经有过那么美好的日子，最穷的时候，晚饭时一人吃一个烤山芋，就睡觉了，搂在一起什么话也不说，但她心里很踏实。她用了最后的一丝自尊，没有再去敲门找他。他说过，他会在一个风雪交加的夜里赶她走，这样彼此就不再惦念了。冰寒彻骨，她想起了妈妈温暖的怀抱。于是给妈妈打了电话，妈妈在那头惊愕地问："为什么？"那天夜里，她惊动了她千里之外的所有亲人，她的手机响彻后半夜。他们全都无一例外地问她："为什么？"两年未见，大家对她的要求还是和以前一样。她解释，再给解释作解释……

她对大家说，她理解郝龙，她对郝龙的爱永远不会改变。为了这句话，她就得不停地解释。

她给范达辉发了一个短信：我不会要求你解释。

范达辉回了一个短信说，我也不准备解释，因为越解释，我对自己就越发困惑。

很快就到了三月中旬，胡蒙蒙的补丁山被她糊里糊涂地绿化完了，一副好模样。电视台和几家报纸都没报道这件事，因为胡蒙蒙在补丁山上劳动时，见到前来的记者就破口大骂。所以好些记者说，胡蒙蒙的脑子才需要打个补丁。但是她和她的补丁山却出现在千家万户的手机视频里，同时出现的还有她毛线衣上那几个补丁。风雅的吴郭人纷纷在视频下面留言表示对那几个补丁不理解。有几位极端分子说，这是一个怪胎，你永远搞不懂她，请她离开吴郭吧，她破坏了吴郭女人的美好形象。

这一天，出了一个事故。她骑车去补丁山，刚到山脚下，就撞上了一个骑电动车的男人。那个人是逆行，骑在人行道上。谁都看见他在逆行，大家都在避让他，唯有胡蒙蒙迎面撞了上去。这种事故对她来说，是家常便饭。那个被撞的人，跌得嘴啃地，屁股撅得半天高。她忍不住笑起来。

那个人维持着这样的姿势，大声地哼，就是不爬起来。他哼哼的音调里不痛苦，不凄惨，明白人一听就知道他用意何在。

胡蒙蒙过去拉起他，是个五十多岁的男人，身上的衣服穿得不少，估计没有跌伤。他坐起来，顶着额头上一块灰渍，说，我还要上班。你快说说，能赔我多少钱？

胡蒙蒙说，你想要多少？

那人打量一下胡蒙蒙说，看来你和我一样是个穷鬼。算了，不为难你了，给个八百块钱了事。不过你得留下手机号码。和我，还有我的电动车一起合个影，防止日后我有什么问题。

胡蒙蒙拿出手机给他转了八百块钱，又和他、摔在地上的电动车一起合了影。这件事很麻利地解决了。五十多岁的男人告诉胡蒙蒙，他姓田。胡蒙蒙就叫了他一声"田叔叔"。田叔叔诧异地盯着胡蒙蒙看，带着满腹的疑问走了。

过了一天，田叔叔可能从诧异中回过神来，觉得胡蒙蒙是只嫩鸟，可以敲诈一下，就发短信说他被撞后头晕，要求再给八百。胡蒙蒙又从手机转了一千元给他，多给了两百元。田叔叔回了一个情真意切的短信：你太好了！

又过了一天，田叔叔想起了什么，发了一个短信给田蒙蒙，说，被你撞了以后，三天过去了，我身体没有什么问题。一千八百块钱，我是拿得多了一点儿。我想今天晚上请你吃个便饭。我是个穷人，请不起大钱（吃饭），只能请你到路边小摊子上吃一点儿，表表心意。

胡蒙蒙很乐意吃路边摊。她经常偷偷跑去吃。有一次，她在吃路边小龙虾时，被小报记者拍到。记者问她，路边摊存在很多问题，卫生问题、扰民问题，政府已经把路边小吃摊列为取缔项目，请问你来吃路边摊是不是表示支持路边摊的存在？她回答说，不解释。

田叔叔精心打扮了一下，穿着一件灰色的旧西装，灰蓝色的衬衫，打着一根黑领带。衬衫的领口处露出一小截紫红色的棉毛衫。胡蒙蒙坐下来后，他埋怨她穿的衣服不好看，说，做家政的阿姨穿得都比你好看。他叹着气，带着不满的情绪马马虎虎地点了一个小火锅。杂七杂八的火锅料端上来，胡蒙蒙不客气地一样一样下锅，吃得热火朝天。田叔叔始终没有动筷子，睥睨着眼珠子看田蒙蒙吃，说，其实还有更好吃的东西，但是我想，什么人吃什么东西。他话中带刺，田蒙蒙也不理会，吃饱了，站起来去付了账，骑着车离开路边小摊子。经过田叔叔身边时，对目瞪口呆的田叔叔道了一声谢谢，吹一声口哨，扬长而去。

骑了不远，田叔叔追上来。他说，你怎么突然就走了？我还有话和你说。

胡蒙蒙放慢车速，田叔叔说，你看，你给了我一千八百块，我请你吃饭，反而是你付账。我要是不懂你的心，我就白活了。

胡蒙蒙说，我是什么心？

田叔叔说，我早就离婚了，家里只有一个女儿。房子是租来的。

胡蒙蒙说，我房子也是租来的。

田叔叔说，那好，我俩就不用互相嫌弃了。

胡蒙蒙说，我为什么要嫌弃你？我的理念就是天下平等。

田叔叔说，平等是不可能的，男人总是比女人强。你要是做了我的女朋友，要给我烧饭洗衣服。

胡蒙蒙吃了一惊，这才明白田叔叔的用意，猛地一蹬自行车。田叔叔一把拉住她的自行车龙头，说，你不能走，你要给我解释一下……话没说完，胡蒙蒙跳下来，一拳击中他的门面，他一声不吭地跌倒在地。胡蒙蒙想，到底干了一个月的体力活儿，把力气激发出来了。

没几天，田叔叔又来给她发短信了，说他已经打听到胡蒙蒙是什么人了。他首先要求胡蒙蒙给他一个解释，为什么和他这种穷人开感情上的玩笑，还打他。并且说，如果她不给合理解释的话，他要把事情闹大，看谁的损失多。然后，他控制不住地说，他怀疑胡蒙蒙精神上有病，建议她及早去看精神病医生。

胡蒙蒙想了片刻，就给范达辉打了一个电话。范达辉也不多讲，只说了一句，你把对方的电话告诉我。说完就挂了电话，胡蒙蒙心中怅然若失，不知道这个电话打得对不对。

第二天，范达辉给她发了一个短信：事已办妥。

事已办妥？这是什么意思？不管怎样，田叔叔后来再也没有麻烦过胡蒙蒙。胡蒙蒙正在写一本吴地外来植物的归化史，一时也就忘了这件事。一个多月过去，国际劳动节那天，范达辉给她打电话说，听说你喜欢吃路边摊，我带你去一家吴郭最好吃的路边摊。

到了路边摊，原来就是田叔叔带她来吃的那家。节日的晚上，摊边拉着霓虹灯，挂着灯笼，灯红酒绿的样子。满满的人，迷醉地享受廉价的美味。范达辉穿着便服，已经点好了小火锅，等着胡蒙蒙。胡蒙蒙坐下来就说，你知道我为什么喜欢这种地方？我坐下来后，就感觉到像混在一个大家庭里，没人在意我，我做着事，不用解释。范达辉说，其实是个错觉，还是不一样的。胡蒙蒙说，是的，我很清楚，大家的心里对我有很多要求，包括田叔叔。我一个都满足不了。温婉淑女，新时代女强人，引领风尚的标杆，事业家庭双丰收的模范女性……我明白，我都不是，我不过是取了我自己的样子。范达辉问，你是什么样子啊？胡蒙蒙说，我不知道。你知道吗？范达辉笑了，说，我不知道。我只知道你并不爱我，爱我的话，我提出分手，你会要我解释。

胡蒙蒙想，不管爱不爱，我都不会要求解释。但是这句话她说不出口，有一种不寻常的气息飘荡在空气中，不是吃一顿饭那么简单。

短短的冷场，突然范达辉对她说，我认识郝龙。他有一年聚众斗殴，是我处理的。我只能说，你的审美很特别。

胡蒙蒙知道，范达辉终于要听她的答案了。她说，他从小就东游西荡，我碰到他的时候，他从一家摄影杂志辞职下来，只要能去的地方，他都去了，就为了拍各种地平线——是地平线，不是海平线。我们分开后，他又四处为家了，一直行走在路上。最近在非洲。他说他从小就内心不安定，只有看到地平线时，才会感到身心的安定。所以他发誓这辈子要跑遍全世界，寻找各式各样的地平线。

范达辉好像对上述解释并不满意，说，我们不说地平线了，还是说说你吧，我希望你以后找一个……嗯，我们心目中的男朋友，他高大英俊、正直善良、充满人生的智慧，能为社会做出大贡献，是我们可望不可即的优秀人物。你条件这么好，完全找得到这样的人。

胡蒙蒙说，我害怕……

范达辉问，你怕什么？

胡蒙蒙说，我怕我一脚踏进去，都是别人心中的天堂。我不要这种天堂，我要我的地平线。

两个人面对着面，像两个谈判对手一样。面前的一只小火锅散发出诡异的蒸汽，被五颜六色的灯光一打，仿佛每个人的身体都要飘浮起来。

范达辉说，我约你到这家路边摊，是有原因的。

胡蒙蒙松了一口气，开始吃火锅里的东西。她说，你不是说，这家路边摊是最好的?

范达辉说,当然是最好的啦,因为我女朋友就住在后面那幢楼里。我是想带你去看看,我女朋友是怎么当女人的。——你不要多想,我对你完全是一片诚意,你是个优秀的女生,但是你的生活理念有点问题。人要向上,可是你为什么总是朝下走?你那个地平线到底在什么地方,难道在地狱里?

胡蒙蒙说,两个多月没见,你就变得这么伶牙俐齿了。

范达辉说,这要谢谢我的女朋友,她激发了我的感情。还要谢谢你,没有你,我碰不到她。

范达辉结了账,一把拉了胡蒙蒙就走。从路边摊的边上穿过去,就到了范达辉女朋友的家了。一路上灯光暗淡,路上也不平,胡蒙蒙深一脚浅一脚地被范达辉拉着跑。范达辉走得就像驾了云,她却像在泥泞里。她感到脚步沉重,她想她在害怕什么。

走到一幢楼边,范达辉拉着她的手,拉到一楼的南围墙边。这是一个老式的小区,楼房都用红砖围墙围着,围墙上有一个个菱形孔洞。朝洞里看过去,见到一个很小的院子,院门是开着的,屋子里灯火通明,窗帘没有放下来。两个人在屋里,一位是时髦女郎,化着妆,穿着高跟鞋,银色紧身旗袍。另一位中年男人正是田叔叔。胡蒙蒙想一想,就想明白了。那女郎应该是田叔叔的闺女。她回头看一眼范达辉,范达辉说,我总得告诉你,我找的人是谁。胡蒙蒙说,明白。大晚上,她为什么还画着妆,穿着高跟鞋和旗袍?范达辉说,我和她讲好的,今天晚上要去她家里……这个是你不能理解的吧?

胡蒙蒙退出来,走回到大路上,说,这个不难理解呀。

她找到回去的那条路了,范达辉跟在她后面说,有一回,我和他们父女俩在一起的时候,想起了你。也想起了你讲的那个故事。我就把你讲的故事讲给他们听了。

胡蒙蒙说，哪一个故事？我讲给你听的故事很多呀。

范达辉看到她脚下一个踉跄，上前扶住了她的手臂，就像来时那样。他的力气用得恰到好处，好似彰显他心里波澜不惊。但是胡蒙蒙知道他心中有困惑，这种困惑来自她，而不是田叔叔和他的女朋友。

胡蒙蒙不由得想到一个事实，她确实给大家带来了困惑，大家对她的种种要求正是困惑引起的。

范达辉说，就是那个老实人的故事：一个男人，喜欢到街上去看女人。他最初是怀着纯洁的目的去的。他在心里给每个女人"换"上最漂亮的衣服，有的是西式晚礼服，有的是中式绣花长衫。有的是露脐装，有的是小西装套裙……红黄蓝绿灰粉，黑白青橙紫棕。当然是他认为的最漂亮的衣服。久而久之，他有了特异功能……

胡蒙蒙说，他们听了故事有什么意见？

范达辉说，我女朋友从来不说意见，我也不在乎她心里怎么想，她不说反而好。她不说是非，让我感到心里很安定。你的田叔叔说，满大街光屁股女人，看久了确实很让人厌烦。但是他可以出国去，看外国女人的屁股，一个国家一个国家地看过来，这样就不会感到厌烦了。

胡蒙蒙说，田叔叔这么一讲，显得我们多么没水平。这个故事是我胡编的，其实就是我对人生的困惑。田叔叔这样解释，也显得我的困惑多么没水平。

范达辉说，人生总有困惑的，一定就要解开吗？

胡蒙蒙说，当然要解开。当我们不再为别人困惑时，就看到地平线了。

她想起郝龙，她为郝龙付出了所有，郝龙为什么执意与她分手呢？他自我塑造的浪荡子花心男的形象，只是他对世界困惑的后果吗？他们分手以后，她回到吴郭城里的第一件事就是发个短信给郝龙：我回家了。

告诉我真话,为什么要赶走我?郝龙没有回信。她也就没有再去问他。现在,到了再次问他的时候了。

她马上给郝龙发了一个短信:告诉我真话,当初为什么要赶走我?

她好像听到了好望角波涛汹涌的声音。

郝龙回信:到了今天,我才有勇气解释了。原因是,没有人理解我们的情感,连我自己都不能理解。人生苦短,何必再去增加困惑呢。

她流出了眼泪。又问:那你拍到你心目中的地平线了吧?

郝龙回信:每次都是。

她问:你那里是凌晨三点,这个时候,你在做什么?

他回答:看你的短信。

她问:空闲的时候,你想过我没有?

他回答:没有。我自己还没有活好,没资格想别人。

范达辉放开胡蒙蒙的手臂,到大马路上了,灯光亮得像天堂一样。看着胡蒙蒙打开扣在路边栏杆上的链条锁,骑上自行车远去。他知道,他们两人今后不会再有多少联系。其实他早就认识胡蒙蒙,只是没说。十多年前,范达辉还是派出所里一个实习的民警,头一次值夜班,接待了一件纠纷,一位十五岁的女孩,在她的家中,与三位差不多年龄的男孩争论某个问题,她拿起水果刀在一位男孩的手背上戳了一刀,中止了这场讨论。伤口不深,但还是属于伤害,受伤的男孩和女孩都淌着眼泪。他们争论的问题是:什么样的女孩,才能得到真爱?结论莫衷一是。但三个男孩一致认为,像她这样的女孩,反而不会碰到真爱。她拥有了一切,却还在莫名其妙地追求什么境界,追求与众不同。她让人望而生畏,所以她不会幸福。

三对一,落败的那个女孩姓胡,叫蒙蒙。

郎情妾意

王龙官从此就在小巷口摆开了摊子，他很感激一些人，让他在下岗的第五个月就领到了摊位证。当然他也满意自己，他一看到自己的摊位就油然地升起满意之情：我真能啊！我的自行车摊子就是与众不同，不佩服不行。

巷道的另一边是一个牛奶摊子，年轻人大毛是摊主。大毛先来搭讪："喂！哪一路的？"然后他就把摊子搬到王龙官这边来了。王龙官这边张着一面大伞，上面写着某种啤酒的名字，伞下是王龙官的工具箱，各种工具和零部件充塞其中，让人头晕目眩。引人注目的是箱子上放着一盆石榴花盆景，纤细的枝条上坠着三只大而红的石榴。这只盆景删繁就简，让它周围的烦琐显得无足轻重了。大毛说，他喜欢这顶大伞和石榴，也喜欢王龙官这个人，他从此就有伴儿了，不会感到寂寞了。

不出两天，王龙官就从大毛嘴里知道了许多事，有关这条巷子的。大毛住在隔壁的巷子里，但对这里也是很熟的。

大毛说，他在这里摆了一年多的摊子，越来越觉得像在梦里一样，每天他面前会走过许多人，他的耳朵会听到许多声音。刚开始的时候，他全身每一个细胞都被这些人，这些声音所激活，所伤害。后来就视而不见听而不闻了，所有的人都在街上梦游着，只有动作，没有表情，也没有声音。非常恐怖。

王龙官想了一想一幅梦游的情景，不禁打了一个寒战。他是个敏感的男人，不乏脆弱。近半年之内，他哭泣过三次。这三次哭泣的情景依次如下：

第一次，接到下岗通知时，他来不及找个没人处，当着别人的面就哭开了。他感激看到他哭泣的那几个人，他们只当没有看见，若无其事地走开了。第二次哭泣，是老婆带着女儿跟着一个做生意的温州人跑了。他不怎么怪女人，这是个对男人尽心竭力的女人，长得又美，理应过好日子。当然，那温州人是老了一点儿，所以这女人的将来还是存在着危机的。这个意思他对女人说过了，女人不置可否地笑笑。第三次哭泣有点儿莫名其妙：有一次，他在路上碰到交通堵塞，他前面是一辆新而大的轿车，开车的是一位小姐，卷曲发亮的头发，粉红嫩白的小脸，尖尖下巴扬得高高的。小姐边上坐着一位中年的先生，一脸的尊严，西装革履，头发也是发亮的。他们的头发那么有光泽，只有外国人才有保养得这么好的头发，但他们是中国人。堵塞了二十分钟，先生和小姐始终保持着这个姿势，自尊而自傲的。他们的人生与他们的姿态一样，也是坚硬的，找不到脆弱的地方。他回到家里，坐在那边，像个孩子一样拉着脸，为那位小姐和先生哭了一场。

现在，大毛以指导人的身份吓唬王龙官一通，转而安慰他说，王龙官的印堂生得好，也许在这里摆多少年的摊子心理都不会变态。

"龙官，"大毛说，"我们这种人迟早都会变态的，早点儿或者晚点儿。"

王龙官老老实实地说："我想晚点儿。"

大毛说："如果你想晚点儿的话，我教你一个办法……"

王龙官问："什么办法？"

大毛说:"改天我带你到浴室去。你,进去是愁眉苦脸的,出来就是眉开眼笑了。"

王龙官一想就知道了,他离婚至今还没有碰过女人,他有点儿怕女人。浴室里的女人他知道,很便宜的价钱就给你了,做起生意来特别公事公办,她们的对象就是王龙官大毛这些人。王龙官不愿意找这种女人,她们太公事公办了,她们的情欲粗糙乏味,再多的钱也无法让她们变得细致而敏感。

王龙官说:"好吧。不过要过些日子再说。我现在要做生意。"

大毛教唆他:"做生意的时候,也能沾女人的便宜。"

大毛爱说话,巷子里他认识的人他都一一介绍给王龙官知道。有一次他指着一个骑在自行车上的女人说:"你看你看,这个女人你看见了吧?这条巷子里最苦命的女人,替人家帮佣,上午一家下午一家。男人是筑路工人,长年不回家。家里住着老公公老婆婆,还有她的老娘。她每天搭地铺睡觉。去年夏天,一整个夏天,我只看见她穿过两件衣服,今天这件,明天那件,轮流穿。我妈六十几了,夏天的时候还有一大堆衣服,穿个把星期不会重复的。女人做到这个地步,还有什么乐趣?"

王龙官抬起头去打量那个女人,这个女人颧骨高,下巴宽,一点儿不漂亮。恰好那女人与他一对眼,下了车子过来了,问他:"配个喷嘴上的螺帽,要多少钱?"王龙官回答不要钱。那女人的脸上现出感激的神色。

女人走了以后,大毛说:"你记住她的名字,她叫范秋绵。你看她走过来的时候,挺着胸,小眼睛眯得一条缝。她看上你了。"

王龙官问大毛:"她不会为了一只螺帽看上我吧?"

大毛说:"怎么不会?女人就是这样的。别说螺帽,女人有时候还会为了一句不值钱的话看上你。这就是女人!"

王龙官每天都看得见范秋绵,她好像真的看上他了。她长得确实不漂亮,颧骨高,下巴宽,皮肤黑,但她的头发永远梳得光光的,眉毛拔得又细又高,这就有些撩人。还有一样撩人的地方:她的脸很会使用表情,微笑或者娇嗔。她脸上使用表情的时候,是全力以赴的,让她显得既多情又有头脑,还充满阳光。她身上散发出来的气息告诉王龙官:她是穷苦的,但是她对待爱情是无微不至的。她要尽力掩盖穷苦带来的卑微。她懂得享乐,像猎犬一样在她的时间里逡巡,不会放过一丝一毫的享乐机会。

看见王龙官的一刹那,她就知道机会来了,她的心已经等待了许久。她知道这是个善良的男人,身体健壮,内心对生活充满矛盾,脑子有点儿简单,但懂得配合。他还有点儿诗情画意,对女人会付出真情。

范秋绵打主意的时候,浑身上下即刻焕发出光彩。没有人能看出她的蛛丝马迹,只有王龙官看到了。他全身每一个细胞都欢呼起来,但欢喜过后又有点儿害怕。他看见了一张蛛网,母蜘蛛为了捕获他,把蛛网装扮得光彩照人。

他开始回避女人每天的目光。

范秋绵捕捉到了他的情绪,马上改走另一条路,不再从他面前经过。这是个煞费苦心的举动:改走了另一条路,每天她要多花半个小时在路上。

一个星期以后,王龙官魂不守舍了,干活儿的时候频频朝路上张望,他不相信这个女人就此罢手了,他感觉到他与这个女人之间有一场接一场的好戏。

大毛对王龙官的态度不高兴,照他看来,范秋绵这种女人只能在寂宽的时候偶尔调调情。大毛问王龙官:"你真的对那个女人动心了?"没等王龙官回答,大毛马上做了一个厌恶的样子,表示对这件事的否定。大毛独身,有过无数的女朋友,他衡量女人的唯一标准是在床上,他对女人在床上的表现十分在意,他狂热地认为:男人和女人唯一真实的联系是在床上。可惜他不能总是在床上,他也至今没有找到一个在床铺上令他满意的女人。他对女人的认识就是:凹陷的,多水的,阴险的,与男人相处时马马虎虎的、潦潦草草的,只想找个富足的家庭安全产仔的。

大毛一眼就看出范秋绵在吊王龙官的胃口,他喜欢女人玩这一套,但他又认为范秋绵不配玩这一套。她既不高贵,也不漂亮,没钱,没时间,她甚至看不出有什么风情。

他再次对王龙官表示不满:"这是个定时炸弹。懂吗?"

王龙官认真地对大毛说:"大毛,人和人是有缘分的,你不喜欢她,不等于她不好。如果你再说一句她的坏话,我就一脚踢在你的屁股上。"

大毛自己找了个台阶下:"好吧,你的事我不管了。要是我,才不找这个麻烦呢,我宁愿到浴室去。"

王龙官一本正经地陷入沉思。他太渴望女人了,恨不得马上就跟着大毛到浴室去。但是且慢,生活中还有一些更有意义的事要做,譬如在箱子上放上石榴花,把它像个闺女一样带来带去。他最喜欢听的书是《卖油郎独占花魁》,他愿意像古代那个卖油郎一样,把心爱的女人当宝贝一样供着。当然,男女关系发展到最后不可避免会上床,在这之前,王龙官愿意每天守候在这巷口,盼望一个女人出现。说上一些双关的话,递一个别人察觉不到的眼神,让两个人的内心一波未平又来一波。就是这样,让生活细腻起来,有一点儿质感,有一点儿远离庸常生活之外的高贵，就像轿车里那对男女展示的生活一样。

王龙官抛开对浴室的渴求，开始想念那个名叫范秋绵的女人，她不漂亮，但是她善解人意，她的笑容很好看，她又黑又瘦，但她的臀部却令人注目地高翘，可见她是个有风情的女人。

王龙官在心里把范秋绵盘算来盘算去，禁不住把自己盘算到了绝路。他想到一点：范秋绵如此风情万种，善于勾引男人，她怎么可能没有男人？也许她有许多男人。

想到这里，王龙官醋意大发。

一个下着小雨的上午，王龙官决定休息一天。他的屋子很小，开了窗子透气，透过一株野蜡梅，看得见对面的人家。对面人家是一对老夫妻，在这儿住了十几年了，他们成天不停地说着话，总是那句话："我在这里。咳，我在这里……"别人听见了忍不住要笑。

王龙官躺在床上，多情地嘀咕了一声："我在这里，你在哪里呢？"他在心里描述了此时此刻范秋绵的行乐图，一个男人和一个女人。因为他吃醋，所以画面模糊不真切。他翻了一个身，叹一声，又描绘了他和范秋绵的行乐图，这一次画面很清晰，行动也非常果断干脆。但是恍恍惚惚的，范秋绵从他的身上下来之后，走到门口，回过来，缠绵地，多情地，有些犹疑地说："我，我在这里。"

王龙官猛然被这句话惊醒，他一下子知道了他和范秋绵的关系就是应该这样的：若即若离的，想进又退的，欲罢不能的……总而言之，就是半抱琵琶的。

王龙官的灵魂快乐得出了窍。

他马上决定到巷口去工作。下午，天还是淅淅沥沥的，王龙官躲在大伞底下，心里一片光明。他的石榴放在雨地里承雨，收音机放在工具箱上,开出一点儿音乐之声。他问大毛:"哎,最近兰桂苑在说什么书?"因为下雨,大毛的牛奶上午没有卖完,所以他耷拉着嘴角,不想回答问题。王龙官自问自答道:"可能还在说《卖油郎独占花魁》。"

这个故事是说,古代有一个勤勉本分的卖油郎,看上了一个漂亮的妓女,辛辛苦苦,积攒了足够的嫖资,到老鸨那儿要了这个妓女。但是妓女喝多了酒,不愿意理睬他,这个卖油郎一片真情,侍茶侍水,把他的心上人搂在怀里一直到天亮。

大毛有了说话的兴趣:"你喜欢听这档子书?这么说,你肯定嫖过。"

王龙官不说话,因为他看见范秋绵从巷子里走出来了,一手撑伞,一手端着一盆兰花。她的眼神在王龙官的眼睛里一闪,人就到了面前。王龙官连忙打招呼:"你来了?你到什么地方去?怎么不骑车?是不是坏了?"范秋绵不回答,转过头跟大毛打了个招呼,对大毛说:"我到人家去做家务,下雨天,我就走走,反正路也不远。"然后对王龙官说:"我最喜欢这盆兰花,放在你这儿浇浇雨,你给我看着。我下午五点就回来了。"

下午,有一阵子雨大了起来,王龙官把两盆花收了进来。他收花的顺序是先收兰花,再收石榴花。后来,他觉得两盆花放在油腻腻的地上有点儿委屈它们,就把收音机从工具箱上拿下来,准备把花放上去。他先把兰花放了上去,再放石榴花时,觉得太挤,想了一想,就把石榴又放回地上。石榴就是他自己,自己受点儿委屈没有关系,范秋绵生活得很辛苦,不能再让她在自己这里受委屈。

快到五点的时候,雨有些停的样子。王龙官想:好了,她这时候回来正好。雨伞不会怎么潮,裤子也不会怎么潮。人撑着伞走在小雨里,说不出的美观。

五点过了,王龙官等的人还没回来。到灯火通明的时候,王龙官等的人还是没有回来。雨又大了起来,雨脚细而绵密,带着丝丝叹息一样的冷风,在灯光下面冷寂寂地垂直而下,忧愁得不得了。

街上渐渐空了。

范秋绵一动不动地坐在不远处的一家面店里,此刻她动了一下,看了看手表,把手里的面筹子和一只小锅子递给服务员。那服务员是个矮胖的女孩儿,拿了锅和筹子放到取货台上,低声对锅台上的小伙子说:"这个女人有神经病,在这里坐了好长的时间啊,差不多一个小时吧。你说她买给谁吃?"小伙子说:"反正不是买给你吃。"矮胖的女孩儿快活地回答:"我啊?要我买给你吃啊,我起码买一大块'德芙'巧克力给你。一碗小馄饨,我有那么白痴吗?"锅台上的小伙子微微一笑,眼睛看着女孩儿。

很快地,这一碗小馄饨到了王龙官的嘴边,他已经听了范秋绵许多解释的话。范秋绵说的大致是这样:对不起,她今天回来晚了,有点儿事在那家里耽搁。她知道王龙官饿了,所以借了一只锅子,路过面店的时候买了一碗馄饨。当然,她已经在做的那家里吃过了。

王龙官听了心里很受用,不住口地夸:"好吃好吃。"他认为范秋绵耽搁得很有意义,这样一来,所有的事情都朝有趣的地方发展了。

吃完,两个人坐在一只长凳子上看雨中夜景。微风掠过潮湿的树梢,让这个夜里充满慵懒的半推半就的绿色微响。

看完夜景,王龙官收摊子。一顶伞打在两个人的头上,走着走着就到了范秋绵家门口。两个人干干净净地道别,范秋绵当着王龙官的面把门关上了。王龙官颇有失落感,对着门说:"关了好,关了好。"

话音刚落,窗户开了,范秋绵在窗里问:"你说什么好?"王龙官说:"我说你好。"范秋绵问:"我好什么?"王龙官说:"你在窗户里说话的样子好。"范秋绵又问:"这样子怎么好?"王龙官脱口而出:"漂亮。像书里面的人。"范秋绵铁了心地问:"像书里面的什么人?"王龙官情意绵绵地回答:"像书里面的小姐,大家闺秀。"范秋绵发出一声短而清脆的笑,说:"那你就是书里面的相公了?"说完,她就关上窗户,落下了窗帘。

  王龙官在原地愣着,想着刚才的话。刚才一番话来话去的,只有范秋绵最后一句话说得有点儿不舒服,隐隐约约地有些油滑。照王龙官的想法,她应该含蓄地不说话,或者说:哎哟,我哪有这么好?

  但这是一点儿小疵,微不足道,整件事情还是很有美感的。

  王龙官回去躺在床上激动得好久睡不成,夜里十二点钟的时候,他涌起一个念头:去敲范秋绵的门,和她睡上一觉。

  当然,范秋绵守护着自己,不会开门的。王龙官这么想着,心甘情愿地败下阵来。

  再说大毛,你已经知道大毛是个何许样人。他心地不坏,但浮躁,嘴巴也太快。从范秋绵雨夜送馄饨后,第三天,他就搬到巷子的另一头去了。他对王龙官说搬走的原因是那一头人多,这一头人少,但他对巷子那一头的居民说,他主要是看不惯范秋绵和王龙官两个人酸溜溜的样子,像真的一样,玩起精神把戏来了,他们好像是全世界最懂得玩这套把戏的人。他们脸上神采焕发,脸颊红红。他大毛一看见两个人那一模一样的红晕,就感到天晕地转,心力交瘁。

  大毛还说,其实王龙官也不是那么复杂的人。他知道王龙官也嫖过娼。嫖娼是什么,就是把自己简单地处理一下,只比自娱自乐略复杂一点儿。至于范秋绵,她是什么样的人物,他大毛一眼就知道,王龙官没来的时候,他和范秋绵还调过一回情。范秋绵来买牛奶,对他主动说:

"来两个，配对。"他回答说："你找对了人，我来压你最合适不过。"大毛的手在范秋绵的手臂上一捋，范秋绵顺势拿了牛奶后退一步，嗔怪道："要死，找打啊？"大毛说："打啊！还没人打我呢。"范秋绵说："打断你的腿。"大毛说："我断了一条腿也能压你。"范秋绵说："好汉，你有种晚上来。"拿了牛奶转身就走，大毛吼叫道："我知道你不想付钱，你来的时候就没想过要付钱。我又没真的摸你。你这个女人，狠毒心肠啊！我摸摸你的手，没摸你的屁股，就损失两袋牛奶。乡亲们，你们不要和她打交道，要吃她的亏。"

巷子里消息灵通的人多的是，那么多的人都告诉大毛说，那范秋绵确实是一个春情荡漾的女人，或者说，她撑那个家，有一半依靠这个手段。她对男人很果断的，有一次大家亲眼看到一个大男人站在她家门口，苦苦哀求她让他进去。最后实在没有办法，拉长了声音哀叫："看在我给了你金戒指，看在我给了你金项链——的分儿上，秋绵，求求你，你就让我进去，跟你最后睡一次。"

真的，很多人看到的，女人们怕臊，就在门里面听。

最后还是没开门，可见范秋绵这个女人的手段。可惜她长相不好看，不然的话，真是个妖精。

大毛幸灾乐祸地想：王龙官，你恐怕要人财两失啦！

又过了个把月的模样，一个冷冷清清的上午，大毛突然看见范秋绵搬家了。浩浩荡荡七八辆黄鱼车，破破烂烂的东西装了个结结实实。范秋绵坐在第一辆车里，大毛叫着把她拦下。

大毛问："你搬家了？"

范秋绵点点头。

大毛瞅瞅她的脸，说："你有点儿不高兴嘛。"

范秋绵不说话。

大毛问:"你怎么不走巷子那一头?那头比这头大。"

范秋绵看看大毛。

大毛饶有兴趣地问:"王龙官不知道你要搬家吧?你怎么不告诉他?"

范秋绵说:"有人告诉他。"

大毛说:"我才不替你传话哩。"

看着范秋绵要走,大毛急忙又问:"哎,你为什么要搬家?看上去你不像到好地方享福去。"

范秋绵说:"我到什么地方你不要管了,你给我传一句话,就说我那盆兰花送给他了,想我的时候看看。"

大毛看范秋绵走远,才鄙薄地"呸"了一声。

大毛的牛奶到中午就卖完了,他收了摊子去看王龙官。王龙官正在忙,油黑的脸上,一片红光。大毛乐观地想:好了,这片红光快完蛋了!于是他对王龙官说:

"龙官,我明天搬回来。"

王龙官抬起脸,大毛赶快给他点上一支烟,说:"抽烟抽烟。哎,我想问问你:你和范秋绵发展到什么地步了?说得干脆一点儿吧,你们睡了没有?"王龙官憨厚地笑笑,说:"还没有。"大毛说:"那你给她什么了?"王龙官说:"我也不是小气鬼。她没跟我要,我就不好意思送她什么。"大毛说:"真奇怪,她今天上午搬家走了,让我告诉你,那盆兰花送给你了,想她的时候看看。"王龙官把烟一扔,看着大毛不解地说:"你说什么,她走了?"大毛站起来,低声说:"是啊!走了走了。"他看见王龙官弯腰从地上捡起一把沉重的扳手,千钧一发之际,大毛撒腿就跑,扳手落在他的脚后,"咚"的一声,他回头大叫:"你有本事把兰花砸了。"

王龙官的一场缠绵情事就这样结束了。

大毛觉得他必须对朋友负责任，所以他不仅搬回来了，还陪着王龙官度过一段沉闷时期。沉闷时期过后，还帮着王龙官度过一段亢奋时期。亢奋时期内，他得忍受王龙官无穷无尽的喋喋不休，所有的话题都从兰花上引起。被重复得体无完肤的风花雪月，还有那个永无休止的问题：

她为什么要搬家？为什么突然无声无息地消失掉了？

待一切平静，有一天，阳光灿烂，凉风习习。大毛对王龙官说："我看你已经好了。"王龙官回答："好了。你看兰花都长大了。"说完低头忙他的活儿。大毛问："心里的野火都发掉了吧？"王龙官老老实实地说："又起来了——是另外一种野火。"大毛说："正好，这两天我也心里发慌。今天晚上我带你到一个浴室去洗洗，再放松放松。如果你想玩精神把戏，不妨也跟小姐玩玩。"王龙官沉闷地说："你不知道的，有些人是可遇不可求的。跟小姐怎么玩得来？"

入夜，大毛带着王龙官朝浴室走去，这家浴室门脸很小，但是里面弯弯曲曲的十分幽深，当他们经过一间房间时，一个女人从沙发上站起来，背对着他们朝着门口走去。

她就是范秋绵。

她取了衣服，麻利地一边穿一边到了总台。今天是老板娘看管这里，老板娘厉声问："你朝哪边去？"

范秋绵说："今天不舒服。我明天再来。"

老板娘说："什么地方不舒服啊？我马上陪你上医院去。于大头今夜要来，你一定得等着，他是我们的恩人。于大头这个人有眼光，就是要你。"

范秋绵说:"老板娘,谢谢你夸奖我。但是今天夜里我实在不能留在这里,我真心喜欢的一个男人刚才走进来了,我不能在这里,我要回避一下。"

她的眼泪掉下来了。眼泪掉下来的时候她想:为一个素昧平生的男人做了这么多的事,心里居然没有委屈。

司马的绳子

男人都好赌——好嫖的男人除外。好嫖的男人不好赌。男人自己这么说。这句话很奇怪。

赌博的方法，我所知道纸牌的玩法有：拼道、沙蟹、二八、包分等。麻将的赌法很多，一个地方有一个地方的规则。赌徒是各种各样的，赌具也是各种各样的。关键的问题不在于赌具的外形，而是赌博本身的特性。至于赌注，这世上几乎所有的东西都可以作为赌注。两个男孩在街头比赛谁尿得远，一输一赢。输的那位对赢的那位说：

"好了，我这颗门牙是你的了。反正它快要掉了。"

这是我看见的赌事。不成熟的赌事，但是很有趣。

我看见的成熟的赌事是在我九岁那年。十分精彩的赌博。这赌博是和过年连在一起的，因而它有着米团子和馒头的香味，有着过年时的沉沉的忙乱，这种忙乱颇像一股缓慢回旋的风，虽然让人有点儿头晕，但大抵是摸得见它的方向的。

因为是过年——所谓的过年，是农历年。纸糊的窗外，西北风锋利得像把刀子，但是它割不开冰河和冷硬的土地。窗户里面，一盏盏煤油灯下，穿了新棉袄的人在土墙上晃来晃去。因而，九岁那年，我看见的精彩的赌博又跟新鲜的皮棉味道连在一起，这种味道让人想起一种安全的逃遁，一个缩小的温暖的世界，一个纯粹的没有任何负担的旁观者，一种母性的安慰。

所有的味道都是让人感到愉悦的。

赌徒只有三个人：我父亲、唐叔叔、司马叔叔。他们只玩一种叫作"沙蟹"的纸牌游戏。他们吸着烟，神采奕奕，至少有三千块钱在他们中间周转，桌子上堆着钞票，就像打谷场上胡乱堆放的稻草。窗外呼呼地刮着西北风，但是他们十分安静。有时候会有一些骚动，那是他们在区分桌子上某些钞票到底是谁的。重新确认过后，他们会吃一些东西，给茶杯里续水，到屋子外面解手。这时候，我就从棉袄袖子里伸出两只手，按牢三大堆钞票，让溜进屋里的冷风无功而返。也就在这时候，我会突然爱上我的手。

这种赌事只在大年初一的晚上进行，到第二天的八点钟结束。每年进行一次。

三个人，我父亲、唐叔叔、司马叔叔，必须要在年初一的晚饭前会面，才能顺利进行这场赌事。为此，唐叔叔要骑一个半小时的车子，司马叔叔要坐三个小时的长途公共汽车。他们口袋里揣着一年中积蓄的钞票，见面之后，他们像亲兄弟一样流露出真挚的想念之情，起码有半个小时，他们无法按捺住激动的心情，像孩子一样在茅草屋里到处乱走。坐下以后，他们会互相拍打，逗趣，甚至谩骂。然后开始吃饭，喝少量的黄酒。

他们有多年的交情，常赌的人，有相对稳定的圈子，赌桌上忌讳陌生人。

就要说到从前了。

从前他们都是江南一个富裕之城人氏；从前他们在一个场合里成为赌友，因为某些原因或者说经过有意无意的选择成为固定的赌友；从前他们响应毛主席的号召"上山下乡"来到穷乡僻壤，三个人在不同的地方实践伟大领袖的理想。他们没法经常见面，于是一场浪漫的赌事应运而生：我父亲早上就开始忙活红烧肉和茶叶蛋；唐叔叔顶着穷乡僻壤的寒风，骑车骑得满脸红；司马叔叔裹着一袭没有军识的军大衣，在尘土飞扬的车厢里一路打盹儿。

唐叔叔是个四十开外的中年人。三个人中，我父亲的年龄居中，司马叔叔最小，二十六岁。他们成为赌友的时候，司马叔叔才二十岁。

关于司马叔叔，有许多好说的事。其中之一就是他的婚事。因为他还没有结婚，所以三个人的话题基本上都集中在他的身上，我家和唐叔叔家里的人也都把他作为话题。这一来二去地，他就成了我们的中心。大人叫他"司马"，小孩叫他"司马叔叔"。他也知道受人欢迎，于是他的笑脸越加神采飞扬。

好说的事排列如下：

司马叔叔少失怙恃。他怎么长大的？他是在人生的什么阶段开始，满脸绽放轻松笑容的？

司马叔叔是个漂亮的男人，数不清的女人都想嫁给他，为他生儿育女。他为什么不想结婚？他理该比一般人更渴望家庭才是。

司马叔叔爱赌，手气好，脑子也灵，他总是输少赢多。但是为什么每次赌事过后，他就流露出对赌事的厌倦？与一开始的情绪判若两人。过后他还是赌，他回到他的地方赌。有时候，他跑到上海和北京去赌，他甚至跑到新疆去赌。大家都这样劝他：司马啊！外面的地方不是你的地方，跟别人没有多大的交情，吃了亏也是白吃。他憨笑，一副从来没吃过亏的样子。

有些人天生就是一只风筝，有些人天生就需要一条绳子才能牵住他的人生。

所有的人都一条声地说：司马该找个人了。该有一条合适的绳子拴着他了。

又是一年的大年初一，司马叔叔如约出现了。这一次，情形有些不同，风筝后面拖着绳子。我们都看见了他的绳子，他的流年运气不错，终于找到一根绳子了。

他的绳子是一根美丽温柔的绳子。黑漆油光的一条大辫子，肤色白腻，颧骨下面泛着一层轻红。轻颦浅笑，骨肉匀停。她把我们全都迷住了。绳子一来，我们的茅屋就不是茅屋了。我那时是九岁，我发誓长大以后一定要长得像她那样。

司马叔叔不停地笑着，看上去他对女友很满意。而后，我们就知道了他的女友叫邢无双，是家里的老大。司马叔叔和我们不大一样，他下放在一个县城里，那个县城里有一家纺织厂，邢无双在里面当检验员。她还带徒弟，她帮着父亲养家糊口，帮着母亲料理所有的家务。在那个地方，她以美貌能干出名，也以脾气生硬出名：所有干部子弟的提亲，一概拒绝。而且只说一句，决不多说。美人都不大干净，因为美人比一般的女人需要更多的肥料，这样干净的美人是少有的。难怪司马叔叔一直暗沉沉地笑着。

接下来应该说到两个人的恋爱史了，司马叔叔突然大笑起来，邢无双满脸通红。大家就罢手了。

邢无双站起身向男女主人告退，她有个亲戚住在不远处，她要赶着去看看。

司马叔叔没和她一起去，是我带着她去的。我觉得非常光荣。

她的亲戚是个老女人，刚才还在笑着，不知为什么，一见了邢无双就满腔苦水了，一边说着苦事，一边哭泣。在我看起来，她那点儿苦事一点儿也不苦。无非是鸡死了，猪瘟了，家里的铁锹坏了，媳妇跟她吵架，男人不肯买果树苗，她自己走路时跌了一个跟头……这有什么？河对面的小草根一家，天上掉下一团火，生生地把一家人烧死了，草根树根，什么根都没有了。我看出来老女人是故意的。

但是邢无双认认真真地听着，不停地点着头，还陪着老女人掉眼泪。到后来，我发现一件好玩的事：老女人和邢无双同样都在哭，但是老女人的眼睛只有一点儿微红，邢无双两眼却又红又肿。

后来，老女人就不说话了，沉默了一会儿，老女人说："你留下来吃晚饭吧。"在我看来，老女人一点儿也没有留我们吃饭的意思，但是邢无双慌忙站起来说："我是想留下来吃的……你莫要怪我，我要走了，他们等着我呢。"她掏出一张纸币慌忙地放在桌子上，那老女人看着钱，好像嫌少，也不送我们。

我们就这样往回走去了。我想，应当让她知道我不是个笨蛋。于是我说："那个人在做假呢。她根本没想留我们吃饭。"

邢无双慢慢地向我转过脸，突然之间，她大怒："你这个小孩怎能这样说话？"我吓得一个哆嗦。她走了几步，有点儿后悔，回过头又用商量的口气对我说："她是做假呢。她有难处呢。我们不应当计较是不是？"

我不知道是不是，但我知道，邢无双让我做好人呢，所以我点点头。

到了家里，吃饭，然后安排桌子展开牌局。这一次，邢无双和我两个人一起在牌桌边守了一夜。我守的是牌，无双守的是司马叔叔，谁都看得出来，她不懂牌理。她不看牌，这一夜，她只看司马叔叔。

所有的人都说，司马真是有福气，这么好的姑娘。司马临走的时候快快活活地嚷嚷："元宵节，都到我那边去，我请你们喝喜酒。"两个人走时的背影很好看，一个像一朵花，一个像一棵树。他们还没有结婚，但是他们看上去那么完整。女人是完整的女人，男人是完整的男人。

所有的人都不知道他们的恋爱史。这不要紧，只要有人对这件事情感兴趣，不管多远的路都会传过来。传来的消息如下：

邢无双是那种只要爱情不要富贵的女人，她情操高尚，忠贞不屈。这种女人在《聊斋志异》里面有。《聊斋志异》里有个仙子名叫翩翩，她对丈夫唱道："我有佳儿，不羡贵官。我有佳妇，不羡绮纨。"她把山洞边上的云裁成衣服给丈夫穿，用山里的叶子做成鸡、鱼、饼给丈夫吃。结局是：丈夫想念俗世上的生活，带着儿子离开她了。

司马认识无双的爹，无双的爹爹，有一个干哥哥，与司马是赌友。司马到这家人家去赌博的时候，经常看见一个惹人注目的女孩走进屋来。他看见她走进来，但从来不知道她什么时候走出去。他的心思从来不在女人身上。

他们从来没有交谈过一句话，看上去是毫不相干的两个人。但是无双的爹自言自语说："什么人都能嫁，就是这种好赌的男人不能嫁。"无双的妈也自言自语说："本来是吃粥的，嫁给他，只能吃西北风。"无双听见了，一言不发。

这就是司马和无双两个人的关系。

有一次，司马和一伙年轻人在一起，一边玩牌一边听他们说女人的事。他们都愿意说邢无双，说她怎么心高气傲，回了多少门好亲事，拒绝的理由从来只有一个，嫌人家不牢靠。而且，从来只说一句，不再说第二句。司马惊奇地瞪大眼睛，想起一个女孩，一个走进屋子里的女孩。他模模糊糊地觉得这女孩似乎和他有一些关系，这种感觉让他勇气倍增。他说："你们都说这个人难靠近，我怎么觉得不是这么回事呢？"别人哄笑一声。司马从口袋里摸出票子，甩到桌子上。笑着说："跟你们赌这些，同意不同意？我要是赢了，邢无双就是我的人，你们谁也不要去动她。输了，我与她没缘。"

结果司马赢了。他收回自己的钱，把别人下的注也揣在口袋里。他很高兴，今天他有了老婆了。他吹着口哨扬长而去。

这时候，邢无双正在河边洗衣服。一个小伙子从岸上走过去，幸灾乐祸地叫："邢无双，司马跟人打赌，把你赢回去做老婆啦。你不要洗衣服啦，回去收拾收拾，看有多少私房钱，准备跟他跑吧！"

邢无双慢慢地站起来，站在那儿，哭了。她想，该要准备嫁妆了。春夏秋冬，四条被子是要的。脸盆、脚盆、热水瓶也是要的。至于别的，该是男方置办，但是他父母双亡，恐怕他办不周全，那也不能责怪他的。

这样一件不相干的赌博，邢无双完全可以不认账。她想都没想，就把自己交给了司马。她究竟感受到了多少宿命的力量，别人是不知道的。

他们结婚的时候，我们都去了。人很多，热闹。我们看到的新娘新郎真是天造地设的一对。新娘坐在里屋，背靠着墙，墙上贴了一张大眼睛女孩的画像，脸蛋红红的。新娘的脸也是红的。后来，那张画像上掉了一只钉子。喝了许多酒的新郎拿了图书钉进来，努力了几次也没把画钉好。围了一圈的人看热闹，新郎不害臊，新娘的脸却越来越红。后来就听见有人问新娘："你几岁了？"新娘老老实实地回答："二十一。"

又有人嘀咕："司马好福气啊！"

以后就不断地听见人说，司马怎么怎么好福气。结婚以后的司马，生活一如以往。他看上去比过去更加无忧无虑，更加任意妄为。又听人家说，他把美貌的邢无双做了赌注。这一次，他的手气差到了极点，把老婆输掉了。真是的，他怎么把老婆赢回来的，又怎么把老婆输出去。

邢无双什么态度呢？

她一句话都没有，收拾了几件替换衣服，抱着刚出生的儿子就住到人家家里去了。人家合家大小惊得啧啧称奇。

第二天，司马又把她赢了回去。她抱着儿子回去的路上，还买了一把扫帚、一把大蒜。

如此过了三四年，这两个人的生活，看上去和别人家一样，没有什么不安静的地方。司马还是一如既往地好赌，除了这件事，这家人家好像没有别的毛病，一切正常。

又过了三四年，突然有一个消息，说是"上山下乡"的那群人可以回原来居住的地方。后来，大批大批下放的人开始返城。我们一家回去了，唐叔叔吃了官司，他的老婆拖儿带小地也回去了，司马叔叔一个人回到了家乡——邢无双没说回也没说不回，只对他说："你先回吧。我等等再说。"他就一个人回了。邢无双的姐妹对她说，让司马一个人回城，是一件危险的事。邢无双说，如果危险，那就让危险过了再说。姐妹问她，过不了呢？邢无双说，那就是我和他的命。命里只有这几年夫妻。

司马一离开老婆，就像风筝断了线。邢无双也不对他提什么要求，只是写信告诉他，冬天要穿什么，夏天要吃什么。等等。对此，司马总是有一搭没一搭地应承，回信时斗大的字只有一张。

终于有一天，司马认认真真地给邢无双写信了。大意是讲，他对不起老婆，这么好的老婆，他却不能安心。他找了另外一个女人，一个适合他的女人。希望无双能原谅他，并和他解除婚约。

邢无双看了信以后，就坐在床边上发呆。她对自己说：你哭啊！哭了心里就舒服了。终究没有哭出来。她和司马的儿子大呼小叫地在院子里撒泼，这是个健康的孩子，像他父亲一样不会掩饰自己的情绪。无双微笑了一声，恍惚间就像有了两个儿子……好了，她坐下来认认真真地给司马回信，她告诉他，夫妻情分尽了，也是没有办法的事。她虽然是小地方的女人，也知道强扭的瓜不甜。再说她老早就看出，他对她心里不满意。所以，她不马上跟他回江南。她在等着，等着事情朝好的方面或者坏的方面发展。现在，她已经做好了思想准备，双方什么时候办理手续都行。

写完信以后，她慢慢地把自己移到被子里，把自己从头到脚捂了个结实。有一句话她没敢写：这一辈子，我能做的最伟大的事，就是原谅你。

不写的原因只有一个：她不想给司马压力。

司马回来了。他的新绳子走在他的前面。新绳子是个上海女人，上海女人戴着红毛线帽子，围了白色兔皮围巾，穿着黑呢大衣，大衣下面露出两条光腿。车站里看门的老王对着她猛叫一声："这是什么东西？"上海女人笑嘻嘻地向他回过头："什么东西？人。跟你一样的人嘛。你以为阿拉听不懂是吗？阿拉懂好几国语言，你这句话是小意思啦。勿相信？再说几句让阿拉翻译翻译。保险叫你目瞪口呆。"

司马大笑。而后，他掏出香烟，在车站里面一根一根地撒。他不时地看看他的绳子，露出一副又爱又怕的样子。老王抽着司马的香烟，忍不住又说了一句:"女人还是骚的好啊!"

上海女人没反应——没听懂。

这是个星期天,阳光温暖,几乎称得上是明媚了,这在冬天是不多见的。无双上午打扫屋子,她知道有女客要来,就准备了新的毛巾。中午到菜市场去,熟悉的女营业员问:"客人要来呀?"又问:"心里怎么样?"无双说:"今天太阳暖洋洋的像春天,心里还行。"

在灶台上忙忙碌碌地烧,突然一个小孩在门口一晃,说:"姨,我妈叫我告诉你,他们到了,在车站里跟人啰唆呢。"

无双慌忙站起来,心里面仿佛被一样尖锐的东西轻轻地、有克制地划了一下,足够疼,又让她有忍住的余地。她从头到脚地给自己整理了一下,就朝车站小跑着去了。她看见了司马,也看见了上海女人,两个人依偎着,一脸轻松地走出车站了。太阳在他们身后不远的地方照着,他们偎得很紧,阳光穿不透他们。阳光像一层糖霜一样撒在两个人的周边,也像糖霜那样毛茸茸的。

她禁不住两眼泪花。

在这之前,我们就听说了上海女人的一些事。首先她是个风流的女人,有一些让人看不惯的地方,譬如她说话的声音太娇,腰肢也太会扭,会四下里抛眼风。她不会持家,没事就要上馆子。会喝酒,会抽烟,会跳舞,会花钱。笑起来的声音很响,头朝后仰着,响到极处,突然断了声,就朝后面不管谁的身上一倒,过后再爬起来,继续笑。

其次,她没什么修养,经常伤害到别人。

譬如这一次,她到无双的家里做客,一进门她就对司马说:"啊呀,这是你的儿子吧?长得真像你。她给你生一个,我给你生两个,好不好?"

打擂台吗?

她是在吃无双的醋了,这是很奇怪的。不仅奇怪,还不合情理。所以邢无双呆乎乎地愣了,想把道理想明白。

想不明白。

但是她有足够的宽容去容纳别人。

吃饭。四个人:无双、上海女人、司马、无双和司马的儿子。无双安静地给客人夹菜,她看开了,就像对待老朋友一样。

"吃啊吃啊!我烧得不好。"她客气道。

司马放下筷子,真诚地说:"无双,你烧的每一道菜都好吃。我很久没吃到这么好吃的菜了。"

上海女人咳了一声,提醒男人。

无双回答:"那你们以后经常回来吃。"

司马看看无双,满腹歉疚地夹起一筷子菜,送到无双碗里。上海女人又是一声咳嗽。

司马看着碗里的菜笑了,上海女人"乓"地搁下饭碗,一转身躲进了邢无双的卧房。谁都看得出来她受委屈了,心里不开心。她进去之后,还把房门关上了。于是司马对无双无可奈何地微笑,跟着过去,轻轻地拍门,把眼睛对着门缝张望里面的动静。上海女人在里面说:"我勿要嘛。"司马在外面回答:"要嘛。"上海女人在里面跺脚:"你死开嘛。"司马说:"我不死开嘛。"

无双就想:这是怎么回事?这可是我的家。一个这么张致小气,一个却怜惜有加。她慢慢地咽着饭菜,耳朵里听着那一对人隔门闹腾,有点食不甘味的意思。无意识地,她偏过头去,在墙上挂的一面小镜子里照了一下。儿子说:"妈,你比她漂亮。"无双说:"漂亮不漂亮都好。"儿子说:"你贤惠。"无双说:"贤惠不贤惠都好。"儿子说:

"那有什么不好的？"无双说："什么都好。"

月亮升起来了，坐在屋子里感觉到冷了。司马已经成功地把上海女人哄了出来，大家继续吃饭，无双不再客气着让菜，也不说话。一时气氛冷冷地。外面不断传来结冰的声音："咯，咯。"是的，寒冷是一头很小很小的动物，它啃啮地面的声音就是这样：咯，咯。无双想起有一年的大年初一，她坐在司马的边上，听了一夜这样的声音。

吃好饭，上海女人抢着把饭碗洗了。无双也不推辞。她觉得这个女人不坏，并不像人家传说的那么坏。她甚至还有点儿可爱。

儿子出去了一趟，这时候回来了，说："大舅二舅三舅问，你们吃饭吃好了没有？吃好的话，请他们住招待所，或者住王老四家，他家里有一间空屋子，愿意让他们住一晚上。"

上海女人佯怒道："小鬼头，你们他们的。告诉你大舅二舅三舅，我跟你妈住，叫你爸爸住王老四家。"

有一件事要肯定的：这两个女人之间不存在敌意。我们的邢无双是个豁达的女人，上海女人是个什么样的人，我们也知道了。现在，只有两个人了，她们都不想掩饰对对方的好奇心。需要说明的是：上海女人无意道歉，无双也不想责备什么。

她们开始说话。

"他老说你好呢。所以我一定要来看看你，到底是怎么个好法，让我学习学习。"上海女人说。

无双暗暗地笑了。她知道这个上海女人不会说谎。

"他真的让你来？"无双有些感叹。换了她的话，知道男人不会让她去，她就闭口不提了。

"他不让我来？我跟他闹啊！反正我们两个人，闹了又好，好了又闹。我不怕闹僵。有一次我闹急了，跟我的前夫回去一个月，把他急得要跳黄浦江。"

无双"噢"了一声。这个上海女人身上有一股香水味道，让她昏沉沉地想睡。

"你真的想给他生两个？"无双问。

"骗骗他。我才不想生呢。生一个够麻烦了，还生两个呢。最好一个都没有。"上海女人说。

"你老是骗他？"无双想说，她从来就不曾骗过司马。

"是的，我老骗他。我对他，哄吓骗，想怎么就怎么。男人喜欢这样呢。"上海女人说。

无双想到司马那一张故意做出无奈的脸，他的眼睛里盛满了幸福。他们两人结婚那么多年，她从来就没有在他的眼里看到过这种神情。他把她一会儿赢回来，一会儿输出去，其实只是一个人在那里演戏呢，悄无声息地，一个人开场，一个人演完收场。不像他和上海女人，一呼一应地，你来我去，两个人有滋有味地推着磨，纠缠着，谁也不能离开谁。

"晚上睡觉，枕头上要给他覆一块布，冬天，他经常在夜里流鼻血。早上起来让他喝一大杯的盐水，加点儿蜜糖。晚上他要是喝酒的话，给烧一大碗海带汤。"无双说。

上海女人开始打哈欠："太复杂了。我不这样做，他也不会不高兴的。"

她突然坐起来："他现在睡觉了吧？"

无双笃定地说："没有。他肯定在王老四家。"

上海女人说:"我要到王老四家里去看他,怎么走?"

上海女人问了路,急慌慌地穿衣服,连袜子都没穿,就夺门而走。无双在后面叫:"天冷呀,小心受凉。"那女人已跑远了。她自言自语地说:"男人要赌,就让他去赌呗。他从小就苦,活得容易吗?找个利害女人,就跟脖子里套了一根绳子,舒服吗?"想了一想,又说,"你从来不给他找麻烦,他就高兴啦?"她只得坐起来穿衣服。她的衣服被上海女人扔得满地都是,她的袜子找不到了。等到她穿了上海女人的袜子奔出去,那女人已经在王老四家里闹起来了。

无双远远地站着,看上海女人怎么娇声地说着什么,怎么淌下眼泪,怎么扑到司马的身上,怎么向王老四家里道不是,怎么一头冲出来作势要跳河。她还看见司马关怀备至地一直跟着她。这是一出突如其来的戏,演着有点儿危险,闹不好会无法收场。所以两个人动静很大又小心翼翼地把这场戏进行着,走过无双的身边,根本就没看她一眼——无暇顾及她。

于是无双就这样看着,看着司马这只风筝,被一个女人牵着,绳一动,风筝就跟着动了。

司马和上海女人结了婚,两个人老是不大安分,一会儿吵了一会儿闹了,上海女人不会烧菜,还不时地闹一点儿绯闻。大家都说,这两个人迟早分手,司马怎么能忍受这种女人?他现在连赌博都不沾边了,收敛得很,和无双的婚姻完全不一样。要知道,他在无双手里,是过惯好日子的。无双后来一直没有结婚,一个人带着儿子,人明显地憔悴。我们私下里都猜测:她的痛苦有多深?

到了公元二○○一年的春天,司马和上海女人还是过得好好的,没有分手的迹象。我们眼睁睁地看着无双和司马没有破镜重圆的结局了。

后来听说上海女人生了什么病，在医院里挂了一个多星期的水了，司马急得嘴上都是泡。我们心里就生起一个残忍的想法：她快死了吧？她死了就好了。

后来知道，她生的病不过是一场重感冒。

世上所有的判断，几乎都是有错的。

五彩缤纷

二〇一二年五月七日，W和J到苏州七都参加一次文学活动。五月八日，我为她们开车效劳，驱车四十公里游紫金庵。我们共有五人：W、J、Z、D和我。

我常去紫金庵，有时一个人坐在那里喝茶，看看外面山上的果树和茶树，庵里有一口井，井边一棵古老的白果树，白果成熟的时候，庵里人就把白果煨熟了卖给客人。清明前后，他们也在庵里炒茶，客人可以一边看他们炒茶，一边品尝新茶叶。这庵有一种无法言表的安静，不是清静，也不是凄清，清静和凄清让人无法安置灵魂。它的静里面有让人心安的内容，兼有尘世和天堂的气息，佛在这里，是宽容和度厄，人在这里，是无心和松弛。

若干年前，我听说这庵里发生过一件惊天动地的事，"文革"期间，有人前来毁寺，村里一位男性村民，腰里绑上炸药守在寺门口，这才保下了这座唐朝古寺。听了这故事我念念不忘，但每次来，我都找不到故事中的轰轰烈烈，只见这庵若无其事，静悄悄的，连喘息都一丝不乱，就如大自然里的一株植物，无边的惊心动魄都被它悄然收纳，无生无死的样子，所以更是喜欢。

五个人在一起，闲聊。庵里的茶室就在佛殿旁，佛殿是小小的，茶室比佛殿小一半，安得下三张桌子，它的南窗外边，却是连绵山丘，无边深绿。或是受了这地方的影响，谈话渐渐从拘谨到放松，文学、政治、人情……一一聊开。忽有谁说起文章里的造词习惯，说某些小说写到性行为用了什么词。那么，如果我们写到性行为该用什么样的动词？五位女作家一一列举，没有一个动词能让大家觉得满意，仿佛所有涉性动词都是粗鄙的。

作家怎能回避人类的性？女作家是否对性爱描述有着天然障碍？要阐述这些问题，首先要搞清楚什么是爱情，爱情的本质是什么？情爱关系中的审美是否有功利性？情感价值如何体现？先有性还是先有爱？爱和性的比例在不同的阶段会发生怎样的改变？顺乎天命和不断努力使爱具有不同的愉悦感吗？你是真淫荡吗？你是真贞洁吗？淫荡和贞洁会不会在十字路口相遇？你的十字路口在哪里？由谁设置？你如何欺骗自己？你又想把自己毁坏给谁看？游戏的目的是什么？你的未来有多少关于爱和性的内容？性幻想与现实交叉在哪里？怀春和多情被气候和时代左右吗？你的身体和你的器官经常与你的情感咫尺天涯？……人到底真的伟大还是确实渺小？……真诚的追究美妙的迷茫预示了什么？——是你的灵魂又一次饥肠辘辘了吧？

……都没有答案。没答案才好，寻找问题比寻找答案更重要。

晚上我回到家，开了栅栏门跨进院子里时，一道横亘的蜘蛛网迎面粘上我的脸，夏季的蜘蛛总是疯狂地编织捕虫的网，它们在一个小时内就可以编好一张完美的蛛网。结网蜘蛛生命短暂，所以大自然付于它行动快速的特性。人的一生漫长，为什么总是慌忙焦虑？我看着蜘蛛从另外半边网上逃到橘子树上，想起一句俗语：日见喜，夜见鬼。

我不怕鬼，我只怕人。怕人的人多，怕鬼的人少。

或是白天那些爱和性的形而上的思考还在，我怎么觉得心里有鬼呢？

上了阁楼，就在一大堆旧衣服里翻找。这些旧衣服都有些年头了：我再也无法穿上的连衣裙、旗袍、丈夫当警察时的警服、儿子的校服，还有我母亲年轻时代穿过的时尚衣物，凡立丁套装、毛皮大衣什么的，都被我要来收藏了。

我丈夫在一楼下面喊我，问我找什么？我支支吾吾地说不出完整的话，只自言自语地说，那条旧的裤子放哪里了？放哪里了？明明包在一块蓝底白花布里嘛，放在一只透明的塑料收纳箱里。

丈夫忽然就出现在阁楼下面，肯定地说，哦，你说的就是那条裤子啊。

我站在阁楼上居高临下地、充满狐疑地、不客气地望着他，问，你又知道是什么裤子？！

刻薄的话一出口，我再一次内疚。我的内疚是一个没责任心的孩子，说来，不知道从什么时候起，我就这样一边内疚，一边用这种口气对他说话，过后他总是说，你对生活要求太高了。你看，你什么都有了，还害怕什么？

我把口气显得友好一些，重新问，你知道是什么裤子？

这口气对了，没有情绪，只有纯粹的问号。

丈夫说，不是你初恋的裤子吗？你不是包在蓝花布里藏在你书房的抽屉里？他一定注意到我生硬的态度了，他假装不知道。他什么时候开始这样假装？或者换过来说，我是什么时候让他开始了假装。

他的话把我说得又羞又恼，又不便发作，只得说，你怎么知道是我初恋的裤子？

他说，你说的呀，结婚的时候你告诉我的呀。你说，一个美好的不成功的初恋，加上美好的成功的婚姻，女人的一生就完美了。他一脸肯定，我也不便怀疑。三脚两脚下了阁楼，真的在书房的柜子里找到了蓝花布包，打开来，拎出裤子，不禁恼怒起来，说，这不是我收起来的那条。我声调还算正常，手却抖起来了。这条裤子对我太重要了，没有它，我的记忆毫无价值。

我丈夫看看我的脸色，连忙就走了。每次我莫名其妙想找事的时候，他就溜之大吉。他脸上很平静，但我分明感到了他内心的伤感。我也伤感，我的伤感不比他少。我不知道为什么要伤感，我要搞明白。

我在书房里对着这裤子发呆。

这是我收藏的裤子吗？它怎么如此猥琐难看，质地软搭搭的像面粉口袋，裤腰和屁股肥大得像老太婆穿的。灰色的绒布面上，起着不均匀的色斑，还散发出一股难闻的霉味，我爱过的人居然穿这种裤子？我不知道应该用何种动作放下它，重和轻都不行。重了像赌气，就是否定了曾经有过的感情，——不是曾经，它一直与我同行。轻了，也是一种否定。我怕轻轻一放，心里就再也没有与它有关的东西了。我更怕轻放之时，感觉到我的脸上出现沮丧表情。虽然我的眼睛长在脸上，无法看到我的脸，但我与我的脸相处已久，对它的表情就如对我的手一样熟悉。

我打开北边一排窗户，风吹进来，把裤子上的味道吹散了，北边窗户边上，玉兰树上开着花，花的香味传进来。花香安定我的烦躁情绪。看到花，我想起上个月在一家餐厅吃饭，点了一道海鲜，是海里的一种贝类，每个都像一元硬币那么大。服务员从水箱里捞出来让我们过目，我发现有一只贝壳上站立着四支细小的茎，茎端上有水滴形的粉红的"花朵"。在座的有一个识得的，称这是"优昙婆罗花"，是一种神花，三千年一开，可以开在任何地方，看到的人心中有什么愿望都可以实现。

我心中突然乱了，一时间心里各种各样的愿望纷至沓来，五彩缤纷，以致我无法分清主次。

朋友们拍着桌子一条声地喊，许愿，许愿，许愿……

我还是没能知道我现在需要什么，我已很久不知道我还要什么。

朋友们提醒我，钱。

我摇头。

朋友们再提醒我，地位。

我又摇头。

朋友们最后一次提醒，健康和美。

这些都重要，可是还没有到达我最想要的那个东西。我心里想了一下，还是摇头。我对朋友们笑着说，作废。

这顿饭过后，我去看望我的母亲和外婆。坐在她俩身旁，我想起她们是佛教徒，就说了看见"优昙婆罗花"的经过。我妈拉长了脸惊叫起来，哎呀，那是佛陀的花啊！

她问我，许了愿没？

我不想回答她，沉默片刻从牙缝里挤出回答，没愿望。

幸亏她转眼工夫就忘记了我到底有无愿望，自言自语地说，换了我，我就要回到从前做姑娘时，重新找一个男人。这个男人和你爸爸一点儿都不像，他照顾我、体贴我、不和我吵架。

我正想放声大笑，坐在角落里的外婆抢先一步笑了出来，她说，你做梦呢，这个年纪还做梦真是笑话。换了我，我就许愿一辈子不出嫁。死后碑上刻一行字——守身如玉，纯洁无瑕。

我觉得，她们俩说的话是一个意思，那天我没有多坐，仓皇而逃。我妈在我身后大声说，你脸色不好，心里一定有鬼。

这件事，我后来拿来做了试验，问了五男五女，每一个女人都表现惊讶，并问我是否许愿，每一个男人都表现疑惑，其中三个不置可否，一个劝我不要迷信，另一个哈哈大笑，说你这样不可理喻，是更年期了吧？

一言惊醒梦中人,我忽然想到半年以来情绪飘忽,时而梦想天堂,时而又假想地狱。我的身上一时冷一时热,脸上潮红与苍白轮流坐庄。前一分钟无端忧愁,后一分钟又阳光灿烂。好像有幻觉,还有幻听……这是更年期?是的。更年期这样复杂绚丽?是的。看来更年期如同回归少女时代,也是烟花蹿到空中四散开放的时刻。

我回家查了大量资料,关于"优昙婆罗"花,有两种观点,一种坚信这是不可思议的神秘的佛家之花,一种认为这不过是虫子的卵而已。

本着科学的态度,我选择相信这是一种虫子的卵。我记得那天是无比激动的,听到友人解说这"花"子虚乌有的神奇时,我的心乱跳起来,我见到阿锡的第一眼时,心也是这样跳的。蚊帐前的幽灵男子,我第一次"看"到时,心也是这样跳的。反倒是第一眼看见我丈夫时,我的心没跳,非常平静,尘埃落定时就是这样平静吧?

"花"、"幽灵"、阿锡,这三者有何相关?

我无意中一侧脸,看见了镜中的自己。我对自己发生了兴趣,遂走至镜前仔细端详自己。哦,你到了更年期了,人生里最复杂灿烂的时刻,我听人说过,更年期过好了,下半辈子幸福安详。更年期过不好,下半辈子就一直"更年期"了。也就是说,"生活"一手拿着珍宝,一手拿着糟粕,选择就在一念之间。可不要拿错哦。

我镇定下来,开始想,第一,这条裤子我珍藏多年,它过着如此幽闭的生活,想没味道也不行。第二,也许是我潜意识里把它升华了,化腐朽为神奇,其实它就是这种嘴脸。第三,有许多衣服看上去不好看,但穿的人体形气质好,穿上去就像换了一条裤子。衣服给人自信,人也给衣服生命。……有时候会有这种情况出现。我初恋的那个人恰恰是体形气质俱佳的。我向全世界保证这一点。

时间还早,我可以借口出去散步,好好回想一下我的初恋。我的生活进行得很快,身边的人也是你来我往好不热闹,奇怪的是我记不住我和他们的任何事。我只记得住我的初恋情景,但是我现在有点儿怀疑初恋的记忆。

关于记忆,我应该好好地总结一下。

我的婴儿期和童年都在一条阴暗潮湿的名叫"脂月巷"的小巷子里度过,这条小巷子颇有地方特色,圆石子地面,拼着石榴、万年青、梅枝一类的吉祥图案,千人踏万人走的公共路上铺设如此考究,彰显这巷子与众不同,出类拔萃。

我从婴儿期就开始做一些稀奇古怪的梦,梦里有一些陌生的人,抱着我散步或者去见什么人,这些人何样面目,性别高矮,我一概不知。我记得的是那些人面目虚无,手臂无一例外地冰冷。这种感觉影响了我的心理,所以我变成一个木讷迟钝不苟言笑的婴儿。有谁会从大床上掉下,头破血流却面无表情?我!那时我三岁。大人们说,这孩子智力有问题。但是,女孩子智商不高没有关系,反正出嫁了事。脂月巷里那个白痴姑娘,前年不也嫁了?

我到了九岁那年,梦境突变。那是夏天的一个中午,外面热浪难当,墙根的青苔干枯得像一把黄泥,至于知了,断断续续地鸣叫一两声,虽说它目的明确,可这种气候,它也暂时断了唤偶念想。

我睡的地方是一个过道改成的一个小房间,老式的大屋子,屋顶很高,我睡在小床上,透过蚊帐看着它,它看上去还算整齐干净,但它散发出冰冷的气息,就是在炎夏,望它一眼也会感到浑身凉意。

蒙眬中,一个陌生人的气息触动了我的气息,我的气息还很弱,除了感知的功能,它不能表达喜怒哀乐的情绪。那个陌生的气息步步逼近我的蚊帐,我的气息步步后退,退回我的身体内,惊醒我的视觉神经,我看到一位年轻的男人站在我的蚊帐外面，他面目清秀，久久地看着我。我感到他的怅惘和希望，也感到他收起了锋利的气息，让我安定并接纳他的到来。

从九岁到十三岁，这个年轻男子一直陪伴着我，他成了我无言的伙伴，是我个人世界的组成部分。他几乎每天都来到我的小床边，站在蚊帐外，久久地看着我，我就在他的注视下安然入睡。他消失的那天，是我碰到了阿锡。

裤子是阿锡的，关于裤子又能说些什么？

阿锡是我父亲认识的一位朋友。我父亲过年时到别人家里拜年，回来时就带了他来。他长得帅气，行为举止洒脱，不拘小节，到了我家里，就像到了自己家里一样，现在想来，他就是一个想在别人家庭中寻找温暖的人，因为阿锡的父母都在外地工作，他从小就跟着外婆在本地过生活。

我对阿锡一见钟情，他二十三岁，大我十岁。他这个年龄会喜欢什么呢？我来不及细想，把我喜欢的一些书，《基督山伯爵》《第二次握手》什么的，一股脑儿拿出来让他看，我还送了他一本笔记本和一支钢笔。这两样东西都是我在朗诵比赛中得到的。他什么都不推辞，钢笔和笔记本都放到衣袋里，至于书，他也左一本右一本地插到裤子口袋里。我咧开嘴笑，看着他夸张地讨我喜欢。我到现在还记得我当时的笑声。

阿锡好久没有来了，这天，我家院子里的紫藤花开了，晚上他就来了，是花把他引来了吧？这花香里有一股药香，沁人心脾，有些像楝树花、丁香花、风信子、茄子花，所以它一开，这院子里就五彩缤纷了，呼朋唤友，好不热闹。我听阿锡在外屋与我父母说话，又说晚饭吃得太少，我妈就给他盛了一碗粥。他说，好日子啊，我要好好享受这碗粥。装修房子真的累人。我听得他洗脸、洗手，换了一双拖鞋，一边喝粥一边哼歌。他喝完粥就走进大屋子，我爸出去，我妈准备擦洗厨房里所有的东西。我在大屋子里看电视，我家已经有了十二寸的黑白电视，收看的是中央台。今晚上放的是越剧电影《追鱼》，鲤鱼精和书生的爱情故事。

阿锡脱了鞋子坐到我父母亲的大床上，把被子拖到身后倚靠着，看了一会儿，他把我拉到他身前坐着，两手搂住我。我靠在他身上十分舒服，他先睡着了。不知道为什么，我也睡着了。睡了一觉，睁眼一瞧，我歪倒在被子上，阿锡不见了。电视还在放。我到外屋一看，妈还在擦洗锅碗瓢盆，爸爸还没回来。

我再次回到大房间，看着阿锡睡过的地方。那地方多出了一条裤子，很陌生的样子，像阿锡来的时候穿的裤子。我断定这是阿锡的裤子，就把它拿到自己的屋子藏起来了。以后就一直认为这是阿锡的裤子。现在想来，它也许是，也许不是。有关阿锡的裤子为什么会在床上，我没有这段记忆。那时候生活还有悠闲的味道，日子不是太有条理，大家也就养成了对事物不追究的习惯。既然觉得是，那就是吧。

我后来就开始做梦，梦里总是阿锡脱下他自己的裤子，把我父亲的裤子穿走了。这是一个合理解释，它还含有别的意义，每当我在梦里看到阿锡脱裤子的过程，我就觉得自己长大了。这种隐秘的生活难以向任何人启齿，却是我内心深处最真实的一部分，是我身体生长的微量元素。

我后来再也没有见过阿锡，听说他结婚了，又听说他调到他父母亲的城市去了。他和他的裤子渐渐脱离开，他在我梦中面目开始模糊，他的裤子却熠熠生辉，连针脚线上都放射出光芒。他成为我记忆里一个脆弱的影像，他的魂魄却附在裤子上永生了。

我的丈夫是经别人介绍的，我去见他时，我有意穿着阿锡的裤子，未来的丈夫尖锐地看我的裤子一眼，但没说什么。第二天送了我一条粉色连衣裙。我穿上这条连衣裙，满脸喜色，唇现珠光，宛如重生。见到我的人都说，这丫头就像换了一个人似的。新婚之夜，我先躺到了床上，用手支着头看丈夫脱裤子的样子，我发现他的神情举止与梦里的阿锡一个模样，我甜蜜地长叹了一口气，于是阿锡就从我的梦里消失了。

我从此再也没有过任何梦境。

对了，我现在最需要的是一个梦。它很重要。我确定此时、最近、一直……需要一个梦，不管是什么样的梦。

我得好好想想我现在想要什么样的一个梦，想明白了，也许今夜就有一个梦来到。我的人生再次面临转折，我需要一个合适的梦境，我应有尽有，我是生活的主人，这梦境由我做主，梦里不会有婴儿期、童年期的恐惧和晦涩，也不会有青春期的消极无奈。从今往后，我所有的梦都是积极的、温暖的、有趣的，它要与我现有的一切相配。

我走出门的时候，丈夫在我身后说，你出去散步啊？

我倒糊涂了，问他，我没告诉你吗？我明明刚才和你说了啊。

他肯定地回答我，没说。真的没说。

他从不撒谎。那么是我搞错了。我说，我就在院子里散步，不出大门。有些问题我要想一想的。

我听到我丈夫说，我上厕所想问题。

什么？你说什么？我简直不相信我的耳朵。我丈夫是个严肃的人，从不开玩笑。但是我喜欢玩笑，这句话太逗了，我大笑起来。

我丈夫说，你笑什么？

我指着他的脸笑，你说的话好笑啊。

我丈夫拉着脸说，我说了什么了？

不和你说了，我散步去。

我怀着一种陌生的甜蜜的希望走进夜色里。

小区位于城市西南，湖旁边。稻田、苗圃、欧式小区错落有致，拖拉机和奔驰开在同一条道上，黝黑的农妇和穿着吊带衫高跟鞋的女郎出入同一所大门。我们的小区，住家灯火辉煌，小区的路上却一盏灯也不开。这其实挺好，黑漆漆的路上，看月亮更好，还能看到屋里的情形。小区里住的大部分是本地人，以前务农，现在经商。他们的习惯与城里人不同，一到晚上，城里人总是下着密密的双层布窗帘，他们也装窗帘，只当摆设，几乎不遮。这其实挺好，对心理健康有好处。

我一出门就碰到了意外，邻居家的一狗一猫在照大镜子，通过落地长窗，我看得清清楚楚。我贴紧窗子朝里观察，那狗猫都认识我，它们在大镜子里一定看见了我，还是神色自若地，像一对情侣一样照着，把我当成空气一样。那狗张嘴打了一个圆滚滚的哈欠，猫便长长叹息一声。忽然一根棍子从楼上打下来，没等它落地，狗猫就没影了。它们好好地照镜子，棍子为什么飞来打它们？此情此景十分眼熟。我想起来了，我五岁那年照镜子，被我妈一巴掌打在地上，头磕在凳子上，流了一脸的血，至今额发里面还有当初缝合的针脚痕迹。我妈打我的理由很简单，她不允许女孩家过多地关注自己的脸面，她说，她的妈妈，她妈妈的妈妈，从不许她照镜子。女人多照镜子，会引来狐狸精上身。

想起往事，我咯咯地笑一声，继续绕着小区的主干道前行。

前面栅栏边上伏着一只白色物件，我断定就是那只肥胖野猫，我经常给它东西吃。我走过去一瞧，正是它，它四脚朝天，反转脑袋瞧着我，我没理会它，走去四五步，它在我后面阴森森地说，想自杀吧？

我吓了一跳。回头看去，它已走了。我的心扑扑地跳起来。今夜怎的如此怪异？自杀？我确是想过自杀的事，多年前的事了。但它是怎样知道的？不会，它不会知道，它纯粹是引诱我自杀。为什么要引诱我？我给它吃的，刮台风下大雨的时候，让它在我的车库里躲避。……难道它学会和人一样忘恩负义？

人……一个个的人……还是不要想人了，想想我自己，我的梦。

边上就有一人对我说，艾老师，散步啊？！

我仔细看，原来是二十一幢的老板娘春花。眼前这一幢别墅没有人住，院子里一大片空地，她就在空地上垒起了土行栽山芋秧。她不相信市场里出售的山芋。我刚看清是她，她就朝我走过来，哭了。

她是我们这院子里故事最多的人，她的诉说欲望是那么强烈，当你听她讲那些曲折的故事时，你会忘记了自己身在何处。

她哭着说，她家欠了银行和信贷公司两个亿，人家欠他们的钱要不回来。她家快破产了，有一天她会被法院封掉住宅和厂房。快了，你看得到的。……丈夫，找不到了，有半个月没联系到他了。

我吓得出了一身的冷汗，好像刮风了，背上的汗粘着衣服，我反过手去抻了一下。我好像有了主意，我对她说，你要找到你丈夫啊，他要是被黑社会绑架了怎么办？到底是一家人，在一起同甘共苦，生了两个孩子，还一床铺睡了这么多年。

这女人便冷笑。外面传她丈夫还有一个或两个家，养着年轻女人。我明白她的冷笑是有道理的，但我还是害怕起来。我回头就走。她在我身后说，我种点儿山芋，放到山穷水尽时吃……

我假装什么也没听见，我自己的事我还负担不了，我无法分担她的痛苦。今夜种种情景就如梦魇，梦由心生，我不禁担心我做梦的前景。种种令人不快的信息传达过来，我还会做什么样的好梦？

前面的草丛里是什么在一闪一闪地亮？那么多，像一堆碎在夜里的钻石。我怀疑是萤火虫在亮。因为土地使用化肥农药太多的缘故，这东西我有十几年没见着了。我颇为惊喜地伸手轻轻捞起一只闪亮的小东西，它是那么小巧，在我的手心里伏着不动，一闪一闪地照亮我的手心，我为此乐观地想，嗯，生活还是美好的，我有什么理由不做一个好梦呢？

这闪亮的小虫子轻盈地飞离我的手心，无声无息地垂直朝上去了。它一定发出了某种召唤的声波，要不然草丛里一群萤火虫为什么一齐飞起来了？

我仰望星空，无比激动地说，要做梦，什么样的梦都可以，给什么是什么。

话刚说完，我的身后就响起了脚步声，那声音僵硬沉重，带着地底下的隆隆声，这分明是鬼物来了。四周一片漆黑，杳无一人，我毛骨悚然，拔腿就跑。刚跑到家门口，天上下起大雪来了，纷纷扬扬，令人心生喜欢。家门口已堆积了一堆白雪，我用力地拍门，门就是不开，我出门散步没带钥匙啊，我不会回不去了吧？

身后伸出一只手，替我开了门，我回身一看，是一位陌生男子，我不认识他，但仔细一看，好像又认识，认识的原因是他长得像我认识的许多男人。这时候我主观地想，他是许多男人的综合体，从身体到灵魂，他有这些男人的优点，而没有他们的缺点。这样的人我还有什么不可以信任的？我跟着他走进了屋子，这屋子里也是陌生的，但看着又眼熟。我不知道坐在哪里才算合适，我就问他，我坐哪里？他过来拉着我的手说，你真是年轻啊！这种问话只有年轻女孩才问得出来。我忽然想起年轻时所有的疑惑了，对世界、对自己，这种怀疑好像又回到了我的身上，是的，就在今天，在紫金庵里，罗汉堂边上的小茶室里。爱是什么？性是什么？先有性还是先有爱？爱和性中有无功利？比例多少？……

我有些自信了，郑重地向他点头表示同意。

我熟门熟路地走进卧室，上了床，褪去自己所有的衣服，看着白色的天花板，我的焦虑，我从出世一直到现在的焦虑，一下子消失殆尽，因为我感到，我与这个人的关系里不存在任何让人怀疑的地方，它来无踪去无影，没有人世间的所有牵挂。

陌生又熟悉的男人走进来问我，感受如何？

我说，还没开始，谈什么感受？

他意味深长地说，放松，放松就好。你从婴儿期一直紧张到现在……当然这不怪你。

我好像听懂了他的话，叹了一口气。

他拍拍手，墙壁上突然打开一面小门。他的动作带着邵氏武打片的派头，略有做作，还算潇洒。墙门开处，走出一行一模一样的男人，全是健康美观的。他说，你挑一个。

我先是大吃一惊，而后便恼火，在被窝里穿好衣服，两脚踩到地上，赌气说，干吗挑一个？我兴许挑了两个或三个。

他认真地说，都行。

我大喊，你把我看成什么人了？我是这样的人吗？

我下床就走，一刹那，所有的焦急重新回到身上，它是如此沉重，仿佛预兆人生已到尽头。

他在我后面淡淡地说，装什么傻，你的梦我都拿来看了，你做的尽是这种梦。

我回头充满疑惑地问他，你是谁？

我想他一定是掌管人间梦境的神仙。他听我这么一问，倒愣住了，回答我，我是谁？我是人。

我指着他笑，你才装傻，人有这么大的本事吗？把别人的梦拿来看？

他说，当然可以把别人的梦拿来看，你自己也可以的。

我大笑，说，结婚过后就没有做过一个梦，你怎么会说我尽做那种梦。

他从口袋里掏出一本册子，急速地翻到一页，一本正经地说，你确实做了许多梦，结婚过后做的梦更加五彩缤纷呢。你怎么说自己结婚以后就不做梦了？

我凑过去一看，册子上密密地写着我看不懂的蚂蚁小字。我缩回头颈，说，一本小册子有什么了不起，难道我倒不了解自己？

我涌出一个念头，说，给我查查我丈夫都做了什么梦？

他翻了翻册子说，没啥新鲜的，全是男人该做的梦。

我又说，给我查查我妈的，我妈的妈妈的。

他听话地查了一下说，你妈妈的，你妈妈的妈妈的，都和你差不多，但她们的梦比你清楚干净些。

我听不懂什么叫"清楚干净"，我没有追究，反厚着脸皮央求他，再给我查查W、J、D的梦。

他合上册子，语气不快地说，难道你写小说，光对别人感兴趣？

他回头，变成我丈夫的模样，我一时无言。我丈夫模样的人轻声问我，你了解你自己吗？

我还没回答，他又换成阿锡的脸面。我慌了，我隐隐约约觉得，此景虚幻荒诞，此时应是身在梦魇之中，我要寻找醒来的机会。

大白猫从门外悠闲地走进来，我对它大喊道，喂，你叫什么名字？

这一喊，我醒来了。原来我真的做了一场梦，倚靠在邻居家窗外的假山边，想必是今天一天身心疲惫了。睡了片刻，神清气爽。屋里镜子边上，掉着一根棍子。我懊恼地想，好好地做着梦，去问那野猫的名字干什么？

这个梦不算温暖，不算积极向上，含义也平常老套，但它填补了我的人生空白——那么一大片的空白啊。我若告诉我的朋友，朋友们会笑我怪异不庄重。只有我才知道，它是如此契合我的内心。

院子外面的田野上腾空升起了许多烟花，空中五彩缤纷，我站起来理理衣服，开始散步。

香炉山

自从搬到白菊湾的花码头镇，我陆续结交了一些朋友：大道观的看门人老邬，花亚，旅行家江吉米，张小虎和他的母亲，乌兰、她的父亲老乌，罗汉芳……

近半年来，我没有再交朋友。原因是，花码头镇出了杀人案。一位性格孤僻的女士，在夜里被她的同居男友杀害。而且镇上的人都说她活该。没有结婚就同居，还引狼入室，这不是活该是什么？我虽说体格健壮，胆大妄为。但自从这件事后，我就谨言慎行，不太敢在夜里独行，也不太敢去结交他人。以免被人骂上一句活该。

今天下了一天的小雨，到了傍晚，雨停了。站在屋子西边的丝瓜架子边，朝北边望去，看到雨后的香炉山上，到处冒出白色亮丽的烟岚，轻如白纱。天空中拖曳着细沙一样的白云，白云之后，淡淡的蓝正在变紫。

今夜的月亮也是特别：粉桃色的一弯上弦月，清丽淡雅。它淋了一天的雨，化去了媚态和火躁，散发出蕙心兰质。

舍不得这个月亮。因我从未见过这样的月亮。花码头的人，对极美的事物是形容"俊"，不说美丽，也不说漂亮，只称"俊"。

香炉山上看这样的"俊"月，应该是绝好的一件事。我穿上舒服的拖鞋和灯笼裙，拿了吃剩下的半袋原味葵花子，一面走，一面吃，仰面看着天上的月亮。我走的这条大路叫会稻路，还没有安装路灯，白天人来人往，通着600路公交车。乡下人没有夜生活，一到夜里，路上杳无人迹，白蒙蒙宽阔平整的一条空路，闭上眼睛也可以走路的。

一条路，一个人，一个月亮。路两边是稻田，还没显亮的萤火虫在稻田里飞来飞去，却不落脚。一望无际的稻田里，有几处聚拢着蛙，精力充足地大喊大嚷。——大自然的声音，你不会觉得烦呢。

惬意地走着，还是看到了危险的东西：潮湿的路边，横躺着一只土黄色蝴蝶翅膀，有着咖啡色和淡黑色的波浪纹，比麻雀的翅膀略小一些。我心头一惊，朝前走了几步，又吓了一跳，路上又有躺着的蝴蝶翅膀，这回是一对，看来是从同一只蝴蝶身上扯下的。不知道为什么我想起镇上那个被杀的女人，杀害她的同居人说，并没有杀害她的念头，只是那天他心里不高兴，嫌她话多，掐着她的喉咙，直到她没有气息。她死了，杀人者先是痛快，过了一阵才感到害怕。……至于伤心，那是再以后的事。

撕下蝴蝶翅膀的人，怕也是这种心理：并没打算杀死蝴蝶，只为了一时的痛快。

什么样的人寻求这种痛快？

但愿不是孩子！

我捧起这对蝴蝶翅膀，走回去把前面那只蝴蝶翅膀也捡起来。为了不再让路人践踏，我用树枝在路坡上掘了一个小坑，把它们葬了。

身后忽然有一个人说："旁边不是有一棵橘子树吗？怎么不埋在橘子树下？"

我抬头一看，边上真的有一棵结了累累小果子的橘子树，刚才又是恐惧又是难过，竟然没有看到它。再朝身后一看，见到那个说话的人了，一位年轻男子，穿着白衬衫和牛仔裤，身材极好，浑身上下充满健美的线条。令人看了，不由得眼前一亮。天已经凉快了，他的手里还捏着一把蒲扇,有意地显得闲云野鹤似的。

——也不过眼前一亮而已。这种年轻人,花码头镇上多得很,他们很聪明,一眼就能大致掂量出别人的身份家境。他们只对家境富裕的女性感兴趣,愿意与她们交往,成为干姐弟或干母子。那位被杀的女人,就是在路上认识了今后杀她的人,认了这个人做干弟弟,后来又同居了。

这个世上,蝴蝶要当心自己的翅膀,女人要当心自己的喉咙。我的眼神里一定流露出警觉和不屑,他的神情立刻现出了局促不安,掉头走下一个坡,朝北边的村庄去了。

我定了定神,决定继续我的行程。我恐慌,但我不想示弱。

他去的路正是我要去的,香炉山就在会稻路的北面。我不想跟在他的后面,以免被他看到了又回头来搭腔。我碰到过这种事,不止一次。陌生的男人对你感兴趣,千方百计地找机会搭腔。我决定朝西一直走,然后再找通向北边香炉山的小路。

我一直走到了蓝湖边。发育良好的蓝湖,还保留着远古的些许风韵,虽然说没有了史书上所记载的珍禽异兽和香草奇花,更没有传说中围湖一圈的水石。但是作为现代人,我早已学会珍惜眼前的东西,因为蓝湖正在缩小,我担心再过若干年,也许连湖水也看不到了。

担心和焦虑正在成为我们生活的一部分,所以我对你说,我具有的享乐精神是积极的态度,弥足珍贵。当人类在恐惧世界末日时,我正在让我的愉快成为未来的回忆。

我在蓝湖边找到了一条通往东方的小草路。我早已走过了香炉山,现在我要向回走,走过这条草路,再找到一条向北的路,才能到达香炉山。

天穹中的蓝变成紫,紫变成灰黑,不久都隐去。天黑了下来,上弦月明亮得就像宝石一样,它太细,它的光照不到路上。现在是七点半钟,它要消失掉，起码还有三个多小时。我有的是时间，并不着急。

这些村子我从没有进来过。每次从会稻路上隐隐约约地看到它们，总觉得它们的构成很简单，一模一样的屋子，种着菜蔬和稻子的田地，大大小小的树，无非是杨柳、香樟、白果、玉兰……今晚进来之后，才知道我小看了它们。它们是错综复杂的迷宫。村与村的转承口，路与路的交接处，没有任何文明世界的文字标志。它们隐藏的标志只有村里人才知道：谁家的白果树那边拐弯可以到达大路；转过谁家的那堵废土墙才能找到那个小渡桥；从什么样的竹林里穿过才会走进另一个村庄……它们就像一个万花筒，不经意地一碰，就换了一个样式。又像魔方，拼错了一个环节，就错了整个方向。你也千万不要小看了那个独木桥，一根又粗又短的大柳木，横放在小河两头，它在老金家的屋后，另一头连着老王家的屋后。从老金家这头，走到老王家那头，才能从南边的村子转到北边的村子，才能找到上香炉山的小路。

我很快就在村子里迷了路，这是我没有想到的事。有些屋子我看到了好几遍，有些僻静的路陌生得让人害怕。走来走去，我发现我一直在几个村子里面转悠，总也出不去。这其间，我敲开过六家村民的门，但是他们指出的路径都是一样的复杂，我走着走着又迷了路。村民们对陌生人都很冷漠，都疑心重重。当我敲开他们的大门时，他们都会朝我身后看一眼，确定我的身后没有可疑人物时，才搭理我的问话。……到后来，我没有了办法，对一位开门的中年妇女说："我就住在花码头镇上，你带我到香炉山去，回头我付你一百块带路费。"中年妇女慢慢伸出手说："行。那你把钱拿出来。"我摸摸灯笼裙的大口袋，里面只有瓜子和家门钥匙，别的什么都没有。中年妇女说："没钱也行，你把手机押在我这边。"我只有苦笑。我是个享乐至上的人，在我享受生活的时候，身边从来不带手机。这个中年妇女并不像精明得冷酷的人，憨厚的黑脸，说话的声音小而胆怯，向我伸出的那只手不自然地微微晃动，像害着羞似的。但她最后对我说的话却那么斩钉截铁："什么都没有，那谁会相信你？你去找别人试试看，没有一个人相信你。"

信任的基础只是一只手机或一百块钱？

于是就关了门。

现在的问题是，我找不着到香炉山的路，也找不着回家的会稻路了。我在迷宫一样的村落里迷惑不已：不是说白菊湾的村民们是很热情淳朴吗？谁说过这句话来？我想起来了，我奶奶说过，我妈也说过。现在轮到了我，我该怎样说？

如果不是迷路的话，今夜会是一个很好的享受机会。我心里焦急，所见到的事物尽成过眼云烟。但是到了现在，时过境迁后，我可以从容地给你描绘一下这些村庄的美丽了。确实是美丽的村庄，每一个村子都被树木掩藏，路上铺着干净清凉的石块，村子里河道纵横，清澈的河水从每一户人家的屋前或者屋后流过，河水里穿行着一群群小鱼，在夜里唧喋有声。野菊花到处开着，竹林随风摇曳。所有的庄稼地都被辛勤的农人收掇得秩序井然，棱是棱，角是角，田地里看不见杂草，就如干净女人的床一样。

我抬头看看偏西方向的月亮，从它现在的位置判断，应该有十点钟了。我迷路两个多小时了。

我的耳朵忽然听到歌声。有一个男人在唱歌，并且这个人向着我走来了。我掏出一粒瓜子，迅速地和自己打了一个赌：瓜子掉到头上，今夜的好运气来到。瓜子掉到地上，好运还没有来。我把瓜子朝头顶上方一抛，瓜子不偏不倚正好落在了我的头顶。哈哈，好运来了！我头顶瓜子，站在那里，微笑着迎接这个唱歌的人。

唱着歌的男人走近来了,他停下步子。很显然,他看得出我不是村里人,有些明白我的处境。他等着我开口。我说:"请问……"刚说了两个字,我就不说话了,我认出来了,这个人就是我刚才在会稻路上看到的,一个我拒绝与他搭腔的年轻人。我不太信任他。他的手里还是拿着蒲扇。

这时候,他也认出了我,站在那儿不吱声。

两个人面对着面,样子难堪。

还是他打破了沉默。

"你有什么事吗?"他的语气里没有一点儿生硬的成分,看来他并没有为会稻路上的事感到不快。这使我的心里生出了警惕。我并不流露出警惕的样子,他也许是我今夜唯一的指路人。我轻松地说:"迷路了。难道陌生人就要永远在村子里打转吗?"他笑了,声音轻而得体,自信地说:"碰到我就不一样了。我认识这里所有的路。"

我喜欢这种自信的口气,但是自信并不说明什么。

我决定不回家,而是继续我的既定目标,这有些冒险,这位突然冒出来的带路人更是一个危险因素。我跟在他的后面,问他尊姓大名,他云里雾里地回答我:"苏家庄人,姓苏。"

他没有问我的姓名。我有些奇怪。

为了预防危险,我做了一件事:在暗地里捡了一小块砖头,对他说,我要给丈夫打一个电话。于是就转身避开他的视线,大声地对砖头说:"你先睡吧。我还是要到香炉山上去看月亮。……没关系,小苏陪着我,他年轻力壮。……他是苏家庄人。"

把砖头放进口袋里,我转身对苏说:"苏,今天真悲惨。我碰了无数钉子,没有谁肯像你这样带路的,有的要钱,有的冷若冰霜,拒人于千里之外。"苏淡淡地说:"你运气不好。你要是碰到我燕姐姐和我老干娘的话,早就到了香炉山了。"

我跟着他穿行在一个又一个的小村庄里。我心里保持着紧张,苏却轻松地向我介绍每一个村子里的秘密:"这棵广玉兰树是老叶家的,有一百年了。夏初开花,半树白花,半树紫花。不是嫁接的,天生就这样。我们都叫它夫妻树。"

我心里一动:苏这么说,是有含义吧?

苏又介绍:"你看到这家人家门口的葫芦了吧?他家的葫芦上了菜市场,比别人家的贵一倍还不止,——还供不应求,因为他家的葫芦每一只都是并蒂葫芦。真是少有。"

我的心里又是一惊:并蒂葫芦?暗示?

苏在一户砖木结构的屋子后停下来,用扇子柄指指它,神秘地悄声问道:"你胆子大不大?说实话,大不大?"

我把这句问话放在心里迅速地盘算一下,这样回答:"我胆子很大,我练过跆拳道,空手跟一到两个男人打架不会输。"

苏好像有些失望,一下子兴味索然。

我要的就是这种效果。

我马上来了精神,说:"你怎么不说了啊?你继续说下去啊。"

苏叹口气,一边走一边头也不回地叙说道:"这家人家的爷爷,十八岁的时候结了第一次婚。新娘子是镇上的大户人家闺女,很漂亮,——就像你这样漂亮,结婚的那天夜里,男的起身上厕所,看见新娘在月光下梳头,新娘子头发很长,从梳妆桌上一直拖到地上——原来她把头拿下来了,放在桌子上梳头发。她是个狐狸精,狐狸美女。"

这一次,我怀疑苏是在调戏我。我还从来没有被男人说成是一个漂亮的狐狸精,没有男人敢这么说我。

我装聋作哑,紧催着苏快点儿走。我不怕他使坏,我给我的"丈夫"

打过"电话"了,他会有所忌惮的。

从迷宫一样的村落里转出来,走到一条向着香炉山的直路。路的两旁只有成片矮矮的野菊花,视野开阔。我这才轻松了一些,问苏:"你还有干娘啊?刚才说的燕姐姐是谁?"

我马上就要让他离开我,从这里到香炉山的路,我熟悉。这条开满野菊花的路,北头连着香炉山,南边连着会稻路。我有礼貌地等着苏回答这个问题,回答完了就和他告别。

苏的话出乎我意料,他没有回答我的话,而是说:"我陪你到了这里。礼尚往来,你要陪我到前面那个村子里去一趟。顺路的。我去看我的老干娘。"

苏指着前面的那个村子,村子就在香炉山脚下,我必经的地方。村里的一座屋子里,隐隐地亮着灯。

我对苏说:"不行。我到香炉山就是去看月亮的。你看,月亮马上就要落到天底下去了。"

苏说:"是啊。月亮马上就要落下去了。你还没爬到半山腰的观云台,就看不到了,还不如陪我一下。"

我承认这一点。折腾了三个多小时,面临着打道回府,我心有不甘。也许苏已看出了我的心思,但是这与他是没有关系的,也不存在这样的礼尚往来。我绷紧了脸问他:"那个村子里有什么有趣的东西吗?并蒂葫芦还是双色玉兰花?"我居高临下的口气没有打消苏的热情,他几乎是急切地说:"跟着我,没错的。有很好玩的东西。走!"他走了几步,看我还在原地不动,跺一下脚,催我:"快走啊!你没听说过香炉山上今夜会出现神灯啊?我们去问问干娘,她知道神灯出现的时辰。"

有许多时候,我的好奇心会超过理性,就像猫一样。我真的跟着苏走了。神灯?香炉山上的神灯?我从来没有听说过这回事啊。如果真的存在这件事的话，为什么我从来没有听说过？也许是现在的人们有意地忽略这种事，只对杀人之类的事感兴趣；或者这种玄妙的事纯粹就是乡村的秘密——只属于乡村的秘密，只在乡里口口相传。

这些看似平淡的乡村还藏着多少的秘密？乡村的路是不是在夜里都会化成迷魂之路？

苏的干娘叫夏婆婆。村口那座亮着灯的土房子是乡村的小教堂，将近十一点，这个时间在乡里是躺在床上做梦的时间，但还是有许多人在里面虔诚地做着祈祷。

苏带着我走进小教堂，正好大家都跪着，他也跪下了。我站着不动，他扯我，把我扯得跪下了。我有些恼火。我对他说我不信教。他说他也不信教，不信教的人难道就不能表达一下对神明的敬畏吗？我没有理由相信他这句话，跪了几秒钟就跑到门外去了，苏刚才扯我的动作太亲密，我想让他知道我们之间的距离。

一会儿，苏和夏婆婆从小教堂里出来了，站在我边上唠嗑。

"今天是走来的？燕姐姐好些了吗？"满面起皱的夏婆婆问苏。她的脸真像一片脱了水的风干树叶。她的眼睛是亮晶晶的，吉祥温顺。

"好些了。刚才我去看了她。我一个星期没有去看她，她就是担心我变心，急出来的头晕。我去和她说说话，她也就好起来了。"苏回答。

"那你想不想变心呢？"

"想啊。"苏笑着说，听得出他是开玩笑。但是他瞄了我一眼，让我又气恼起来。真是见了鬼了！这种小土痞子。

"她那群金腰燕好不好？"

"一个个活得很开心呢。比她开心多了。"

"那你妈怎样呢？"夏婆婆换了一个问题。

"妈比去年的秋天好多了。她就是惦记增寿。今天晚上,原本是她差我来看你老人家的,顺便问问增寿的情况。我看时间还早,就先去看了燕姐姐,她要我多陪陪她。所以我就来晚了。"

"增寿好着呢。"夏婆婆说,"每天早上老早就起来了,到处玩。脾气坏,火性大。胃口大,什么都吃。啊哟喂,真是的。上次把我的小花瓶打碎了,被我追着打了几下,倒乖巧了几个时辰。"

夏婆婆笑起来。苏也跟着笑。他们这样愉快,我感受不到同样的愉快。我猜到那个"燕姐姐"定是苏的爱人,他有了爱人,还对我这个陌生女人有非分之想?

现在是夜里十一点钟了,我的恐惧还在,又增加了对一个人的厌恶。我考虑着回家的事。

我咳嗽了一声。

苏马上问夏婆婆:"干娘。我听说今天夜里香炉山上看得见神灯呢,你会占卦,知道神灯什么时候出来。"

夏婆婆极为聪明地瞟我一眼,犹豫地说:"可能年纪大了,算不准。……多少年没算准,没人信我了。我昨天算出神灯是今天夜里十二点一刻出来,……但是谁知道呢?谁知道它出不出来?啊哟,我知道了,现在天象气候都变了,它也就不准时了。"

这夏婆婆,她把失算推在天象气候的变化上。

这两个人极为严肃地讨论神灯的问题,不像是一个陷阱——至少有百分之八十的安全保证。我想。我略一踌躇,不去细究这百分之八十里到底有多少可靠的依据,下决心上香炉山一探究竟。

"燕姐姐是你的妻子吗?"在路上,我问苏。

"算是吧。但我们还没拿结婚证书。"苏说。

"男人就应对女人负责,不管有没有正式结婚。"我一本正经地说。

这句话在我的耳边"嗡嗡"作响。为这句话,我一时倒怔住了:我什么时候变得这样软弱?也学会说这样的话了?

"增寿是谁?"我又问。

苏忍不住大笑起来。他笑得酣畅淋漓,看来他真是一个快乐的人。

"增寿是一只母鸡。"他说。

而后,我明白了一件事:增寿确实是一只母鸡,养着它是为了给苏的亲娘增寿,所以它就叫"增寿"。三年前,苏的母亲生了怪病,吃什么吐什么,连大医院也看不好。眼看着奄奄一息。后来,苏的父亲到花码头镇上的大道观去求签。去晚了,一个道士也没碰到。大道观的看门人老邹听了他的叙述,就对他讲,养一只"增寿"鸡也许有用。以前的人就这样做。男的用公鸡,女的用母鸡。这鸡一定要精心养护的,鸡死人也死,鸡活着,人也活着。于是,苏的父亲就到花码头镇的集市上买了一只健壮的小母鸡,回家的路上,交给了苏的干娘夏婆婆养着。苏的母亲从此没有了呕吐的毛病,活下来了。

苏讲完了这件温情的乡里故事,我心里有些安定:这些都是心地善良的人啊!

……镇上的人不是都在说,那个杀人的人,平时脸上总是笑嘻嘻的,杂货店林家的孩子,不是被他抱过?还亲了一下……前两天看到一篇故事,说以前与汪精卫一起做汉奸的褚民谊,就在刑场被国民政府枪毙那天,还对记者说他的身体很好,可给医院作解剖用,心脏和骨骼尽数供给医学界研究之用。可见人是具有多面性的。夜深人静,荒郊野外,更要小心提防。

我不由得有些后悔起来。我是个女人,深知女性的弱点,爱吃后悔药就是弱点之一。现在到了山脚下了,来不及后悔了。

这时我又觉得苏有些怪异,他看得见夜里的一切东西:静悄悄藏在沼泽地里的白鹭,竹林里的野鸡,野苋菜下面的青蛙,……甚至五六步以外的一株兰花他都看到了。他把他看到的悉数告诉我,因为我不相信,他还朝一根竹子上投去一个石子,结果惊起一只野鸡。关于那棵兰花,我坚决不信。他和我打了一个赌:赌一个拥抱。我的好奇战胜了提防心理,欣然应战。我们一起走下路沿,苏用手电筒光一照,真是一株野生兰花草。于是我们走回路上,苏也没提拥抱的事。他还算识趣。

夜里的这些东西我都看不到,我暗自羡慕他。

你是鬼吗?我心里问了一声。他当然不是鬼,是我今夜特别乱,我患得患失,怕他这个人,也怕他这人是一个鬼。神灯一定也是一个可怖的事物,或是某个不祥的信号,神灯升起时,苏会不会转眼变成一个鬼?

"你,你见过神灯吗?"我战战兢兢地问苏。

"我只见过一次,还是八岁那年,干娘带着我上山来看了。"

"什么样子的?"

他回答:"小小的一个火苗,边上一圈光晕。从山下什么地方晃晃悠悠地升起来,快到半山腰时,不见了。当时看到有六盏吧,一模一样的,我觉得有仙女在暗里提着它们,上了山,就把它们吹了。"

苏的故事很有感染力,不管是真是假,反正我听了这个故事后,不再想入非非了。我得承认,这个世界确实有一些使人心旷神怡的东西,哪怕只是想一想它们,也会得到有力的安慰。

到了香炉山上的观云台,窄窄的上弦月一下子不见了。它不见以后,我更觉得四周的寂静,一丝风也没有。放眼从半山腰望下去,下面就如一条黑漆漆的大河。看久了,双脚恍如腾空,魂若离世。苏坐我边上,坐得很近,我听到他坐下来的时候,惬意地叹了一口气,这不是微妙,简直是明目张胆了。苏在地上扯了一根狗尾草,轻轻地哼起一首歌来,看来他真是很享受这一刻啊。离神灯出现还有二十多分钟,我必须安然度过这段时间。我问苏:"刚才碰到你时,好像唱的也是这首歌。"苏回答我:"正是。一把钥匙配一把锁,哥是钥匙妹是锁……"他还想唱下去,被我打断了:"你去看过燕姐姐了?你干妈说她有一群金腰燕。"

苏在淡薄的夜光里微笑,语气里也弥漫着笑意:"嗨,这个人,各别。"

"各别"就是特别,有个性的人就叫"各别"。这里的人都这么说。

"——她就是一个各别的女人。人家像她这样的,一定到城里去发展了。她读完师范学院,就回村子里当了小学老师,语文、数学、体育,全教,一是爱孩子,二是舍不得小学校里的那群金腰燕。那金腰燕关她什么事?有一百多只呢,住在小学校后山上的木房子里。她经常带着小孩子们去看燕子,给它们投食。燕子也经常到她上课的教室里去看她。……所以,人家叫她燕姐姐。其实她叫齐阿巧。我问她,齐阿巧,你到六十岁的时候,难道还让人叫燕姐姐吗?"

"哟。这是一个好人,你要好好珍惜她,早点儿结婚,让她安心。"我决不放过任何机会敲打苏。

"正是。"苏说,"你看,我本来有许多机会出去发展的,但她不让我走。我就留了下来。"

我问苏:"为什么不让你走?"这是我第一次对他产生出兴趣。

"她是怕我变心,——女人都这样的。但是我这个人,走也好,不走也好。我在什么地方都会让自己过得舒舒服服的。"

"你为什么会这样?"我忍不住又问。苏好像没有想过他为什么会在任何地方都过得舒舒服服的。此时他认真地想了一想,竟说了一个让我想笑的理由:

"我会唱情歌!"

这话乍听之下让人发笑,细想一下,确有道理。

二十分钟过去了,我们没见到神灯从山下飘升到半山腰上。我觉得应该再等一下,就建议苏唱一个。苏有些不好意思,走到山崖边,背对着我,脸朝山下,蹲着唱:"一把钥匙配一把锁,哥是钥匙我是锁。河水清清河水长,哥是橹来妹是船。春来满山鸟咕咕,秋来枫叶满山红。"

苏拖泥带水地唱完了,还是不见神灯。苏开始唱第二首情歌。他唱完后,我站起来向山下走去。苏追上来说:"再等等看。我肚子里的情歌唱不完,唱到天亮都行。"

我没有搭理他。很快走下了山,走到通向会稻路的直路。苏在后面跟着我。这条路我认识,我加快步子,一面走一面对他说:"你回去吧。谢谢你!我要快点儿走的,我丈夫在家里肯定着急了。"苏在后面说:"不用你谢的,我也要穿过会稻路,苏家庄在会稻路的南边。"

我一直保持着匀速的快步,苏也一直跟在我后面看得见的地方。我气喘吁吁,他悠然自得地唱着歌。会稻路临近了,他停止了唱,小跑着接近我,在我的身后,我几乎感觉到了他的鼻息。

我猛地回过头,严厉地问他:"你想干什么?"

我感到旁边的树叶都一惊一乍。

苏不好意思地说道:"我想送你回家。"

我看看这条路。我从没听说过这条路上出过什么事。我放缓了语气说:"不必了。这条路很安全。"我真想对他说,他才是一个不安全的因素。

苏说:"我送你,跟安全无关。"

"那和什么有关?"

苏说:"跟一个男人的面子有关。"

显而易见，不是这个理由。但我想了一想，决定尊重他说出来的这个理由。

我依旧走得有些快，而苏一直落在后面，一会儿，他跑上来，递给我一只又大又沉的稻穗，该有一斤吧。说实话，我有生以来没见过这么大的稻穗，它匀称，散发着令人感动的气息。我的感叹还没结束，苏又递过来一枝野菊花，黄色的，微微沾上些露水，显得润而沉厚。它枝叶繁多，放在手上成一大捧，每一朵花儿都光泽亮丽。我"啊"地发出一声，我感觉到我的内心就在此时轻松畅快了。哦，许久没有这样的心情了。

我把稻穗和花放在一起，两样不相干的东西在一起竟然如此和谐。

苏喜笑颜开，大声说："谢天谢地，你终于高兴了。"

这句话感动了我。"谢谢你！"我真诚地说。到现在为止，与苏待了四个小时，这是我对他仅有的一次真诚。

花码头镇上一片灯光，我看得见我住的地方了。我停下来，意欲告别。

苏说："其实是我要谢谢你。我去年夏天第一次在蓝湖边上看到你，你穿了一件绿色的裙子，像仙女一样。昨晚，我在这条路上看你埋蝴蝶翅膀，心里想，不愧是一个仙女。人家都说有学问的女人不漂亮，你是一个例外呢。……所以就想着和你说说话。我实现了这个愿望，是我的幸运。"苏的言语里透露出一丝不自信，不多，但足够让我知道，他是因为爱，才显出不自信。

苏难道早就暗地里认识了我？

苏忽然调皮地说："再见，艾我素老师。"

苏说完就走。远远地，我突然看见他在路上快乐地蹦跳着走路，那把扇子在他身边挥舞。……天，与他在一起，我也有了夜视的能力了？

苏知道我的姓名,他是认识我的。但我不认识他。他一定知道我许多事,譬如在大学里教书,写诗,写童话,独身,火爆的脾气……,住在花码头镇后面的小区里……

那么,这砖头手机,给子虚乌有的丈夫用砖头打电话……

我想他早就看穿了我的把戏。

这个积极的人并不吹毛求疵,他实现了愿望,快乐了。而我呢?我怎么评价我度过的这一夜?他感到的是爱,我感到的是恐惧和厌恶。我自认为是一个很享受生活的人,却白白失去了一个享受愉悦的机会。

我是一个积极的人,我要重新享受一下昨夜风景。

回到家里,我开始给自己洗尘接风。我在院子里的瓷桌上放了三只酒杯,一只敬天地,一只代表苏,一只是我的。杂货店林家的花雕黄酒,五块二毛钱一斤,便宜而好喝,味道纯正雅致。苏给我的稻穗和黄菊花横放在瓷桌当中,在微微的晨曦里,它们各自显示出令人惊叹的对称之美。回想昨天一夜,浑身如沐春风:最初粉红色的上弦月,美丽的迷宫一样的村庄,苏的情歌和有趣的故事,乡村小教堂,干娘和燕姐姐,"增寿"鸡和金腰燕……我尤其感谢苏给我的一夜之爱。我知道,此夜之后,我会驱除怯懦,就像从前那样无所畏惧。

我端起酒杯碰碰苏的酒杯,说:"苏,祝你妈妈长寿!祝你和燕姐姐一生幸福和快乐!"

小女人

星期五。早晨。

昨晚刮了一夜的急风，没有下雨。早晨开始起，风缓了，风里头飘着雨丝，雨丝比风更长。于是，昨夜里落在地上的树叶就沾满了雨水。此情此景，就如一个悲伤了一夜的妇人，到了早晨，身上还没来得及收拾，显出一片狼藉。凤毛推着自行车从家里出来，给一只蝴蝶撞着了脸。这是一只灰白的蝴蝶，翅膀被雨水打湿了，狼狈而慌乱，急着找一个地方晾干它的翅膀。它撞了凤毛一下，觉得大难临头，这一下它更加惊慌失措，采取了一个不恰当的行动：快速地无目的地扇动翅膀。它上升，斜斜地战栗着上升。幸运的是，它没有撞到混凝土浇筑的墙体，而是撞到了一扇还算干净的玻璃窗。它看到了玻璃窗上的光亮，就觉得它的归宿应该在玻璃窗里面，它拼命地用身体拍击玻璃，像一只小手一样，"咚"地一下，"咚"地一下……玻璃上留下一片模糊的蝶粉，像哈出来的热气。

这是凤毛一大早从家里出来时看到的景观。她不是个多愁善感的女人，但她不缺乏女人的自恋情绪。她看见这只蝴蝶，联想到一样东西：她自己的嘴唇。镜子里的嘴唇。没有上口红的嘴唇。失血的焦虑的嘴唇。嘴唇会营养不良吗？当然会。蝴蝶的翅膀也会营养不良。嘴唇会颤抖着说不出话，蝴蝶的翅膀就像凤毛镜子里的嘴唇，失血、焦虑、无法诉说。

凤毛放下车子，走过去把蝴蝶从窗上摘下来，拢在手心里，放到楼梯下面干燥通风的地方，对着蝴蝶叹了一口气，显出自嘲的样子，说："啊呀！你这么固执，这么无能，这么孤单，肯定像我一样，是个女的。"

她的神情是矫情的。从来没有机会这样放松地矫情，所以她是愉快的。

一年来，凤毛感到生活中存在一个严重问题：她无法再在生活中寻找乐趣。她告诉自己说，等等看，也许会有乐趣出现在面前。她的乐趣包括：到银行里去存一点儿钱；下馆子或自己做一顿清淡可口的晚餐；到商场去给自己或女儿菲菲买一件衣服；和自己的男人睡觉。

婚是她自己要离的，她在协议离婚书上是这么说的：夫妻生活不和谐。她的丈夫叫姜有根，姜有根有些怀疑地问她："我们不和谐吗？"她理直气壮地反驳："我们算得上和谐吗？"姜有根想了半天，老老实实地回答她的问题："是算不上。"办理离婚手续的工作人员是个四十来岁的女人，一看这个理由，就深表同情地说："唉，什么事都好商量，就是这个事没法商量。我知道。"姜有根和凤毛是一个厂的，离了婚以后，姜有根的脑子突然拐过弯来，他盘算着：和谐当然就是和谐，但是，算不上和谐并就不是不和谐。算不上和谐是和谐与不和谐之间的中间状态，大家都是这么过的，凤毛为什么不像大家一样过。他找到凤毛的立织车间，对着凤毛叫嚷："凤毛，你到底想干什么？我不打你不骂你，只要你给我一个答复，你到底想干什么？"凤毛支起眼睛看了他半天，才懒洋洋地说了一句："想干什么？我也不知道。"

她当然知道，只是不说。不说的部分原因是不容易表述。这世上的事并不是什么都能轻而易举地表述的，譬如你找得着的一条路，但你不知道这条路的名字。

后来，凤毛真的后悔了。她离婚不到半年就遇到下岗的事，下岗让她对离婚产生后悔情绪：她没有男人可以诉苦，更没有男人分担她日常的生活开销。一个小街小巷里的女人，为把自己的生活过得舒缓而有节奏，这两样东西都是必不可少的。姜有根在厂里碰到她时，云里雾里地说："唉，好强的女人命都苦啊！"凤毛简洁地说："我认命。"她斩钉截铁地护卫了内心的种种企求，那里是她自己的，柔软、阴暗，容易失控，便于崩塌，需要用强悍的外表掩护。

此刻，凤毛叹完蝴蝶的命运，急急忙忙地骑着自行车到一家新开张的超市去。朋友介绍她到那里去做营业员，一个月五百块人民币。五百块钱对于她来说不是小数目，除了可以支付她一个月的水费、电费、煤气费、电话费外，还可以支付她和菲菲大半个月的菜金。

她骑着车子经过一条小马路，那里有一条她熟悉的巷子。算不上刻骨铭心，但绝对是了如指掌。看到它，往日的气息扑面而来，芜杂又慌乱，令人不快。气息漫延之处，腐肉蚀骨。所以，我们的凤毛气都喘不匀了，她放慢了车速，以哀悼者的目光打量昔日的做法事的道场。这一打量，凡间就出了问题。她看见姜有根和一个女人同撑着一把伞从巷子里出来了，他们睡眼惺忪，又掩不住地快活。这点小雨算什么？小雨里正好大大方方地搂在一起，做一些琐碎的但意义重大的事。譬如一起去喝豆浆。

他们就在凤毛的车子前面抢先过了马路。他们不怕凤毛的自行车，他们知道这是一个女人。至于这个女人的外貌体形，他们没有兴趣打量一眼。有一瞬间，伞碰着了凤毛，凤毛看见他们的嘴巴在动。奇怪的是，她全神贯注地伸长了耳朵，却听不见他们嘴巴里发出一点儿声音。他们走了之后，被伞碰着的肩膀着火一样疼痛起来。

反正，今天这个下雨的日子不是个吉祥的日子。凤毛找到超市的部门经理，那经理再把她带到总经理处。总经理告诉她，很抱歉，她们暂时不需要她了,等需要人手的时候再通知她。

这种事情她经历得很多,今天她特别沮丧,因为下雨,因为看见前夫搂了一个女人。其实这两件事并不是不寻常的事件,因为在时间的序列中紧挨着发生,所以她特别沮丧。她穿着雨披,在超市边上的栏杆上坐下,失神地打量潮湿的地面,心中隐隐约约地又是伤心又是害怕。或者伤心和害怕原本就是一回事。她坐了有五分钟的光景,站起来找她的自行车。她放自行车的地方已空了。她继续找,以放自行车的地方为轴心,向外一圈一圈地扩展着找。还是没找到。终于,她接受了一个事实:她的自行车被偷了。她只好安慰自己说,啊,还有比我更差的人。我至少没有穷到去偷盗。

其实,穷和偷盗之间并没有必然的联系。凤毛这么想,那是她已经下坠到一个地方了。不经意地,她就下坠到这个地方了。这个地方有一个显著特征:不必为区分是非去操心。许多事情的两个方面,没有是与非的关系,只是非与非的关系。在正常情况下,坠落是生活延续的主要方式。

没有了自行车,凤毛只好坐公交车回去。下了雨,公交车猛然拥挤起来。她不是坐车族,不熟悉公交车上的种种手段。结果,下车的时候,她被人推了一下,一脚踏空,把腰扭伤了——这回是真痛。

到医院去是不行的,起码得花掉百把块钱吧?从公交车上下来,她强忍着疼痛上了一趟菜场,买好今晚和明后两天的菜。她吃得不多,女儿菲菲吃得也不多,她们的胃口都像鸟儿那么小。她买了一棵白菜,一斤鸡蛋,一斤豆腐,一斤咸菜,四块钱肉丝。就这点儿东西,十元钱左右,母女两个人能吃三四天。

她住在四楼。现在,她躺在床上了,腰部贴了膏药。只要轻轻一动,腰间的某个部位就狠狠地疼。她维持着一个姿势过了有半个小时左右,预感到腰会继续疼痛下去，就撑起头给母亲家里打了个电话，让母亲到学校里把菲菲接回去两天。她还要强地告诉母亲，家里买了很多菜，明天她就送些菜过去。母亲说："你留着自己吃吧。"凤毛本能地偏开话筒一些，她从来就没有习惯母亲说话的生硬口气。母亲是犟的，显山露水地犟。她也是犟的，不露声色地犟，这是她做人的一样长项，许多事，就在不露声色里水到渠成了。

窗外的天色渐渐黑下来，黑到某种成色，再也不朝下黑去了。夜空是青灰色的，雨在青灰色的夜里紧一阵慢一阵。将是一个漫长的雨夜。凤毛睡了一觉，醒来后感到寂寞难耐，就给前夫挂了一个电话。电话没人接听，姜有根和那个女人还有那把伞在哪里呢？她放下电话，腰又火辣辣地疼起来。寂寞和疼痛一起攻袭她，她咬住被子的一角抽噎起来。眼泪像熔浆一样烫，流过的地方很快干了。

现在的情况是：她很忙，心中很焦虑，她的生活充满了危机。即便是这样，只要一有空，她就开始寂寞。男人对她有很多种用途，是她脆弱的生命中不可或缺的。但是现在，离婚一年来，还没有任何男人走进她的生活。她敞开大门，没有人走进来。这合理吗？

后来，有人敲门。来的人是三楼的柴丽娟。

凤毛住四楼，柴丽娟住三楼。柴丽娟的男人是一个香港人，听说在香港也有一个老婆。按他的行为推断，他的正式婚姻有点儿问题。他做生意，在大陆上到处跑。也许在大陆的什么地方还养着像柴丽娟这样的女人，他为她们买房子，然后把她们装进去。他颇像个养蜂人，只是他经常不在蜂巢边上。他到哪里去了？他做的是什么生意？诸如此类的问题，柴丽娟从来不去探索。甚至她是不是个被抛弃的女人，她也从不去设想。这不是个问题，问题在于，她每个月都收到他的一大笔赡养费。有了这一大笔赡养费，柴丽娟就有资格成天闲得发慌，无事可干。她从大门的猫眼里看见凤毛歪歪扭扭地走上去,晚上又没见她开灯,女人对待同性,时不时地会有一些真切的关心,于是她就来关心她了。

凤毛恰好需要关心。她开了门,看见柴丽娟,心里就鄙夷地想想:"原来是她?香港人包的二奶。"她感到自己不再虚弱,因为相比而言,她的生活中存在着理直气壮的因素。柴丽娟从门外走进来,她显得比凤毛的生活还理直气壮。"哎哟。"她先叫唤了一声,笑嘻嘻的,是良家妇女的笑。"快到床上去躺着。没吃晚饭是不是?我来给你做。"于是凤毛转了一个位置想:二奶也是人,她过得比我好呢,她不用到处找工作受人白眼。

以前她看不起柴丽娟,她认为一个女人不靠自己的劳动而享受裕足是可耻的。今天晚上,就在刚才,她为原谅柴丽娟找到了理由。这种寂寞的雨天,加上疼痛,谁都会软弱的。

这两个从来不热络的女人在这个雨夜里格外亲热,说了很多话,互相理解到对方最本质的地方。这种谈话是有益的。柴丽娟认为凤毛最缺的不是钱和工作,最缺的是可依靠的男人。有了可依靠的男人,就有了钱,工作就显得不是太重要了。她给凤毛提供了几个可供选择的男人,凤毛选了一个:五十岁的中学语文教师,离异无子,住三室一厅。

柴丽娟说这人是她的一个远房亲戚,性情温顺,很懂礼貌,从不乱花钱,可惜是个秃头。凤毛犹豫了一下,随即抿着嘴笑了一声,说:"人家还要不要我呢?"

这件事情就在语言中交流成功,千难万难的事情,竟然就这么轻飘飘地谈成了。两个女人都很兴奋,接下来的事情看上去会顺利解决的。

凤毛今年刚三十岁,离婚一年,在一年当中她又失业了,她这种女人是无人问津的。不过她总是安慰自己说,面包会有的,男人会有的,一切都会有的。心诚则灵,她不信自己什么都得不到。

果然,柴丽娟给她介绍了一个教师。剩下的那些青灰色的夜她过得很踏实,做了一个关于选购宝石的梦。和谁在一起选购,选什么样的宝石,她忘记了。这不影响她满腔的踏实。其实说穿了她还什么都没有得到呢,这就是女人,捞着一根稻草也当成是凤冠霞帔。

早上起来,她觉得腰已经好了。她撩起睡衣,站在镜子面前打量自己的腰,那儿有些赘肉,但总的说来还是可看的。她慢慢地抬起一条腿放在椅子上,这腿也是匀称的,可看的。她慢慢地放下腿,对着镜子一笑,有点笑靥如花的意思,嘴唇上也有了血色。镜子里这个想找男人的女人还是说得过去的。

今天是星期六,女儿不在家,不必为女儿忙碌。她穿着睡衣,蓬乱着头发,久久地站在西窗前瞭望。这是个晴朗的日子,天空蔚蓝,棉絮似的白云在天空里不紧不慢地飘,阳光是一年中最纯正的金色,它重重地落在每一个地方,看上去它很光滑,光滑得像黄铜一样。桂花还在香着,太阳一出来,它的悠长的香味就变成了暖香,散漫而没有节制。西窗下面来来往往的人很多,各式各样的人走动着,不经意地流露出每一种细小的生活习惯。她看的不是这些人,她对来来往往的人没有兴趣,她看的是不远处的那座著名园林,这座园林名叫秀园。

秀园,像一个女人的名字。

晚六点,凤毛和胡老师在秀园门口见了面。胡老师手上拿了一把扇子,他果真是个秃头,但是凤毛觉得他气宇轩昂,没有头发反而给他增加了几分干练。他们互相看了一眼,然后又互相用力地看了第二眼,站在那儿不说话。柴丽娟见此情景,就去买了门票让两个人进园子。

园子里的一个地方,张灯结彩,穿着旗袍的演员坐在椅子上唱着曲子。这是深秋了,夜里的风有点儿凉。满天星斗,灯光也明亮,演员卖力地唱着,弹着弦子或琵琶,虫子到处乱撞,奇怪的是这一切并没有让园林热闹起来,反而让它显出秋末的悲凉。

凤毛跟在秃头教师后面,心里有点儿浮萍般的漂泊。教师看台上的人,她看教师的背影。教师的头上一根头发也没有,却不戴假发,说明他是个自信的人。他的脖子和光脑袋连成一体,粗硕有力,具有某种威慑力。总而言之,他是凤毛愿意接受的男人。于是,她趁着台上换演员,对秃头教师说:"胡老师,我们到那边坐吧。"她的态度很积极,也很坚决,秃头胡老师就跟着她到"那边"坐去了。

"那边"是一座紫藤架,两个人坐在紫藤下面的石凳上,保持一段距离,朝着同一个方向,隔了一条河听对面的舞台上唱曲子。听了片刻,胡老师从口袋里拿出一张一百元面额的钞票,对凤毛说:"凤小姐,刚才柴小姐替我们付了门票,你还给她吧。她生活得也不容易。"凤毛说:"我来还吧。"胡老师不吭声,把钱放在凤毛的膝盖上,然后打开手上的扇子。他放钱的时候略微在凤毛的膝盖上用了一点儿力气,好像是试验一下凤毛的膝盖有没有弹性。仅此而已,马上又把手收回了,专心致志地听戏。凤毛想,都说现在的教师有钱,教师真是有钱了。教师有钱是件好事,因为他们为人师表,不敢张扬。她默默地把钱收起来。秃头教师开始跟着河对面的演员唱歌了,这是一首他熟悉的曲子,他唱得有板有眼,<u>丝丝</u>入扣。他一边小声唱着,一边收起扇子,用扇骨在凤毛的膝盖上敲了一下,站起来走了。凤毛跟着他出了园门,又鬼使神差地跟着他上了一辆出租车。在出租车上,他们没有任何亲昵的举动。出租车停下,秃头教师的曲子还没唱到底。他付了钱,走进一所门里,开始上楼梯,一边还唱着。爬到六楼,他的歌声还是一点儿不乱。他是个健壮的男人。然后他就开了自己的门,打开灯,去换拖鞋,任凭凤毛惊惶地打量着这个陌生的屋子。凤毛想起那只走不进屋子的蝴蝶，蝴蝶现在破门而入了。

她看着秃头教师拉下窗帘，有情调地打开落地台灯，在机器里面放了一张评弹唱片，调整到最合适的音量。然后，他就忙着去洗澡。他忙得热火朝天，完全不顾凤毛在干些什么。事实上凤毛什么也没干，她在沙发上坐下，双手环抱身体，打量屋子。她还没有适应四周的环境。她觉得这个单身男人挺卫生的，也很有情调，是个会安排生活的人，这种男人让女人放心。

一会儿，秃头教师出来了，他披着浴衣，撩起浴衣的一角擦着头上的水，露出赤裸的腿和阴部。他这样随便，凤毛有些吃惊，就站起来了。他问："想走了？"凤毛不知道自己想不想走，她觉得走了可惜不走也可惜。正这样思索着，她的腿已经替她作出决定，在沙发上重新坐下了。她是被动的，也是情愿的。秃头教师挨着她坐下，说："好，好，你这样就好了。走了多可惜？我们还没有做事呢。你是喜欢听我说话还是喜欢我不说话？"凤毛不说话，胡老师自言自语地说："那我就不说话了。其实我不想说话。"他掀起凤毛的裙子，脱掉凤毛的短裤，把凤毛的两条腿用力地推到凤毛的头上方。这时候，凤毛提出了要求："不行，你还没亲过我呢。"胡老师放下她的腿，一脸错愕。他拒绝道："我不喜欢这样。"他略作思考，又怀疑地说："你是个少见的女人，一般的女人在这时候不会提这种要求。"凤毛好奇地问："哪种女人不提这种要求？"胡老师随随便便地回答："就是那种女人。"凤毛懂得"那种"女人是什么样的女人。凤毛很失望，没想到胡老师对女人一视同仁。

凤毛想起以往曾经有过的接吻：平等互爱的吻，缠绵细致的吻，渗入灵魂深处的感动，让她升腾到一个清灵世界，让她入迷地喜欢爱与被爱……她对胡老师说："女人和男人不一样的。"胡老师说："当然不一样，一样的话，我怎么会和你这样呢？"他看着凤毛的眼睛，希望凤毛做一个妥协，但凤毛避开了他的眼睛。是的，她从离婚以来，尽管生活很糟糕，但只要有可能，她就会做男欢女爱的梦，她的梦里有相当部分的接吻的内容，这部分内容对她来说很重要，因为它既隐秘又快乐，相当于一个女孩子躲在暗处觊觎老祖母晒在天井里的古董。

秃头胡老师拿下搭在沙发上的浴衣，穿起来，坐在凤毛的腿边调整呼吸。他意识到，进入这个女人会是一件麻烦的事。问题是，他厌恶大动感情地和一个女人接吻，这是一件无聊的事。绝大多数的男人，二十岁时还会接吻，三十岁开始反感，四十岁开始抗拒，五十岁就彻底不愿与女人接吻了。

胡老师考虑了一下，觉得凤毛还是个不错的女人，看上去很懂道理，在男人面前也愿意被动。于是他伸出手，虚虚地搁在凤毛的大腿上，看上去像要进行一番抚摸的样子，手慢慢地朝上游走，忽然之间，迅雷不及掩耳，他拉下凤毛的裙子，把她的大腿盖住了。这个动作快速得有点儿可笑，它直白地表示出教师内心的恐慌和放弃的不情愿。凤毛暗自一笑，原谅了秃头胡老师。今天这件事到此为止是最好的。

凤毛走了之后，胡老师来到电话边，几次伸手，最后还是决定给柴丽娟打个电话。他在电话里是这么说的："她多大年纪了，还这么让人麻烦？"

凤毛回来的时候是夜里十一点钟。柴丽娟独自待在阳台上，手里拿着一把鹅毛扇驱赶秋天飞来飞去的小虫。阳台上有几盆花，也许正是这些花招来小虫子。正有些恼着，看见凤毛从新村大门走进来了。凤毛的走姿是紧张的，脸上也有一股暧昧之色。柴丽娟回到屋里去，打开楼梯上的指明灯，弓起身体，从猫眼里朝外瞄着，像一只可爱的猫咪。凤毛走到一楼时就注意到了三楼的灯光,她上到三楼,挨近门边,用指头不满意地戳戳猫眼。柴丽娟朝后一让,仿佛真的给凤毛戳中了眼睛。她打开门走出去,跟随凤毛到四楼的屋子,自作主张地说:"菲菲不在家吧?我今天睡你这里,我们好好说说心里话。"

而后,凤毛和柴丽娟一人一头地睡在了床铺上,开始了一场不成功的谈话。

当然,首先是谈胡老师。柴丽娟问话:"哎,怎么样?"凤毛翻了一个身,背对着柴丽娟,这并不是表示她不愿意畅所欲言,而是无言地告诉柴丽娟,出现问题了。柴丽娟欠起身,说:"人家刚才给我打电话,说你很麻烦。我不知道你们怎么了。"凤毛闭眼假寐片刻,才说:"刚才我到他家里去了。"柴丽娟坐起来拍拍凤毛的屁股,亲热地说:"你做得对,喜欢的人马上把他抓紧,一上了床他就逃不了啦,男人过不了女人这一关……快说结果。"凤毛停顿了一会儿,慢悠悠地说:"我不知道。"柴丽娟躺下去,惋惜地传达经验:"有时候,机会一过就不再来了。这个人虽然没头发,年龄也比你大多了,但他有钱有房,身体也健康,失去他很可惜。你要现实一点儿。"凤毛说:"我从小,我妈就说我是枇杷叶子,今天是这一面,明天是那一面,两面的样子不相同。"柴丽娟说:"那你为什么要这样?"凤毛说:"不知道。"这回,她是真的不知道。昨天她还很现实,今天又不现实了。不幸的是,今天和昨天一样坚决。柴丽娟换了一样问凤毛:"你几岁了?""为什么问这个?""你是三十岁的女人了,三十岁的女人不能要求男人有多称心如意,三十岁的女人能抓到什么就是什么。"凤毛不置可否:"哦。"柴丽娟说:"你又想马儿跑得好又想马儿不吃草,什么地方有这样的好事?"凤毛还是不置可否:"哦。"两个人一时冷了场。柴丽娟掀起被子,说:"我走了。我回去睡了。"凤毛一把揪住柴丽娟的睡裤,说:"别走。我们说点儿别的吧。"柴丽娟微笑着,又躺下去。她本不想走,她有一肚皮的辉煌奋斗史要倾诉呢。

下面,是柴丽娟的奋斗史。

从前,有个女人,长着一张粉嫩的讨人喜欢的圆脸。二十五岁时,她嫁了一个老实的丈夫,住在四十多平方米的小屋子里。三年后,她还是住在那屋子里。于是,她在小屋子里想,生活不能这么过的。她辞了工作,拿出所有的存款,跟着一个男人跑到俄罗斯倒腾货物。她刚强果敢。她有赚有赔。最困难的时候,把自己还卖了一回,当时她已经饿了两顿了。那是个外国人,圆胖的脸,两只手像熊掌。说实话,他对她很客气,先是让她吃饱了,还制造了一点儿小情调,最后出了大价钱,并感谢她的配合。很划算的一件事。

凤毛嘀咕道:"罪过,罪过。"

我在家里也和丈夫上床睡觉,他能给我什么?我感觉不到愉快,一个女人,与其与丈夫毫无意义地睡觉,还不如让睡觉变得有用一些。

柴丽娟说这番话时,显得十分坚决,她轻易地为曾经有过的堕落找到了意义。这意义代表了一种力量,却是不正当的力量。凤毛暗暗叫好,但是后来她担心起来了,觉得自己会像柴丽娟一样,柴丽娟的话实在蛊惑人心。她想象了一下:两个三十来岁的女人,一头一个躺在床上,没有梦想,不能娇纵,辛酸地谈着出卖自己的事。凤毛下了床,拿起柴丽娟放在梳妆台上的钥匙,把柴丽娟连人带衣服拽起来,推着揉着,把她推出门。柴丽娟大叫:"你干什么?你有神经病吧?深更半夜的。"凤毛说:"是,我有神经病。"继续把她朝楼下推,推到门口,打开门,把柴丽娟拶进门里,"乓"的一声关上门,在外面用钥匙锁成保险状态,才解气地扬长而去。柴丽娟还在里面叫:"你发神经病吧?"凤毛不理她。

三十岁的凤毛,一朵花还在开放。这世上脑子正常的女人都知道,花容月貌须有好心情维持。女人好心情的条件是：拥有一个好男人,拥有一笔维持日常开销的存款。三十岁的凤毛,早上起来照镜子的时候,总是忍不住地焦虑：本来手上还有一些生活的乐趣,譬如吃好晚饭后一家三口出去散步,拿工资的那天往卡上打进去一点儿钱。自从离婚以后,这一点点乐趣都没有了,而且看不出目前有什么改善的迹象。有时候,她暗暗地骂姜有根："死东西,叫你离婚你就离了？"姜有根很怕她,她叫他做什么就做什么。

姜有根在厂里搞宣传工作,凤毛是车间里的技术能手。姜有根的头发总是梳得锃亮,皮鞋上一尘不染。凤毛即使在大冬天,也要穿着裙子上班。姜有根的西装全是凤毛作主买的,凤毛所有的裙子全是姜有根熨烫整齐的。他们看上去很般配,般配的夫妻往往会离婚。

两个人的婚姻说散就散了,凤毛除外,所有的人,包括姜有根一时不能适应。姜有根离了婚以后还常常来车间里找她,有时候悄悄地抱抱她,有时候把唾沫吐到她脸上。凤毛并不生气,姜有根不是个坏男人,他只是无能,脑子也不算好使。这种状况一直到凤毛被厂里"精简"掉才结束,这个消息是姜有根最先告诉她的,他倒是一本正经的样子,不像幸灾乐祸。

唉,精简精简,从字面上可以这么理解：去芜存精,去粗存细。一筐含金的细沙,必须要筛去沙子。一块猪肉,要剔出的是肥肉。谁扮演沙子和肥肉呢？当然是沙子和肥肉。

凤毛记得是"梅雨"季节,外面下着绵绵细雨,空气里湿答答的,到处都有滴水声,各式各样的花在阴暗的梅雨季节里鳞次而开,长长短短的香味在雨中悄然弥漫。忽然就在什么地方,一朵什么花儿浸透了雨水,不堪沉重,"笃"地掉落在地。此情此景,说不出的忧愁。为"精筒"这事，凤毛早就惶惑、忧愁过了。今天她有种特别的想法，觉得一定要抓住一点儿什么，她快被这单调而强悍的忧愁埋葬掉了。她向姜有根张开湿润的睫毛，睁大眼睛，她的瞳孔收缩得异常的小，小而有神，十分迷人。

姜有根不太镇静地问她："你想干什么？"

她说："今天晚上……你来吧。菲菲想你呢。"

姜有根犹豫着："好吧……你还没找到男人吗？"

过一会儿，他又说："不，不行，这样像在开玩笑。以后吧。"

凤毛遭到姜有根拒绝以后，并不生气。脆弱的情绪一晃而过，第二天她就不想与前夫睡觉了。隔了几天，姜有根在车间门口等她，上来搭讪："怎么样，还需要我替你消火吗？"她说："不要了。谢谢你。以后再说吧。"

姜有根很了解她，他说得对，她决定离婚是个危险的举动。事实上也是如此，她要的并没有得到，还存在着另一种危险：可能会今不如昔。

凤毛的长相是说得过去的，她生着小小的骨骼，肌肉略丰，但因为骨骼是小小的，所以这丰满在她那儿就是骨肉匀停。她的行动和语言都是不紧不慢的，稳妥而有味，映衬得这个人像玉一样温润。与之配套，她生着一张小小的白果脸，眉眼干干净净，一张清水白果脸。她自认为不是大美女，但在任何美女面前也不会自惭。这种心理让她心气高了一些，有时行动便不免娇纵，口气偶尔也会尖刻。她给自己指定的生活是中等偏下的生活，中等偏下的生活就是一套一百平方米左右的房子。稳定的家庭生活。有一辆或两辆摩托车。夫妻两个人的月平均实际收入是两千块左右。女儿在好一点儿的学校里读书。一家三口有能力上上小馆子。可存一点儿钱。可买一点儿漂亮的有品味的衣服。具备了以上种种，生活就有了乐趣。

这是凤毛的打算——一年以前的打算。这也是个充满矛盾的想法，因为正像她所说的，她是一张两面颜色不同的枇杷叶子。

她感到内心的信念所存不多了，这种信念的慢慢消逝与容貌渐损一样让她害怕。是的，有很长时间了，她站在镜子前，就感到害怕。镜子里的她和镜子外的她都让她害怕，她发现自己的脆弱越来越不可消除。

这一天早晨，她又站在镜子面前了。"这一天"，就是她到园林里相亲的第二天——星期天。镜子一向是女人最亲密无间的朋友和死敌。女人与镜子结下了不解之缘，她们对待同性的态度也如对待镜子。凤毛站在镜子面前打量自己那张清水白果脸，感觉它黄了，皱了，脱水了。她重重地叹了一口气，声音很响，屋里有回声，回声撞到镜子上，镜子上又吐出来"嗡嗡"的回声。她看看镜子，一错眼，镜子就在那时候突然皱了一下，她吓了一跳，捂住脸半天不敢动弹。

稍后，她梳妆打扮，假装将要做一些很重要的事。她在屋子里游荡着，无所事事。她想不出要干些什么，这让她恐慌。她又穷又年轻，竟然没有事情干了。忽然想起一个人，姜有根，她马上打过去一个电话。她问："你在干什么？"这其实不是一句问话。姜有根在那头气息可见，暧昧不清地问："你是谁？"凤毛眼前出现一张睡眼惺忪的脸，她有些急迫地说："我是凤毛。前天早上我在路上看到你了。"姜有根说："你有毛病吧？你离了婚的日子不是很好过吗？还来找我干什么？"不容分说地挂上了电话。凤毛看着"嘟嘟"空响的话筒干笑了一声，心中急速地虚构一下前夫床上的风景，心里涌上复杂的滋味。姜有根至少过得还是不错的，比她的境况好多了，他没有下岗，还有了女人，他们这时候还赖在床上。他再也不可能想和她睡觉了。

一受刺激，她想起今天要干的事还不少：

一、放柴丽娟出来。向她讨要胡老师的电话；

二、给胡老师打电话，看看两个人之间除了上床，还能不能干些别的事，就是说，还能不能发展下去；

三、如果她和胡老师能干些别的事，则必定先要到母亲家里去一趟。菲菲从星期五下午就在母亲家里，她必定要去听一听母亲的唠叨。

下到三楼，开了柴丽娟的屋门。屋子里是黑暗的，窗帘紧闭。凤毛先去拉开所有的窗帘，然后坐到柴丽娟的床边，把钥匙和胡老师还的一百块钱放在她的床头柜上。

"什么时候了？"柴丽娟从被窝里探出睡得毛毛的头，说："咦，你打扮得这样干什么？还涂了口红。"凤毛垂着眼睛说："你把胡老师家里的电话号码告诉我，我还是想和他联系一下。"柴丽娟赶快从被窝里坐起来，夸奖凤毛："哎哟，你真像我，不屈不挠的。"凤毛转过头去不看她："还不屈不挠呢，自己怎么当了香港人的二奶？"柴丽娟眼睛一亮："你想听？晚上早点儿回来，我讲给你听。"凤毛说："不想。我不想听你的堕落史。"柴丽娟叹了一口气，拎起电话，嘴里嘀咕："算了。还是我给你打吧……你别去丢这个人。"

柴丽娟开始打电话："喂，大学问家。你在干什么？你在做家务。做什么？告诉我嘛……拣菜？你怎么干这个？凤毛等一会儿过来，你都交给她干好了……别客气，我们也不想求你什么，反正她有空。她是我派去帮你忙的，谁让我是你的表妹呢？好了好了，你不接受我的帮助，我要生气的。"说完她就挂了电话。凤毛在她的脸上亲了一下，低低地说："好厚的脸皮！"柴丽娟说："你要多多磨炼自己，让脸皮越来越厚。喂，你要走了？今天晚上别让菲菲回来，我讲爱情故事给你听，好浪漫的。你知道吧？现代浪漫的爱情纯粹就是体力问题。体力好情绪才好，情绪好才能感受到浪漫的情调。"这一次，凤毛真心地赞美她："你懂得真多，与你比起来,我就是一个傻子!"

过后不久的另一时,凤毛坐在了母亲家里,在桌子上帮母亲包馄饨。母亲头上梳了一个髻,髻上插一朵金黄的小野菊。她端坐在凳子上,脸上没有表情,两只手稳当地配合着包馄饨。但凤毛还是能感觉到母亲内心的烦躁和一触即发的怒气。母亲年轻时是个娴静的女人,不知不觉地变成一个又犟又爱唠叨的女人,近年来,更是进了一步,学会了羞辱自己和咒骂别人。自尊心很强的样子,却建立在毁灭自尊心的基础上。她是个奇怪的女人。

果然,母亲开始发话:"隔壁弄堂里的小王夫妻两个,离了婚。小王搬走,小王老婆带着儿子住在这里。小王的情况我不清楚,可是小王老婆的情况我是知道的,她找了一个又一个的男人,带回家来睡觉,男人都补贴她生活费,还给她做家务——她跟做鸡的有什么区别?最奇怪的是小王,外面转了一圈又回来了。两个人也没办复婚手续,就这样住着。小王看见我们说,他也是没有办法。小王老婆看见我们也说,她也是没办法。你说这是什么样的世道人心?滑稽不滑稽?以前的人没有这样的,再穷再苦也是要体面的。就说你妈我,你妈我不是一个好东西。虽然我不是一个好东西,但是我也从来不屈服。妈四十二岁,在那样的冬天,早上五点,失去了你爸……我也一个人硬挺着过来了。不接受男人的施舍,少享点儿福罢了。要说现在的人,真是与我们那时候不同,以前的人,到人家家里去喝茶,走之前要把茶杯朝桌子中间推一推。以前的人听评弹的时候,从来不敢大声说话,吃宴席的时候,也不能大声喧哗……你怎么不说话?"

凤毛说:"我只听你说小王小王,耳朵里灌满了小王。"

"那你说。"

"我不说,我喉咙有点儿哑。"

"你感冒了?吃点儿药。"

"没有感冒。我不过是夜里和三楼的柴丽娟多说了话,早上起来喉咙口就窸窸窣窣地疼。"

"柴丽娟?就是那个香港人包的二奶?她是个精神空虚的女人,又无聊又俗气。你知道吧,这种女人就是鸡。"

"她给我介绍了一个对象。"

"她介绍出来的没有好货,你别上当。"

"我这种条件,只要有人介绍,就要去看。不然的话,也只能去当鸡——当鸡也卖不出价。"

母亲提高了声音,说:"毛毛,你要坚强一点儿。"

凤毛扔掉手里的一只馄饨,几乎叫喊起来:"我不想坚强。"她拿了自己的手提包,感觉到手在颤抖,她放低了声音说:"我坚强不了……我走了。"

母亲站起来担心地问她:"你到哪里去?"

"我到柴丽娟介绍的那个人家里去。"

"你不要去看……好吧,你实在想去就去吧。那个人条件怎么样?"

"那人比我大一岁,一头浓发,身高马大,一个月的收入有四千块,还肯养我和菲菲。有一大群女人争着嫁他,女老板、电影演员、大家闺秀,我是最差的一个。"凤毛说完就走。

母亲在她身后激烈地叫喊起来:"你和我怄气有什么意思?你总是和我怄气,啊?"

凤毛神魂未定地到了胡老师的家里,坐在那只沙发上,喝了一杯又一杯的水。她眼神发亮,面色潮红,有点儿让胡老师想入非非。胡老师仅仅是想入非非,并没有付诸行动,想起昨晚的一幕,他有点儿怕凤毛。

凤毛也在怕胡老师。凤毛一看胡老师的神色心里就有数了,这一次,她心里咬定主意不妥协,这是能不能产生感情的关键。没有感情的男女在一起是不幸福的,这就像一加一等于二那样清楚。她喝到第三杯水,抬起眼一瞧,胡老师已经拿着一根牙签在剔牙了。她站起来说:"我来给你拖地板吧。"胡老师也站起来说:"那好,那好。我付你劳务费。一次三十块。"凤毛笑着说:"太多了吧?人家劳动一次是十块或者十五块。"胡老师说:"不多不多。你这样的身份付得再多也不多。"凤毛的鼻子略略酸了一下。然后,她愉快地去找抹布、拖把、"碧丽珠"、"洁厕精"等。胡老师已经吃过饭了,她不好意思提吃饭的事。她饿着肚皮足足做了整个下午,才把胡老师的三室一厅收拾干净。这其间,胡老师听着评弹,一边听一边在沙发上小憩。五点过后他就去热中午吃剩下的菜,然后他招呼凤毛一起来吃。他吃着饭,若有所思地对自己一个字一个字地说:"明——天——要——上——班——了。"说完他拿眼睛瞄准了凤毛。

凤毛想:算了,他如果还想要我的话,我就依顺了吧,别管那么多了。刚这样想,心里又出来了另一个声音:不行不行,我不能马马虎虎。

胡老师先吃好饭,他到里屋去忙一番,出来时面目一新:白T恤,米色长裤,一双白球鞋。他的心情显得好极了,走到凤毛的背后,两只手轻轻地搂着凤毛的两肩,拿着架势说:"凤小姐,请你陪我到秀园去听评弹好吗?"凤毛回过头,脆生生地答应:"好啊!"声音如此之脆,把她自己都吓了一跳。胡老师接下来的举动令她十分失望,胡老师从裤兜里挖出钱包,从里面掏出三张十元面额的人民币,说:"这是你今天的工钱,以后你每个星期六或者星期天到我这里来打扫卫生。你拿着吧,没有什么不好意思的,这是劳动所得,干净钱。"凤毛想,如果她执意不要的话,胡老师会有想法的,会认为她别有所图而中止和她往来。

她接过三十块钱,心里不高兴,嘴里称了谢,洗了碗,和胡老师双双走出门,来到大街上。旁边有个男人,她感觉良好。风清爽可爱,所有的人也清爽可爱。感觉良好的事还有:胡老师把她拉到"的士"后座上一起坐下,还对她说:"凤小姐,我喜欢评弹。你喜欢吗?"凤毛说:"不是太喜欢。"胡老师闭上眼睛,把头靠在后座上,说:"我喜欢评弹,喜欢干净,喜欢漂亮小姐,还喜欢吃红烧肉……我不喜欢白居易的诗,不喜欢外来民工,外来民工把这个城市的整体文化修养降低了……凤小姐,我也不喜欢柴丽娟,这一点我不得不告诉你,因为我还想和你继续结交下去。"凤毛听了他那么多的不喜欢,慌得赶忙表态:"我也刚刚和她交往,我也不是和她太好。"她心里一动,暗想:我真是个不要脸的女人啊!

秀园,明朝后期建筑,据说是一位富商为其表妹所造。表妹叫"秀"。秀表妹住进园里仅一天,就在园子中间的莲花塘里溺死了。她溺死的这天,富商正派人将婚庆大典用的礼单送给她过目。秀死后,事情的真相才渐渐显露出来:她有意中人,是个穷秀才。这件事除了她的丫环,几乎没人知道。秀不说,因为她知道不可能。就在她住进园子里的当天晚上,秀才从墙上爬了过来。丫环说,他们两个人藏在秀的闺房里,一直说着话,不知说了些什么。后来,房门开了,秀挽着秀才的手,把他大大方方地从正门送了出去。秀死后的某一天,秀才的尸体也从荷花塘里氽出来了。门房一个劲儿地对天发誓,说他看门很严的,哪怕是苍蝇,他也从来放母的进去。那秀才一定是翻墙头进去寻死的。

秀的寡母盼星星盼月亮,盼着女儿过上好日子,她想不通那秀才凭什么拆散一件好事,她也想不通女儿怎么会喜欢那个秀才。秀才性情古怪,说话尖刻,全世界都像欠着他的。她想不通的事情大家也想不通,后来,文人把这件事编成曲目在秀园里唱,富商和秀的寡母成了面目可憎的杀人犯。更让人想不通。

秀园里死了一对鸳鸯,怨气就重。有许多传说。凤毛和胡老师到了园子里,戏台搭好,演员还没到。两个人坐在河边的紫藤架下,面前的河就是昔日的莲花塘,河水依旧,莲花不再。夕阳已下,落霞还在西边的天空上徘徊。"落霞落霞"——这是从太阳那里掉落下来的云霞。落霞转瞬就燃烧完毕,剩下满天空的黄昏。黄昏就是昏黄,昏黄的光线柔和地垂在黑夜的额前。黑夜快降临了,风里有点儿凉丝丝的,是从黑夜紧闭的大门里放出来的。

凤毛和胡老师这一次挨得很近,胡老师还是拿着他那把扇子,一下一下地轻摇慢晃,给他自己扇脖子里的汗。凤毛从小就住在这一带,以前住的是平房,大杂院。后来大杂院拆除了,造了高楼,作为老居民她又回迁了。她开始对胡老师讲她从小听来的关于秀园的故事:秀园的夜里,经常会有奇怪的事情发生,红灯笼自己在空中走动,鸭子会突然从荷花塘的水底下冒出来……有人看见,一头癞蛤蟆被一根细红线牵着满地跳……

胡老师沉静地说:"我是个无神论者。"

凤毛便低下头,不好意思再说下去。在胡老师面前,她连抱怨都不敢,她害怕胡老师不讲理由便弃她而去。这和她对待姜有根是一样的。

胡老师等着戏开场,凤毛再一次陷入无所事事的境地。她回过头去想刚才自己说的那些传说,心里不觉哀怨起来,这哀怨是不牢靠的,像风一样抓不住。她转头去理会园子里的花花草草。秋末的花草,全都疯长,看似旺盛,却没有春天的鲜润,遍身笼罩着灰败的气息。可以预测到一场秋雨来临后，它们会呈现怎样的狼藉。她放弃了花草，又去看别处：这些屋子，这些花径，在夜深人静的时候，会不会响起轻轻的脚步声？凤毛的眼睛随着心恍惚了一下，她看见石榴在秋天里熟了，垂得很低，像爱情中的人，沉思而谦虚，恍惚而敏感。石榴树下有一丛金黄色的小菊花，开在绿草中间，明亮得像一种假象。那边还有一株丹桂，开着熟鱼子一样的花，在这座清雅的园子里显得格外地"荤"。

凤毛的心里霎时充满了忧愁一样的渴望。

荷花塘对面，戏子在舞台上开始唱。凤毛把手朝胡老师那边探过去，坚决得绝望。她的脑子里有片刻是真空状态，她不知道把手伸到胡老师的什么地方了。但她知道胡老师把她的手捏住了。胡老师在犹豫，终于他拉起凤毛的手，说："你家近。我们到你家去吧。"

凤毛尽量让自己显得有经验，他们是走回去的。凤毛一路上用手安抚着胡老师，让他感觉到这一次的男女之欢是舒服的。他们悄悄上了四楼，进了门，不打二话，胡老师就把凤毛推倒在沙发上。这个沙发比胡老师家里的小，但也足够一对男女使用了。然后他慢悠悠地收起纸扇子，放在桌子上。做好这件事后，他才开始脱自己的裤子。程序和第一次一点儿不差：胡老师掀起凤毛的裙子，脱掉凤毛的底裤，把凤毛的两条腿用力地压向头前方。凤毛的心里喊叫着："亲我！亲我！"她闭上眼睛，准备什么也不想。正在这时，电话铃刺耳地响起来。电话就在沙发边的小茶几上，凤毛赶紧拎起电话。

"喂，谁呀？"她惊惶地问。

"凤毛啊！"是柴丽娟，"你回家了？我打了你好几个电话没人接。我上来吧。"

"不，不。不要。"凤毛赶紧拒绝。这时候，胡老师放下了凤毛的腿，直起了身体，眼睛看着他搭在沙发上的裤子。

柴丽娟还在那头说:"你怎么了?不舒服?我有一件事要告诉你。不过,你先告诉我,你和胡老师下午搞得怎么样了?有没有进展?"

凤毛期期艾艾地说:"还可以……马马虎虎吧。"

"你听好了。我有一个同学,就在我们地段派出所里,姓董,也许你见过他。他今天给我打个电话,说派出所旁边,有家卖烟酒杂货的小店,店主生了重病,想把小店租给别人开。小董问我要不要租下来,我一想就想到了你,就替你答应了。租金很便宜的,离家也近,就在秀园的西边。你从东向西走,过秀园,看见第一家烟杂小店,就是它了。"

胡老师的眼睛从自己的裤子上转过来,俯身观赏凤毛的大腿。凤毛放心了一些,她不想放弃胡老师,也不想放弃柴丽娟说的那家小店。

"好姐姐,你长话短说吧。"她不耐烦地催促柴丽娟。

"我都替你想好了。你要租小店,必定要一笔启动资金,不多,最多一万吧。你不是说搞定了老胡吗?我知道他有钱,你去问他借,他不会拒绝你的。"

"好的。我知道了。"

凤毛放下电话。胡老师欣赏了凤毛洁净的大腿,突然变得兴致勃勃,他把凤毛的腿再次压向正上方,还关心地问:"谁给你打电话啊?"此时,凤毛的脑子里完全被那家小店占据了,她利令智昏地对胡老师说:"胡老师,我想跟你借一万块钱。我会很快还你的。"

胡老师的反应非常之快,他放下凤毛的腿,就去拿自己的裤子。他把自己穿戴好,打开扇子,坐在凤毛的腿边给自己的脖子扇风。他对凤毛说:"在这种时候,你向我提出借钱是不道德的。"

凤毛在沙发上穿上裤头,拉上裙子,光着脚在地上四处找鞋子。她觉得胡老师说得对,她完全像个不道德的女人。她的眼泪掉在地上,清晰地"吧嗒"一声。

凤毛把胡老师送出新村的大门。在大门口,她向胡老师道歉:"胡老师,真对不起。今天借钱的事你就忘了吧。"胡老师说:"没关系没关系,你也别放在心上。你别送了,我还要到秀园去,那里要唱到十点钟呢。凤小姐,再见。谢谢你今天陪我看戏。"

凤毛看着他的背影,有一件事她百思不得其解:她为什么不痛痛快快地叫胡老师滚开?为什么还要像个颇有学问颇有肚量的人一样,送他到楼下,客气地道再见?

夜里,凤毛做了一个梦:

一个洁净的下雪的日子,凤毛躺在床上,满心里喜欢,因为她的身后躺着胡老师。胡老师的手规规矩矩地搂着她的腰,嘴里呼出温暖而濡湿的气息,像玻璃上迷蒙的水汽。凤毛感觉到胡老师的气息喷在她的后背上,后背一阵一阵地温暖。窗帘没有关上,窗户就像一张豪华的屏幕,两个人在屏幕上观赏外面的雪景。此情此景,一派安详纯洁。男女之情,在这时候不多也不少,是女人需要的。

只是雪下得有点儿奇怪。雪下得很谨慎,一团一团,沉重的分量,在空中连绵着朝下坠落。它在窗户的一半处,分成两种动态:上面一半,雪缓慢地飘落,漫天的大雪花缠绵温存地充塞了空间,像有什么喜事快要到来了;窗户下面一半,雪急速地向下坠落,快得令人心悸,它的速度让人感觉到下面是一个无穷无尽的深渊——一个充满危险的深渊。

凤毛看着这两种景象,一会儿喜一会儿愁,心里忙得不可开交。她喜欢窗户上半部分的喜景,虽说是虚妄的,但能让她感到目前的生活是安全的,有保障的。

凤毛醒了过来,雪景不见了,她对着空荡荡的窗户发出一声假假的笑声。这不是个纯粹的性梦,是一个巧妙掩盖了需求真相的梦,它的完美之处在于：性和金钱被好运气不露痕迹地撮合了。可惜这是假的。

今天是星期一，这两天凤毛忙坏了：星期五，她到超市去找工作；星期六她去相亲；星期天她到胡老师家里去干活儿并赚了三十块钱。菲菲还在母亲家里，她不放心，她要在菲菲上幼儿园之前去看看她。

她先给柴丽娟打了一个电话。柴丽娟在电话里说："你烦死了，这两天我每天一大早就被你吵醒。"凤毛说："姐姐，我是有重要的事找你商量。那家店我想承包下来，钱你先替我垫着，利息照算。你不要拒绝我，我是个没本事的女人。"柴丽娟叹了一口气，说："好吧。我知道你这么早找我绝没有好事。不过，亲兄弟明算账，利息照银行的算，你一分钱不能少我。"凤毛心中略感轻松。

到母亲家，母亲看见她，说："你怎么又来了？菲菲已经上幼儿园了。"

她知道母亲上菜场的时候就把菲菲送走了，她一声不埋怨，连忙又朝幼儿园里赶去。时间太早，整个幼儿园里静悄悄的，凤毛的乖乖女孩儿一个人坐在小小班的教室里玩积木，她决定不进去打扰了。

凤毛走出幼儿园，看见一个刚刚发育的女孩子，手里拎了一只食品塑料袋，塑料袋里装着生煎馒头。这女孩子穿一件布睡裙，洗得又旧又软，像质地很沉的丝绸。她疾步而走，睡裙里面的两只小乳房还无法戴胸罩，硬挺挺地凸现在睡裙上。凤毛心里一酸：她的菲菲需要她花多少心血才能到这个时候？

她一瞬间差点儿崩溃。

接下来，她按照柴丽娟说的方向，去找那家烟杂店。她从西边的大马路上走进巷子里去，先是看见派出所，再看见烟杂店。小店关了门，门板上方歪歪扭扭地用红漆写着：勤奋烟杂店。红漆已褪色，更显得这家小店冷冷落落的。烟杂店过去，不远处就是秀园。秀园的门前大院里，一东一西，相对开着两个过路的圆形边门。东边的门套着西边的门,像一模一样的两个月亮。穿过两个边门,再向东边的巷子里走,走不远,穿过巷子,就是凤毛住的新村。

凤毛在派出所、小店和秀园之间来回走了几趟。以后,这条路就是她每天的必经之路。她不能走别的路,走别的途径,要绕很远的路。

她这样来回地走了好几趟,以便确定这路上没有危害她的东西。当她再次走过派出所门口时,引起了一个民警的注意,这民警骑着他的摩托,刚到单位。他把摩托车推进院子里,回过来,职业性地从头到脚打量凤毛,不客气地问她:"你找人吗?"凤毛突然想起柴丽娟讲过,她的同学在这家派出所里,姓董。她问这个对她好奇的民警,派出所里是不是有一个姓董的警察。那人说,他就是,董长根。董长根说完又进院子里去了,他看到他的摩托车在漏油。

凤毛看见董长根就忘了胡老师,所以胡老师将从我们这里暂时销声匿迹。董长根和姜有根,两个人的名字里面都有一个"根"字,此根不是那根,人家是什么人?趾高气扬,说着行话,腰里藏着小手枪。身上的气息是汽油混合着油墨。

凤毛的脸自作主张地红了。她不敢有所表示。

她隔着院子的栅栏和董长根平静地唠家常:"柴丽娟说你是她的同学。"董长根蹲在地上头都不抬:"哦,是的。这么说来,你是想承包烟杂店了?这里生意还是有得做的,首先我,香烟全在这家小店里买。"

董长根举起两只脏手走出院子,对凤毛说:"裤子左边口袋里。"凤毛伸手到他左边的裤袋里掏出一串钥匙。董长根命令她:"跟我来。"到烟杂店门口,又命令她:"开门。"门打开,是一个短而窄的过道,仅容一人侧身通过。过道底有一个小口子,从那小口子里面进去,是一间十平方米大小的房间,用货柜一隔为二,后面放着一只小桌子,小桌子上摆着碗筷之类的东西,角落里放着一只痰盂,还有一个水龙头和水池子。前面就是做生意的门面。

董长根在水池里洗了手,领着凤毛到店面上去察看。

这董长根是派出所的副所长,店主发病的那天晚上,正好是他值夜班。店主是个老单身汉,巧了,就姓单。单身汉老单家里只有一个七十岁的妈和一只老猫。董长根把老单送到医院里,挂号、拿药、拍片、送急诊病房,大大忙碌了一阵。他与老单原本不熟,因为买烟的缘故,成了老熟人。生了重病需要休养的老单把店铺的钥匙交给他,说不靠爹不靠娘,请共产党给他找一个店铺承包人。

董长根说完了必要的交代,就专注地看着凤毛。这个女人干净、谦虚、坦然,一看就是规矩人家出来的。这个城市有许多像她这样的女人,生活困难,规矩,心里有一些打算。他朝凤毛笑一笑,凤毛不知道他为什么笑,也向他笑了一笑。和气生财,她是懂的。

董长根问:"你中午吃什么?"

"炒青菜和蛤蜊汤。"凤毛说。

"那我到你这里来吃吧。"董长根说。又说:"不行,被别人看见了,以为我和你勾搭上了。"

听了这句话,凤毛就不说话了,她不是个粗放的女人。

"你前夫和你还有往来吗?"董长根问。不是好奇,只是随便问一下。

"没有往来。"

"真可惜。你多会烧菜啊。我那位只会做炒鸡蛋。"

以上一席对话是在凤毛和董长根之间进行的,他们刚认识了两天,已经熟悉到能这样说话了,可见他们是投缘的。星期一,凤毛去看了店铺,星期三早上八点钟,她就去做买卖了。下岗后,她给人家看守过五金商店,对买卖这一行并不陌生。手续办得很快,押金、半年的房租、库存商品的盘点、进货渠道的安排，有董长根在里面斡旋，凤毛觉得少了不少麻烦。

但麻烦还是有的。星期三，也就是凤毛工作的第一天，晚上八点刚过，天上飘着雨丝，凤毛看看巷子里渐无人迹，就落下门板准备回去。菲菲在柴丽娟那里玩，她要早点儿回去把她领回来。

她在店里略略收拾一下，拎起手袋，关上店门就走了。巷子里从东到西亮着几盏昏黄的灯，灯光里纷乱地飞着小虫一样的雨丝，雨丝带着闪烁的光芒，像另一种狂乱的灯光。她一出门，就看见秀园那两扇笔直的开在路中间的门洞。从东边的门看到西边的门，两扇门之间就是秀园的大院子，里面黑黝黝静悄悄得让人想入非非。

现在起风了，风刮过巷子两边的墙头，把粉墙里面的树摇得呼啸不止。小雨中的风有些凉，隐隐约约让人感到冬天的气味。凤毛慢慢走近秀园边，她从两扇门洞望出去，看到对面的巷子里杳无人迹，一盏路灯亮在那里第二扇门外，黄着脸不怀好意地引诱她走过院子，这院子在夜里就变成了诡谲的深渊，深渊里头有着历代的孤魂，秀和她的秀才就浮在众孤魂之上。

凤毛回过头看看，身后的巷子里也杳无人迹。只有一株不知名的植物长在粉墙的砖缝里，开着黄花，在风里活了似的拼命摇摆。她一咬牙，走进门里面，刚想继续前进，她的心莫名地狂跳，脚也不听指挥地连连后退。退出门外，定定神，再一咬牙，冲了进去。她勉强让自己睁开眼睛看看四周，其实这园子里的景物都是她熟悉的：南边的四棵花树，北边的铆钉大门。大门外守着两头石狮子，一雌一雄。雌的手里抱着一头小狮子，雄的手里玩一只圆球。这里丝毫没有怪异的东西，丝毫没有威胁她的东西，她还是万分害怕，忍不住"啊"的一声惊叫，回身就跑。向西跑出小巷子，走到灯火辉煌的大马路上，她的心情才渐渐平复下来。

　　这天她走了一段很长的路才到家，到家里快十点了。柴丽娟不满意地对她说："你做的是白天生意，一过吃晚饭的时候就不会有什么生意了，你以后还是早点儿回来吧。我是你用的保姆吗？"凤毛一手抱了菲菲，一手摸摸柴丽娟的脸蛋，感觉到她的脸上火烫一样，就说："你吃了火药啦？"柴丽娟"哼"了一声，说："今天我给他打电话，我叫他来，他不肯。难道说我靠电话就能过日子吗？我迟早要找个姘头。"凤毛安慰她说："算了，你怎么想不开了？你还有个男人呢。我还没有呢。"柴丽娟气呼呼地说："我是二奶。"凤毛说："管它是二奶还是三奶，我还想找个人把我包掉呢……"柴丽娟说："你开玩笑吗？这条路不好走。我这样本事的女人还过得有气无力的，你就更不用谈了。"凤毛说："你告诉我哪条路好走？你看我吧，不会有什么好下场。"柴丽娟吃惊地朝凤毛瞪大眼睛："你怎么这样说话？不怕老天爷遣雷打你？凤毛，人受到打击时要挺起腰杆，我这样，看……"

　　凤毛抱着菲菲上楼，淡淡地扔下一句话："我挺不起腰杆。"

　　柴丽娟"哧哧"地笑起来。

　　这是凤毛碰到的第一个麻烦。她不是个胆小的女人，想不通自己为什么对秀园的大院子感到莫名的害怕。这是一个无法对人言说的麻烦——她认为是一个女人的麻烦。女人的麻烦很多，包括月经、长头发、高跟鞋、菜场、妒忌、胆怯，等等。

　　夜里，情绪紧张的凤毛又做开了梦。

　　她在秀园里，站在绣楼上。陈旧不堪的绣楼，是秀曾经梳妆过的地方——不会超过三次。夜里住进去时一次，第二天早上一次，投水前一次。投水前她肯定会做一次，这就是长发的麻烦。屈原屈大夫也是长发，他投水前不会梳理头发，他满腔悲愤化作惊心动魄的吟哦。绣楼上的窗子挂着薄如蝉翼的竹帘——这是个象征,因为从这竹帘里望出去是一览无遗的,却比什么都不挂更含有某种意味。从绣楼上看下去,大门外是青石板的巷子,大门是关着的。她听见大门外有人呼唤她的名字:"凤毛,凤毛。"一个陌生的声音。

她去开门。开门的时候,她走过一段非常复杂的路。走过的路计有:青石板路、鹅卵石路、土路、碎石子路;她走过的桥计有:拱桥、曲桥、直板桥、廊桥;她看见的屋子计有:正厅、轿厅、卧室、闺房、偏房、书屋、饭厅、米仓;她看见的花草树木数不胜数:柳树、桂树、银杏、石榴、桃树、蜡梅、芍药、紫藤、竹、兰花、书带草……都是一些具有妖娆姿态的树木花草,是可入诗入画的。

她终于走到大门边,门开了,她首先见的是一个静悄悄的略略透光的夜,昏黄的路灯亮在那儿,不怀好意地觑着脸。她把目光移到呼唤她的那个人脸上,她看见了谁?她看见了另一个凤毛。

她大吃一惊,赶快往回跑。董长根坐在她曾经坐过的那架紫藤架下面,呆乎乎地看着面前的河塘。她看见了救星,忙不迭地喊着董长根说:"救命。"董长根站起来说:"我去把她赶走。"

凤毛做完这个梦就醒了,浑身吓得汗淋淋的。她不知道董长根要把谁"赶走"?也就是说,那个将被赶走的"她"到底是谁?她想起小时候,有一个邻居阿姨会详梦。她也是个特别奇怪的人,她只给女人详梦,人家说她给男人详梦就不准。譬如说有一个男人和一个女人做了同一个梦:在什么地方大便或者小便。她对那个男人和女人都这样说:"不出三天,你要破一点儿小财。"三天中间,女人必定失财,男人却好好的。这个会详梦的女人很不幸,她的儿子溺水而亡,丈夫怪她克死了儿子,跟她离婚了。她到晚年时,经常到小菜场去捡菜皮吃,一边捡一边对自己说:"世界上的菜,最好吃的是菜皮。"这里,谁家女人埋怨丈夫让自己受穷,别人就对她说:"世上的菜,最好吃的是菜皮。"意思是叫她知足。

凤毛试着给自己详梦。在这个过程中,她有些厌烦自己,没有足够的理由,就是厌烦自己。头晕、恶心、腹胀、眼花,既像妊娠又像醉酒。

那为什么梦见董长根呢?她再三问自己,她对董长根有没有什么非分之想?回答:有。

星期四,凤毛上班的第二天。一大早,董长根不知从什么地方冒了出来,戴着一副墨镜,倚在柜台上,眼睛在墨镜后面直勾勾地打量凤毛。凤毛说:"我昨天下午没看见你。"他说:"我带人执行任务去了——区局里的任务。你昨天晚上什么时候打烊的?""八点半吧。""有没有坏人跟踪?""谁来跟踪我?我这种人,一没钱二没色。""谁说的?你是个漂亮女人。漂亮女人就是最大的资本。""我不相信你说的话……你不要和我说话了。""不行,我一定要缠着你。"

这是凤毛认识董长根的第四天。他们认识了两天就肆无忌惮地说一些话了。

有一点凤毛是清楚的:董长根对她有"意思",为此她感到高兴。同时她又很奇怪,董长根喜欢对她说一些意味深长的话,除此之外,他显得非常谨慎。看来,他更愿意用语言引逗凤毛。

董长根和胡老师不同,他不是容易被女人惊吓的男人,他对女人有一种指挥权,这种指挥权来自他身上淡淡的烟草味,来自他身上隐约的汽油味,还来自职业所形成的肃杀之气。他做事和说话都是不急不躁的,仿佛成竹在胸,对这个世界已经掌握了许多。

凤毛对他持观望态度,她认为自己还是个具有"道德"的女人,虽然胡老师曾经在这方面否定过她。如果董长根直截了当地勾引她,那她会毫不犹豫地对他说:"我不是那种女人。"但接下来怎么办呢?接下来一切听天由命吧！如果董长根穷追到底，她决不想当一个意志坚决的女人。

董长根并不想考验凤毛的意志。凤毛不知道，他对待女人的态度从来如此，不逾规，只是调笑。如果你不情愿，他就马上正儿八经地对你，也不会记恨你。凤毛更不知道，这一阶层的男人大都采用了这种态度，他们基本上是功成名就，家庭事业双丰收。但他们心中有一块地方是焦虑和空虚的，经常性地需要用柔软的东西抚慰一下，调情或调笑是一剂最有效的强心针。这剂强心针还有一个好处：绝不会带来危险，势如抚摸一下猫的毛皮。有谁见过抚摸猫咪带来危险吗？

董长根还在问："你有一个女儿叫菲菲吧？你回去这么晚，放在谁家里？"凤毛说："放在柴丽娟家里。"董长根说："给我拿一包烟……柴丽娟这个人心地是不坏的，但你最好不要和她搞在一起。"凤毛想，为什么男人们对柴丽娟表面上都是客客气气的，背地里却不允许他们的女人和她往来。凤毛说："我知道了。"董长根再一次意味深长地看看凤毛，对凤毛的顺从表示高兴。他抽出一根香烟，叼在嘴角上，这个无意中的姿势突然深深打动了凤毛，于是凤毛讲："我昨天夜里做梦梦见你了。"董长根已经朝所里走去了，他们说了许多话了，调情该结束了。所以他头都不回地说："梦里头我没对你干什么吧？"凤毛听出来这并不是一句问话，不需要回答。她定下神来仔细回想董长根的言行举止，觉得他有点儿不可捉摸起来——男人和女人一样也有不可捉摸的地方。

但在董长根那一边，事情就是明朗的。他一本正经地抽着烟回到所里，这个地段是一个太平的地段，除了居民的自行车经常被偷窃外，一年到头，地段上不大有恶性事件发生。只是最近，区里搞大规模的拆迁，工地上常有外地民工打架斗殴小偷小摸的事发生。当然他也有忙的时候，那是区局常有任务派下来。区局的一把手常说："董长根呢？叫董长根过来。这家伙！"每次任务他总是完成得很好，从不拖泥带水。他坐下来，眼睛落在玻璃板下面，他的老婆和儿子正互相搂着头颈冲着他笑哩。他在这儿忘了凤毛，他有他的工作和家庭，凤毛不过是一个渴望受他保护的小女人，在他的生活中，他不止一次地碰到过这样的女人——都是些好女人，他和她们之间从来就没有发生过不可收拾的事情，一男一女调调情是无伤大雅的。

到中午，董长根走出派出所的院子。这时候，他又想起凤毛了。他站在大门口朝凤毛的小店望去，看见一个身材矮小的男人两只手撑在柜台上，不停地要凤毛把柜子里的东西拿给他选择。柜台是低低的，空间又小，凤毛每次拿东西的时候总要弯着身体，头偏向一方，这是个委屈的受难的姿势，让她显得紧张而局促。她的清水白果脸再也不干净了，脸上面红一块白一块，额头上水汽氤氲，像被酷夏的太阳晒了半天。

那个矮小的男人嘴里说着话，两只手撑着柜台，两只脚也不闲着，不停地在地上动来动去，很激动的样子。董长根看在眼里，不动声色地走过去，一把揪住那个男人的领子，那男人回过头，一看是个警察，二话不说，挣脱董长根的手就向秀园方向跑走了。

"是个外地民工，也许是个'踩点'的小偷，这两天你要当心一点儿。"董长根关照她，很真切。

凤毛说："我不怕他，他比我矮呢，看上去一米六还不到。胳膊也没有我粗。"

董长根说："这种体形犯罪的不在少数。"

"你也不喜欢外地人？"凤毛想起胡老师曾经对她说过，他不喜欢柴丽娟，不喜欢白居易的诗，不喜欢外来民工。

"不能一概而论。"董长根回答。这个回答很称凤毛的心，因为凤毛总是认为自己比外来民工好不了多少，基本上也是属于劳苦大众一类人。她喜欢董长根的宽宏大量。女人喜欢男人宽宏大量。

她问:"你午饭吃好了没有?"

董长根已经低头钻进屋子里了,他把桌子上的菜一样一样放到鼻子边上嗅,嘴里说:"啊,好香!好香!"却一直站着,并没有打算坐下来。

凤毛敦促他:"你坐下来吃了再走。"

董长根说:"不行,这是违反纪律的。"他说着就朝外面走,凤毛跟在他后面,想不出挽留他的法子。两个人在窄小的过道里一前一后地走,靠得很近,引得凤毛起了贪婪之心,她目不转睛地打量前面那个高大敦实的肉体,突然涌起一个冲动:这个男人是属于她的,他会给她提供所有的一切。所以,为了这个,她一定要亲近他。

她从后面伸出手,拦腰抱住了董长根。

董长根愣在原地不动,嘴里说:"哎呀,你这个人胆子好大哟!"他用手轻轻地拍打凤毛的手背,客气地,理性地,所以,凤毛的手只好落了下去。

凤毛有些着急,说:"你到底对我怎么样嘛?"

董长根不说话,留了长长的一段空白给自己和凤毛,然后他感觉良好地说:"凤毛,我要你怎样就怎样。"

凤毛问:"怎样?"

董长根说:"不要怎样,和以前一样。你想想,我们能怎样?"

凤毛想,董长根的话是对的,也是错的。她现在只能认为他是对的。她把董长根送出门外。昨天夜里下了雨,今天的空气里一股湿润的气息。凤毛眯起眼睛,目送董长根朝巷子西面的大马路上走去,她看看空空的天和空空的巷子,心就像在某些夜里一样,寂寞得无以言说。

她回到小店里,饭菜原封未动地摆在那里,她斜着眼睛瞥了它们一眼,一点儿食欲也没有,坐在那里,不知道心里该想些什么。所幸的是,秀园里来了一支旅行团，一些游客向她的小店奔过来，买烟或饮料。她顿时手忙脚乱，把刚才的事抛到了脑后。

下午，凤毛看到柴丽娟从派出所的大门里走出来，董长根送着她，两个人说说笑笑，一起朝凤毛的小店走过来，看上去一副郎才女貌的样子，凤毛心里又是一荡：最令人心疼的就是这类男人，和每一个漂亮女人都能郎才女貌。董长根来到小店，拿了一包烟就走了，对凤毛笑着说："刚才忘记拿香烟了。我心情一激动，就会丢三落四。"凤毛知道他在影射什么，脸红了。

柴丽娟看看董长根的背影，再看看凤毛的脸色，开玩笑地把脸凑近凤毛的脸，仔细地观察凤毛的眼睫毛，她还用手去碰碰凤毛的眼睫毛，说："从来没见过你的眼睫毛这么漂亮，又油又亮。一个女人，身上什么地方突然漂亮起来，肯定身边有情况了。我那时候，漂亮起来的是嘴唇，红得像化过了妆——其实没化妆。"

凤毛讥讽她说："你那时候……什么时候？碰到香港人的时候？"她不理会柴丽娟，从柜台里取出一面鸭蛋镜，照照自己的脸，又放下了。这两天她手上忙着，心里也忙着，脸上灰灰的，嘴唇是淡红的，清水洗过一样。她不禁叹一口气。

"我是个骚女人，这么忙，还在惦念男人。"她凑近柴丽娟的耳朵告诉她，用的也是开玩笑的口气，但她说的是真话。

柴丽娟安慰她："这很正常。"然后，她退后一点儿，以便观察凤毛的神情，她说："董长根家里有老婆有儿子，夫妻关系很好，他老婆也是我的同学。有一次，一个女人告诉他老婆，说董长根老在外面调戏女人。他老婆说，我们董长根，工作忙，神经紧张，不过是借此放松放松。我不原谅他谁原谅他？"

凤毛避重就轻地回答："我不过是寂寞。"

柴丽娟说:"真是这样倒好了。你今天这样想,明天又那样想了。今天要物质,明天又要精神了。凤毛,你这个人很难弄的,你比我复杂多了。我的生活很简单,我厌烦自己去辛苦赚钱,就靠一个男人养着。我对男人要的不多,就是钱。"

凤毛说:"女人对男人,要钱的时候痛苦,还是要精神的时候痛苦?"

柴丽娟说:"当然是要钱的时候痛苦。女人得到男人的钱时,同时也得到了精神。所以在男人那儿,钱等于精神,精神不等于钱。男人乐于给精神,不乐于给钱。但也有例外,譬如我,什么都有了,就是缺少床上的温暖。"

凤毛说:"真是恬不知耻。"

柴丽娟捶了凤毛几下,不服地叫嚷道:"你骂了我多少了?以后不许这样骂我,听见没有?"

凤毛说:"好了,以后不骂你了。下午你给我去接一下菲菲……明天就不用你去了。明天是星期五,我叫我妈去接她回家。"

柴丽娟临走时,真心诚意地对凤毛说:"凤毛,其实我很佩服你的。你下岗的工资是多少?二百四。扣掉养老保险才多少?你这样还在不停地梦想。女人都爱做梦,你这样坚定的不多。"

凤毛说:"你不如骂我吧!"

柴丽娟走了之后,凤毛接到一个电话,是胡老师打来的,她很吃惊,不知道胡老师为什么给她打电话。胡老师说没有别的事,只是想请她后天星期六的晚上一起到秀园听评弹。他听柴丽娟说,凤毛就在秀园边上开小店。凤毛不解地说:"我以为你再不想和我往来了。"当然这也是一句问话,胡老师说:"凤小姐,我怎么会那样想?你身上有一种特质吸引了我,那就是你的独立和坚强。我崇敬这一点,我希望你不要嫌弃我,答应我。"凤毛说:"我靠小店养家活口。"胡老师慌忙说:"不要马上拒绝我!我们可以晚点儿去,我等你打烊。好不好?你考虑考虑再回答我好不好?"凤毛说:"好的,我考虑考虑再回答你。胡老师,谢谢你,还想着我。"胡老师说:"不客气不客气,不必客气。但愿你不要认为我很无聊。我这个人寂寞是有点儿的,无聊是没有的……我真的很寂寞,凤小姐。"

凤毛挂上电话,长长地叹了一口气,这一口气叹完了她觉得心中很舒畅。然后她乐观地想:不管怎么说,这是个好兆头。从今以后,生活也许会好起来。怎么个好法?不知道。不知道的事太多了,可以不必计较不知道。

这是星期四。上星期五晚上,柴丽娟给凤毛介绍了胡老师,这事情一晃过去了快一个星期。这一个星期中,凤毛生活的重心是小店的营运,董长根也算是她的生活重心。她一开始并不敢存奢望,只是胡乱想想,胡乱做做春梦而已——拿董长根做梦总比拿胡老师做梦好。

今天,与往日不同。胡老师来过电话后,凤毛突然想起今天晚上董长根值夜班,这是他对她说的,也许含有深意,也许只是顺口言道。这都没有关系,重要的是:凤毛已经感到内心有一种力量升起来了,坚决、强悍、疯狂,就像她的离婚阶段,中了魔似的,只剩下一点点理智与外界脆弱地联系着,联系着的也就是日常生活中不可删除的皮毛。现在她又进入了这种状态。今晚董长根值夜班,她在盘算着,晚到什么时候打烊才好?太早不行,派出所里有闲人。太晚了也不行,太显山露水,毕竟董长根对她只是嘴巴上调调情。那么,秋天的夜晚,什么时候会安静到就如两个人的世界?

很快到了晚上,下午五点,秀园关门了。秀园一关门,巷子里萧条起来,小店就少有人光顾。今天没下雨,到了傍晚,天开始阴沉下来,满天的灰云，把星星全遮掩了。凤毛记得今天是农历一十六日，月亮最圆的日子。如果天上没有灰云，那会有怎样一轮明月？明月之夜，该会有怎样的浪漫心情？凤毛又想，就是没有明月，女人的心情也该是浪漫的。就是没有好容貌好条件，女人也该是浪漫的。女人只要能吃饱穿暖，心情就该浪漫起来。

凤毛大大咧咧地这么想着，关了店门。这时候是晚上九点钟，她听见小店后面的一间屋子里传出老式报时钟的"当当"声。她知道是九点，不用数，不用看。

这时候去最好。早了有尘土之气，晚了有诡谲之气。秋夜的九点，清洁、神秘。

她朝巷子的西面走，她想，如果回家也向西边走多好？她就不用过秀园了，还能路过派出所。可惜的是，她必须向东走。

就到派出所了，看见栅栏里面的灯光，凤毛的心没有来由地一疼，这一停顿让她的思维略为清晰了一些，她手扶栅栏，苦思片刻，终于做出决定，不进去了。

她仿佛坚决地走向巷子的东边，走近秀园。这一次她比昨天更胆怯，甚至不能跨进门里一步。她在门边徘徊，理智在秀园的大门处彻底崩塌，她对着那个空荡荡的黑暗所在差点儿大叫起来。她回转身，神经质地深一脚浅一脚地奔向派出所，奔向她的董长根。

今晚董长根值夜班。所有的夜班都是寂寞的，董长根也不例外，打上几个电话后，他就有一搭没一搭地翻看一本卷宗。屋子是他熟悉得不能再熟悉的屋子，屋子里每一种细微的气息他都熟悉，每一样摆设都经年不变。屋子就像他的老婆，与他息息相关，熟悉得让人有些厌倦，却让人无比依赖。

凤毛来敲门。她神情里有些粗野，与往常不太一样。董长根忽略了这一点，凤毛突然出现在他面前，他很高兴。他拿出藏起来的好茶叶，给凤毛沏了一小杯茶，放在她的面前。茶香弥漫了一屋子，这是凤毛的感觉。她端起杯子，眼睛在杯子上面炯炯有神地盯着董长根。从出现到现在，她还是绷紧着粗野的神情。她告诉董长根，她非常害怕在夜里走过秀园门口。董长根不能理解她的害怕，他不确定地低低地笑了一声，说凤毛可能小时候听多了鬼故事，或者她是患上了广场恐惧症，最好的办法是喝一点儿酒压压惊。

于是董长根又从文件柜的最下层掏出半瓶黄酒，给两只玻璃杯平均倒上，一杯给自己，一杯给凤毛。他是想发生点儿什么吗？不，他不想发生点儿什么。他如此大胆，只是自信能控制凤毛。他碰着了凤毛的手，凤毛的手冰凉，这让董长根的心多情起来，他差一点儿就要去捏捏那冰凉的手。不过他及时地咳嗽了一声，抑制住自己的欲望。

凤毛心绪不宁，迟迟不碰那杯黄酒。今天夜里，这个时候，因为有走投无路的感觉，所以她十分地渴望着。

看她迟迟不说话，董长根主动对她说："真的害怕啊？那我送送你吧。"其实他不想送的，他怕一送就送个没完没了。但他又想把凤毛送走，她不说话，不喝酒，让人不快。

凤毛抬起眼睛，她抬起眼睛的时候让别人感到她的睫毛是非常沉重的："我是想来看看你。"她说。她内心无法掩饰的紧张，使他也紧张起来。他决定和她说一些严肃的话。"你是个值得尊敬的人，坚强，勇敢，吃苦耐劳。我说得对不对？"他说。

凤毛睁大眼睛说："不对。"

董长根笑了一笑，凤毛跟着也笑了一笑，这使气氛更紧张了。这紧张的气氛像一把尖刀一样，逼迫着凤毛走到语言的悬崖边上。于是凤毛说了以下这些话：

不对，我一点儿也不勇敢。我告诉你一件事，我离婚以后，厂技术科科长想勾搭我，他总是打电话打到我车间里来，他工作是清闲的，所以每天给我打一个。他在电话里给我说什么呢？他总是在说，我想你，我想你。你的身体把我迷住了，我一定要把你搞到手，我们上床睡觉吧，你不知道我床上功夫多么好……你看，我硬起来了，不信的话，你过来看看……

董长根热血冲到脸上，他开始兴奋，很配合地问凤毛："那你一定很害怕是不是？"凤毛说："是，我只是一个小女人，我害怕的东西很多。"董长根说："从此以后你不要害怕了，有我呢。"凤毛说："从来没有男人对我有过许诺，你是第一个。"董长根听了这句话，马上愣了。在本质上他是个好人，他不想让这场游戏进行下去了，他负不起如此重的责任，他有家庭。他叹了一口气，喝光自己杯子里的黄酒，问凤毛："你喝不喝？"凤毛摇摇头，董长根一口又把凤毛杯子里的黄酒喝完了。然后他站起来，他一站起来，凤毛就知道接下来的夜晚不是他俩共同的夜晚了，而是互不相干的。就是说，今夜已经结束了。

凤毛心里哭喊着，她的声音没人听得到。人生最大的悲剧发生于床笫之间。你的床笫或他的床笫，上了床的或没上床的。

他们从办公室里走出来，默然地走在小巷子里。董长根伸手摸摸脖子说："好像飘雨丝了。"凤毛说："啊，是在飘雨丝了。那你不要送了。"董长根站下来，说："好吧，我就站在这里看着你过去。"

他拍拍凤毛的肩，让凤毛走过去。于是凤毛在董长根的注视下走过了秀园，走到秀园那边的巷子里去了。她转过身朝董长根挥挥手，董长根也朝她挥挥手。董长根放下手，不悦地想：一个生活很糟糕的女人！他不喜欢和生活很糟糕的女人打交道，这种女人一旦出现在他的生活里，将带给他无穷无尽的负担。

再说凤毛,她一走到董长根看不见的地方就倚到了墙上,大病初愈一样浑身乏力。现在她清醒了一些。今晚她是失望的,但办公室里显而易见的暧昧气息让她还存着一点儿希望,使她鼓起勇气不去否定刚才的行为。她想:滚他妈的道德!

一阵风带着雨丝猛刮过来,路灯好像晃荡了一下。她抬眼四下里一瞥,打了一个冷战。路上一个人都没有,秀园在西北方向伫立着。凤毛抓紧她的包,"踢踢踏踏"地小跑起来。

凤毛凌乱的脚步声引起了一个男人的注意。于是我们转到另一个与凤毛有关的场景。

这个男人最近一阶段总在这里晃悠,就是那个到凤毛小店里寻衅又被董长根赶跑的男人。他从很远的一个地方来到这里,在离秀园不远的一个工地上干些杂活儿。他是个被人欺负的可怜虫,究其原因,一是因为他不善讲话,二是因为他身高不满一米六。工地上常有老工和新工打赌,赌他到底有没有一米六,赌五块钱或一个巴掌。一逢到这种时候,他总是嘴里嘀咕着:"我怎么没有一米六?回去问你妈,我到底多长她知道。"一头说,一头就跑。别人把他抓兔子一样抓起来,摁在地上,用皮尺从头到脚地测量,没有一回量到过一米六的高度。但是他总不服,赌咒发誓地说他有一米六,这世上所有的皮尺都不准。

他的外号几乎是信手拈来的——一米六。

一米六的脆弱是工地上的笑柄,没有一个男人会这样脆弱:他不敢做梦,任何梦都不敢做。如果有一夜做了梦的话,他早晨起来必定磨刀。刀整夜整夜地放在他的枕头底下,做一次梦磨一回,做两次梦磨两回……你想想看这把刀有多快?有一次,工头从他的枕头底下拿出这把刀,对他说:"一米六,你要这把快刀干什么用?你也配用这么快的刀?我看你不如揪根树枝磨磨。你这样的人,不是我看不起你,给你配个好女人你也玩不起来。"

工地上干活儿的人都是一米六的家乡人,家乡人的亲戚基本上也是一米六的家乡人,这个城市里有许多一米六的家乡人,他们或在工地上干活儿,或在饭馆里、工厂里、菜市场干活儿。女人都老实,男人们都不怎么安分。一离开土地,女人们就管不住男人啦。男人们嫖妓、滥赌、偷盗。这三样中,尤以偷窃最盛。他们偷自行车、摩托车、阴沟的盖子,有时还会进入人家的屋子里偷东西。如果被别人发现,他们就大模大样地说:"哎呀,走错门了。"他们对受害者不具有人身危险,他们不是专业扒手,不在公交车上或商场里挖人家的口袋,他们也不像有些人,在大街上抢女人的包。他们偷东西有点儿业余爱好的意思,有点儿调剂生活的意思,更有一层意思:这是勇气的证明。偷一辆自行车,大致等同于部落里的勇士割下敌人的一只手指,偷一辆摩托车等同于割下敌人的脑袋。

一米六从来没有偷过任何东西,他所有的家乡人都知道:一米六不是不想偷,他是不敢偷。一个连做梦都害怕的男人,他敢偷东西?

一米六知道家乡人对他的鄙视,他决定先偷一辆自行车再说。那天他在一家超市门口打开一辆自行车锁,骑到马路对面时回头一望,看见一个年轻的女人站在失去自行车的地方发呆,他觉得事情变得有趣起来。他把自行车放到一条小弄堂里,然后他就坐在超市门口看那个女人来来回回地找寻,他很欣赏这个女人脸上受伤害的表情。人在遗失东西的时候是脆弱的,这个女人也是这样,她脸上的脆弱打动了一米六,他第一次觉得有人比他更弱。他坐在那儿一直到那个女人离开,他才站起来,大摇大摆地走到马路对面的小巷子里去拿自行车,这件事给一米六一个经验,那就是,只要想做一件事,就会轻而易举地做成。

一米六高高兴兴地把自行车骑回工地,他碰见的第一个工人问他:"一米六,车子哪儿来的?"他回答:"借的。"所有偷来的自行车都是"借"的。那个工人就走近来打量一米六的自行车,最后下结论:"这种自行车也值得借?"另外一个工人说:"算了,他能借什么样的车?"

一米六在偷这辆自行车前,曾花了一些时间察看地形,还花了一些时间观察骑车人的表情,他发现所有人都不是好惹的,直到那个被他偷了自行车的年轻女人出现。应该说,这个女人看上去也是不好惹的。问题是,一米六与她冥冥之中有着千丝万缕的联系,他看得见这个女人的脆弱。这个女人长着一张清水样的白果脸,五官都是清清爽爽干干净净的。她走进超市的时候,一米六就看见她有点儿心神不宁,她站在人行道上,把手放在胸口上,大大地喘了几口气才走进去。等到她出来,一发现自行车没有了,那张白脸立刻灰了,连嘴唇都灰了。然后她就拼命地找,一只手捂住嘴,好像无法接受事实的样子。这时候,一米六已经从马路对面过来,坐在超市的门旁,贪婪地欣赏这个女人的一举一动。他头一次尝到猎人的滋味,虽然是一个小小的胜利,但他已经极大地满足了。这一天,下着淅淅沥沥的小雨,一米六的家乡没有这种淅淅沥沥的绵长的小雨,他从来没有在这种小雨中思考过,观察过。腻人的小雨并没有妨碍一米六的嗅觉,他嗅到这个女人有一刻内心十分沮丧,沮丧到几乎丧失了信心。一米六回来以后一直回味那个女人到达极致的沮丧,他信心十足地想:"哼,女人啊!这就是女人。女人就是这种样子。"

一米六偷自行车的壮举很快便被他的家乡人忘得一干二净,他又是原先那个被人嘲弄的一米六了,于是一米六又开始游荡在大街小巷。有一天,他走过秀园,看见了那个"勤奋"烟杂店,同时他也认出了那个女人。一米六欣喜若狂,他终于找到一件有价值的事做了。

这个城市真小，要不就是凤毛活该倒霉。

不管怎么说，凤毛这时候紧张地在小巷子里小跑起来。这一带的小巷子有个特点，巷子里几乎没有一扇门，全是高高的围墙，围墙之间狭窄得仅容两个人通过。凤毛一路跑，一路耳听四周的动静。突然她听见背后响起脚步声，轻而快，就像是她鞋子的回声。她不敢回头张望，生怕一回头就看见一张狰狞的脸。她心慌着，所幸脚是快的。飞快地出了小巷地带，看见新村的万家灯火，感动得眼泪都掉下来了。她朝后面抗议地一回头，看见一个矮小的身影站在老房子的阴影下面。她觉得有点儿认识这个人。

这个人正是一米六，他在夜里又游荡出来了。他是这个城市里真正的孤魂野鬼。正要路过秀园的时候，他看见一个女人在前面慌慌张张地跑。他喜欢看见别人的恐惧，他想知道这个女人害怕什么。于是他也跟随着女人跑起来了，他惊喜地看到女人更害怕了。他一路用脚步声吓唬着女人，出了巷子他就不追了。那女人回过头，他认出是开小店的女人，也是被他偷走自行车的女人。一米六站在巷口不动了。后来，他慢慢地蹲下来，看着凤毛消失的地方，他感到身体像腾云驾雾一样。

再说凤毛，她气喘吁吁地跑到三楼，敲敲柴丽娟的门。门开了，菲菲和柴丽娟同时出现在门边。凤毛一把抱起菲菲，心有余悸地说："吓死我了，有人跟踪我。"柴丽娟马上躲到门后说："谁谁？在哪里？"看见柴丽娟这么紧张，凤毛反而安定了。她说："没事的……甩掉了。你看你，还到俄罗斯跑单帮呢，就这个样子？"菲菲面对面地抱住凤毛的脖子，娇声娇气地耍赖："我要住在这里。"凤毛说："不许。"菲菲扭动两条腿想挣脱凤毛的手，凤毛恼了，腾出一只手在菲菲的屁股揍了两下，菲菲梗着细脖子，瞪起眼睛，满脸愤怒。凤毛又在她的屁股上揍了一下，说："小小年纪，就这么犟？长大了看你跟谁犟去？"柴丽娟上来扶住凤毛的两肩，对凤毛说："你今天不大对劲儿，我不放你走了。你们两个人今天都住在我这里。来，快进来吧。"

菲菲进了梦乡。凤毛搂着女儿，看她的脸上升起了两团粉红的云，嘴唇也在酣睡中变得艳红。她目不转睛地看着，看得入了迷，这样可爱的色彩只能在菲菲睡眠中才看得到。她是个营养不良的孩子，醒来后，满面的红润会慢慢地消退掉，嘴唇也会恢复到原有的淡红。

柴丽娟在床的那头幽幽地咕哝："你有个孩子呢，我还没有呢。"凤毛没好气地顶了她一句："谁让你不生的?"柴丽娟沉默了，然后说："你今晚火气好大哦!告诉我，谁让你生这么大的火?"凤毛叹了一口气说："唉，天气不好，心情不好，生意不好……"柴丽娟把声音放低一点儿说："你这个人不安分。一个女人，该做人家老婆的就做老婆，该做人家二奶的就做二奶，要求不要高，踏踏实实地过日子。"凤毛说："你真是这样想的吗?我看你未必这样想得通。"柴丽娟摇摇手，说："我认定了一件事就不变了。你是个白骨精，会变来变去。"凤毛说："我还算年轻。女人到了四十岁就走下坡路了。我还有十年的时间，就是不安分，也只是十年。"柴丽娟说："行了!你是什么人?我也不安分过的，现在不是安分了?"凤毛说："其实，我要求并不高，算不上不安分。"柴丽娟说："菲菲的爸爸有什么不好?上菜市场买小菜，拿了钱全交给你，还给你搓洗短裤。我看你不如复婚吧。"凤毛说："人家有对象了……挺漂亮的一个人。那天我在路上看到他们了，下着小雨，两个人撑着一把伞，搂得紧紧的。"

柴丽娟想起当初被她扔掉的丈夫，淌起了眼泪。她淌眼泪的原因是她前夫到现在还是一个人，她给他钱，找他睡觉，他自尊心很强的样子，说，我不认识你。柴丽娟红着眼睛，动静很大地下床，到卫生间去处理脸面。再回到床上的时候，她出其不意地说："董长根今天找你了吗？"凤毛不说话，她就自言自语地说："看来我没猜错。"

轮到凤毛下床了，她也上卫生间。她把卫生间的门轻轻关上，手抚梳妆台的大理石台面，在镜子前面垂下头来。她的心一个劲儿地抽搐，带来一阵又一阵的酸楚。她以为这抽搐永远不会停止了。

过了一会儿，她从卫生间里出来，对柴丽娟说："晚上打烊过后，我到董长根办公室里去了。他值班。"上了床，她继续说下去："我说了一些不该说的话……"柴丽娟打断她，说："你不要总是责怪自己。你只是没有经验，多玩几回就成熟手了。"凤毛躺下来，说："他会怎么想我？"柴丽娟说："他会想吗？他一到家里就把你忘干净了。男女的事，谁先忘了，谁就得胜。你也别太在乎，你是一副福相呢，有后福。你看你的脸，颧骨一点点大，简直看不出来，这就是福相。你看我，颧骨这么高，注定要守空房。"

说完这句话后，两个女人再也不想说话了，今天的谈话空落落的，世界真大，什么样的豪言壮语都会失踪，何况两个女人的感叹？她们一声连一声地无聊地叹气，不知什么时候都睡着了。夜晚，关了灯以后，屋子里并不会完全安静下来，墙壁上还有白天和灯光留下来的残余的荧光，各式各样的家具也会释放出白天接受的响声。总而言之，女人不安静，世界不安静。这两个女人在鬼魅的轻响里睡着，睡在枕头上，自己更像一只大枕头，拙而性感。

翌日清晨，凤毛带着菲菲先起来梳洗。她一边给菲菲扎小辫一边哄她："给我们菲菲扎好漂亮的小辫子。菲菲好漂亮哦！菲菲长成一个大美人。菲菲嫁给一个百万富翁……"她从镜子里看见对面墙上挂的日历还是昨天的，一回手，就把日历撕了。今天是星期五。

柴丽娟躺在床上叫："凤毛，夜里回来当心点儿。包里不要放钞票。

你应该买辆自行车了，走路的女人容易出事。"

凤毛把菲菲送到幼儿园，给母亲打了个电话，让她下午到幼儿园去接菲菲。母亲照例要在电话里埋怨两句："现在的女人真是不知道怎么做女人，我那时候一个人就拖大了你们几个……也不显得如何慌忙。"

她现在这么啰唆，倒是显得很慌忙。她一辈子自以为好强，其实也是个小女人。是个怨气冲冲的小女人。她让世界听到的音量总是最高的。

凤毛把店铺门打开。老天爷阴沉着脸，灰暗的云层里透不出一点儿让人欣喜的光辉。凤毛仰头看看天，想：明天会是好天吧。我和天打个赌，明天若是出太阳的话，我的日子就会一天比一天好过。若不会出太阳，我的日子就不会好过起来——反正也不怎么好过。

正这样胡思乱想着，一辆摩托车咆哮而来，在小店门口戛然而止。这么气派，正是董长根。他从车子上下来，再从口袋里掏出墨镜戴上，很夸张地，这是他一向的做派。凤毛拿了一块抹布擦柜台，头也不抬地问他："还是要那种烟吗？"她忽然觉得疲惫，想打哈欠，就掩住嘴巴打了一个哈欠。董长根不说话，从小边门里钻了进来，站在凤毛身后，关切地问："要不要进货了？"凤毛回答："不需要，生意不怎么好。"董长根迟疑了一下，说："你总是这样不行的。这样吧，我让老单退还你两个月的租金，你到别处去做。"凤毛不说话。董长根一眼不眨地看看她，显得多情地说："你这个人，该说的不说……你是不是想说，找不到工作。唉，谁让我碰上你这么个人，我来替你找找看吧。"董长根的语气中带着故作的欣快，他是想让凤毛高兴起来。凤毛心情淡淡的，低了头说："谢谢你，我总是麻烦你。我不想到别处去找工作了，到处都是一样的。"董长根有些失望，在凤毛身后转啊转的，转了一阵，向凤毛要了两包烟，走到外面，回过身，对凤毛说："再给我拿两包。今晚我替小刘值班，这小子一大早打电话请假，他老婆给他生了个儿子……今晚我值班。"

凤毛看着董长根，董长根也看着凤毛。凤毛想：他告诉我这个消息干什么呢？他到底想干什么？董长根也在想：我告诉她这个消息干什么呢？我又不想和她干什么。

两个人同时把眼睛看了别处，愣了一会儿，时间若有深意地"咣咣"而过，响得令人发聩。一时混浊，一时又清明起来，两个人再次相看一眼，风平浪止的，好像什么都没有了。

董长根开着摩托车走了，凤毛伤感起来，有理由又没理由的伤感。只是伤感。无可遏制的伤感，无边无际的伤感，小到针尖一样的伤感，微痛的伤感，肢解的伤感，伤感到不能呼吸，伤感到新生……凤毛无可奈何地苦笑了一声，她有理由苦笑：人，都是寂寞的！寂寞时候的脆弱多数不可信。

凤毛打起精神，把注意力放到小店里。她得微笑，对顾客，要真诚地满足现状地微笑。

今天是星期五，明天和后天是休假的日子。休假的时候，凤毛的小店会忙碌起来，胡老师的约会还在。

一天很快就过去了，今天一整天凤毛都是忙碌的。晚上九点半，她把店门关了。走到巷子里，前面是秀园，后面是董长根值班的派出所。秀园黑黝黝的像个无底深渊，派出所里有明静温暖的灯光。秀园让她害怕，派出所里的灯光更让她害怕。两者之间，她更愿意选择秀园。就是说，她想回家，她的灵魂深处选择回家。

她无比勇敢，轻快地向秀园的边门里跨出脚步。她跨进去了，即使在黑暗里，她还能分辨出里面的东西：南边的四棵花树，北边的铆钉大门。门边守着两头石狮子，一头雌一头雄。雄的玩圆球，雌的抱一头小狮子。

她记得花树中有一棵是柿树，阳历五月份会开花，像一个清清白白的大姑娘。还有一棵是石榴，也是五月份开花，橘红的石榴花形态如女人的裙子，风一吹，千百条石榴裙迎风舞动，要把男人一网打尽的模样，与柿子花恰成对比。她小的时候，还经常看见院墙上站着野鸽子，小小的头，走动的时候头颈柔媚地一伸一缩，脆弱，阔绰，娇气。

凤毛做梦一样走出秀园。且慢，她很快又要回来了。

她刚走到秀园东边的小巷子，背后就顶上了一把刀，她手脚一阵冰凉，脊背上一阵刺痛。她碰上打劫的了。穷人碰到打劫是浪漫的，打劫让你恍惚觉得有许多钱。但穷女人是个例外，因为女人可以附着在货币上流通。

凤毛知道打劫她的人一定是昨天跟踪她的那个矮个男人。

一米六为了今夜打劫凤毛精心准备了一番：洗了一个澡，在身上拍了一点儿痱子粉，穿上干净衣服，带上那把他放在枕头底下壮胆的快刀。最后，他穿上了一双增高跑鞋。这双跑鞋里面足足垫高了五厘米，他第一次穿上这双鞋子出来的时候，遭到大家一阵猛笑，吓得他从此不敢穿上脚。所以，这双鞋子是他第二次穿在脚上，还是崭新的。昨天夜里他跟踪凤毛回来，就决定要穿这双增高鞋。为什么呢？因为他细腻地发现，他只要穿上这双鞋子，两个人就基本上一样高了。他认为自己在气势上已经压倒了凤毛，那么在身高上也不能输给她。他在夜色的掩护下走出工地，感觉良好，温文尔雅，像个旧时代的绅士，而且，他的内心活动从未有过地丰富。他看见两个骑车的孩子在一条四岔路口告别，他们说："再见，小鸟！"一米六认为这句话太好了，他不停地大着舌头念叨这句话：

"再见，小鸟。"

他慢悠悠地在夜色里逛到秀园附近，找个地方半藏着，脸上带着等人的神情。他一点儿也没去想今晚的打劫会不会失败，甚至没想过应该提防些什么人。

勇气高涨的一米六在秀园旁边的小巷子里劫持了凤毛，他成功了，他没遭到女人的抵抗。他把刀子更用力地抵住女人的背，命令她回到秀园前面的大院子里去，那里面一盏灯也没有，是附近最黑暗的地方。

他们来到铆钉的大门前，在狮子后面站下来，靠得很近，像一对需要交流的恋人。一米六问："钱呢？"凤毛把包递给他。一米六拉开拉链，手伸进去摸摸，说："才这么点儿？你店里有没有了？"凤毛说："全在这里了。今天的钱全在这里了。"一米六想了一想说："你带我去店里看看。"凤毛说："那边有派出所。"一米六回答："我不怕。我跑得快。"一米六说了这句老实话以后，不由自主地低头看看脚。他上过小学，在小学里是长跑冠军，每次比赛他总是光着脚丫子，怕把鞋子跑坏了。但是今天他穿着这么厚的鞋子，肯定跑不快。如果要跑得快，必定要把鞋子脱下来拿在手上，那样的话是很不方便的。

一米六打消了到小店去的念头，那里离派出所太近了，那地方也不够黑暗。

他拿了包，刀子还抵在凤毛的身上——是抵在凤毛的肚子上，凤毛倚靠在狮子背后，奴隶一样，几乎是仰面朝着一米六。一米六突然发现今天穿了厚底鞋是多么英明，穿了厚底鞋以后，他比凤毛还略高一点儿。用目前这个姿势性交的话，是最恰到好处的。

他朝凤毛挪了挪，试探地靠近她。凤毛叫了一声，他做了个反常的举动：把包放到凤毛身上。凤毛没去接，皮包从凤毛的身上"扑"的一声掉到地上，声音来得突然，两个人同时吓了一跳。黑暗里经常会发生这种情况：两个人躲在暗地里想干些什么，突然地上掉下来什么东西，把两个人同时吓了一跳。

皮包掉下来的声音还引起了一个中年男人的注意。他路过这个阴森森的地方,原本就想快点儿走过,突然听见石狮子后面一声鬼响,忍不住停下自行车,把头颈伸长了朝石狮子这里凝望。他只是尽力地伸长头颈想远远地看出一点儿什么,满足一点儿好奇心,并不想朝发出响声的地方挪动一步。片刻之后,他觉得已经对隐藏着的危险没有兴趣了,飞快地骑上自行车跑了。

凤毛清清楚楚地听见自行车来了又去了,她喉咙发干,一只手求救似的紧紧攀住石狮子。一米六撩起凤毛的薄毛短裙,短裙到了腰里又掉下来。这么一个小小的来回,凤毛的白短裤像一道光似的在一米六的眼前一晃。一米六停住手不动了,凤毛的白短裤似乎对他构成了某种威胁。他有限地思考过后,觉得应该对白短裤和善一些,于是他把手伸进凤毛的短裙里,放在凤毛的胯部,犹豫地抚摸着质地柔软的棉布短裤。

凤毛浑身打战。从这件事一开始,她就丧失了反抗能力。她被人带进了一个与世隔绝的黑暗之地,这里时间似乎特别漫长,漫长到令人倦怠,令人可以无视外在的恐惧。一米六战战兢兢地抚摸她的胯部,他的手温透过短裤传达到她的肌肤,并蔓延到她的心中。在这里,他与她一起共有这方黑暗和恐惧,也似乎一同享受着抵御黑暗的快感。凤毛慢慢地睁大眼睛,打量面前这个劫持她的男人,她的心中出现一个奇特的感受:温情——类似于爱情的温情脉脉。一米六的刀子还抵在她的肚子上,但是她知道一米六此刻是脆弱的,似乎有某种空间存在,使得凤毛转而控制一米六,凌驾于他之上——类似于爱情中的控制和被控制。

凤毛抓住一米六放在她胯部的手,把它移到耻骨处。对她来说,这并不是用污淖来了结污淖,而是期望保持那种类似于爱情的感受。她闭上眼睛,不想看见什么。这个举动是多余的,一米六的脸影影绰绰,根本看不清楚。你把他想成胡老师也好，想成董长根也好，想成心目中的英雄心目中的王子，都可以。

一念之差，凤毛马上就后悔了，那只手一到了她的耻骨处就晕头转向，它开始撕扯她的短裤。短裤扯下来以后，它又粗暴地按住她的胸，把她死死地按在石狮子背上。不等凤毛完全感受到后背的疼痛，那只手又移到了她的头颈里，卡住了她的喉咙。凤毛用尽全力弓起一条腿准备踢人，没想到被对方先踢了两脚，这两脚够狠的，使她一时不能动弹。她感到男人热乎乎的身体开始进攻她，侵占她。她快窒息了，她想喊，喊什么呢？胡老师，董长根……不，她喊不出他们的名字，他们不能给她增加力量。她的手绝望地摸到了一样东西，是什么？是一头小狮子。原来，她是仰躺在那头母狮子背上。她摸到了小狮子圆滚滚的身体，想起了菲菲圆滚滚的身体，拼力一声大喊：

啊……

啊！她成功地喊出来了，震天一声。一米六方寸大乱，落荒而逃。

这园子又恢复了平静。凤毛仰靠在母狮子背上，对它充满感激之心。她手脚麻木，不停地喘粗气，无法平静下来。风一阵一阵地刮，抑扬顿挫地，浓浓淡淡地，似乎要刮到时间的尽头。头顶上面，是秀园的屋檐，屋檐上面，是暗灰色的天空，天空板结得就如一块无法开掘的土地。

刚才那一声喊，没有惊动任何人。董长根就在不远处值班，这一声喊也没有惊动他。

凤毛开始整理自己，衣服、包、脱落的一只皮鞋。她摸摸头颈，发现里面的一条黄金的细链不见了，就蹲下来到处摸索。她现在已经不害怕什么了，秀园和它夜晚的黑暗不会给她增加脆弱。她的手在地上摸索，眼睛好奇地到处张望。她发现这里的黑暗是浅浅的，像黑色乔其纱，是半透明的。

她终于摸到了项链,项链脱了扣襻,有两处地方扭坏了。至此,凤毛才想到刚才的一幕多么惊心动魄,她浑身的伤忽然痛了,到处都痛,她委屈得想哭出来。

她把项链放进包里,离开了秀园。她走得很慢,没有回头看一眼。

这件事就这样结束了。

到了家,凤毛把自己泡在浴缸里。浴缸里的水一直浸到她的喉咙口,她的身体变成一个小小的球,在水里漂啊漂啊。她把头仰靠在浴缸边上,睡着了。她又做梦了,她梦见她在浴缸里洗澡,一只硕大的灰白色的蝴蝶张开翅膀贴在天花板上,她的头顶上方。蝴蝶的翅膀是湿的,它努力着,不让翅膀垂下来。风在屋外吹着,把浴室里的玻璃吹得变了形,似乎马上它就要破窗而入。一只蝴蝶和一个女人,焦灼的无助的这一刻……

凤毛醒了,蝴蝶和风都不见了。她轻轻地擦干净身体,她的身体在灯光下闪烁着细碎的丝绸一样的光泽,它是无辜的。

若干年前,凤毛在公交车上被人从后面掀起了裙子;有一次她被人偷看了洗澡;还有一次她坐在电影院的座椅上,邻座那儿伸出来一只毛茸茸的手,放到她的屁股底下。清少纳言的《枕草子》第一三○章《羞愧的事》,一开首就说:

羞愧的事:
男人的灵魂深处……

灵魂深处都有值得羞愧的事,不过是男人对于这个世界更具有想象力,所以羞愧的事就多了。这是我们好心的推测。再朝深刻的地方想去,如果女人的想象力比男人更丰富，那么女人也可以干一些伟大的事，譬如发动战争，或者强奸。

凤毛洗完澡出来，坐在那儿。这下她觉得不再头轻脚重了，她从头到脚都均衡着，散发着不正常的活力。她的身体呐喊着，要为她的精神申冤。

她打了一个电话给柴丽娟，电话响了很长时间，说明柴丽娟是被她从睡眠里叫醒的。柴丽娟显得不情愿。"这么晚了还要出去？你太过分了吧？"她抗议，"你要到哪里去？好莱坞？巴黎？你一个人去好了。我非得去？"她从凤毛的口气中感觉到不安，"好的，我马上起来。"她想，老天，又发生了什么？

凤毛不过是特别想看看菲菲，一个人走在路上有点儿害怕，所以让柴丽娟陪着。柴丽娟说："我建议你不要去打扰她们。我们可以找个地方喝点儿酒。"凤毛说："我想看她。"

结果也没有看成，凤毛在窗户外边哭了几声，拉着柴丽娟走了。她歇斯底里的样子，让柴丽娟害怕。柴丽娟想回去，凤毛不肯，凤毛想喝酒。柴丽娟就把凤毛带到一家熟悉的小饭店，叫开门，半掩胸怀的老板娘身上还带着床铺的味道。老板娘去睡了，凤毛自己拿了两只酒杯倒上黄酒，看了柴丽娟一眼，说："今天晚上不会出事的。"

这句话的潜台词就是：今天晚上会出事的。凤毛的情绪左冲右突，只是她自己不太知道。她只知道现在睡不成，需要用什么东西消磨时间。这种状态下，她刚喝了一茶杯的黄酒就醉了。

接下来的事大致是这样：

凤毛大嚷着要找胡老师，一定要找，谁都别想拦住。那么凤毛看见胡老师以后做了些什么呢？她愣了好一会儿，伸手向胡老师讨一万块钱。不，不要讨，是借。她听见胡老师说，什么钱不钱的，灌多了。她劈脸唾了胡老师一口，痛斥他是个小人，小人是没有性别的。所以胡老师简直不是个男人。

见过了胡老师，凤毛叫嚷着要见董长根。她还记着他今天是值班。柴丽娟跟在她后面，一个劲儿地央求："凤毛，凤毛。不要去找男人，我借钱给你。"凤毛不听，熟门熟路地摸到派出所门口，捶门，把董长根叫出来了。还没来得及说话，凤毛一口唾到他脸上。凤毛今天真是豪情满怀。然后她哭了。

柴丽娟架着她朝家里走。柴丽娟夸奖她："好样的。你这样做就简单了。我不喜欢那么复杂，我喜欢你这么简单。一简单，事情就容易了。"

到第二天，凤毛一觉醒过来，发现是躺在柴丽娟的床上。她浑身松懈，脑袋麻木，有些虚无。柴丽娟在厨房里弄出做饭的声音，隔壁人家传过来贝多芬的《命运交响曲》，传到虚弱的凤毛这儿，倒像是背景音乐了。

柴丽娟出现在房门口。

凤毛有气无力地问："昨天我怎么了？"

柴丽娟说："昨天你好可爱哟！"

需要说明的是，昨天晚上，董长根确实是被凤毛唾了一口，但胡老师的脸还是好好的。凤毛把一口唾沫唾到一个陌生人脸上时，胡老师正在被窝里张着嘴巴打呼噜。

所以我们不难猜测，凤毛和胡老师今后会怎样。只要凤毛想安定，胡老师会给她提供安定的机会。床笫间会不会再次发生悲剧，我们不清楚，但看凤毛会不会适时满足，会不会简单一些。

胡老师的约会还在那儿，就在今晚，秀园。

蔡东的狩猎

狩猎是后半夜一点钟决定的。

后半夜一点钟,蔡东、贺苏(某单位办公室主任)、吕小雷(某培训学校校长)、花朝阳(某单位副总),四个人从一所俱乐部里走出来。蔡东上车的时候说:"今天星期六,明天星期天,难道在家里守着老婆不成?"他露出厌烦的表情,仿佛正身临其境。贺苏建议说:"蓝湖里的青云岛,狩猎很好,岛上的野鸡野鸭好肥啊。再过几天,市里的野生动物保护条例就出来了,野鸡野鸭都不能打了。我朋友在岛上有一座别墅空着,有用人在里面打扫卫生。我和我朋友说一声,我们就住在那里。"蔡东说:"那么,十点钟碰头。"他斩钉截铁,不容置疑,透出习惯的霸道。

蔡东一手开车,一手掏出手机打起来。他拖着懒洋洋的暧昧声调说:"喂——你在干什么?睡觉了?不是和别的男人吧?咦,人家不是给你介绍了一个大学研究生吗?你不是想摆脱我吗?"听了一会儿,他大声说:"和我斗气没好处……九点半到我办公室。我们要到青云岛过夜,你给我准备好过夜的东西。我要的睡衣、剃须水……"说完他就关上了手机,脸上再次露出不耐烦的表情。

吕小雷开车开到半路,想起一事,也掏出手机打起来:"花总,你到家了吗？还没。好，那我跟你说——你明天带她去吗？……你带我也带，你不带我也不带。"花朝阳说："让我问问贺苏，他知道蔡东带不带小梅。如果蔡东带小梅去，我们一个也不能带，你又不是不知道小梅的脾气，她在场的时候，最好任何女人不要露面。"片刻，花朝阳告诉吕小雷："贺苏让我们谁都不要带，老大要带小梅去。"

吕小雷对着手机一时怅惘，但小梅的模样渐渐浮现出来，两个人一个在虚地，一个在实地，隔着一道无形的屏障，就像含有深意地眼对着眼。于是他的心情又好转了。对于带不带女人，吕小雷并没有太多的想法，带也好，不带也好。相比之下，他更愿意与小梅相处一些时间，小梅是个全身都有表情的女人。……吕小雷昏沉沉的脑子里占满小梅的模样。他突然想起一句台词：你，一半是天使，一半是娼妇。他觉得这句话用在小梅身上很得体。他喜欢这种女人。他觉得蔡东也特别喜欢这种类型的女人。蔡东前后有过五六个这样的女人，但是小梅与他相处得最久。他好像也对小梅流露出厌烦的情绪，但是过后又会愉快起来，——比以前更愉快。就像神话一样，——至少是一个奇迹。

过了九个多小时，上午十点多钟，一行人，三辆车，朝蓝湖驶去。蔡东和小梅一辆车，吕小雷和花朝阳一辆车，贺苏向来喜欢独自开车，他一个人一辆车。

吕小雷和花朝阳说着话，因为开车，他的话简短而直截了当："新情况，蔡东好像要扔掉那女人了。"花朝阳表示同意："蔡东看那女人的眼光不对头。他要是喜欢一个女人的话，他看都不看她。他要是想扔掉一个女人的话，他会经常盯着她的脸看……他扔掉前几个女人时都有这种征兆……这女人不知道蔡东的心思吧？她还高高兴兴一副天真无忧的样子。"吕小雷说："她哪里会这么简单？她这么简单就不好玩了。"

你打个手机问问贺苏,这家伙老是把车开在我们前面。"

于是,花朝阳拨通手机,说了几句话旋即关上。吕小雷问:"贺苏说什么?"花朝阳回答:"这家伙像哲学家似的。他就说了一句话——猎枪口上的小梅。我越来越感觉到贺苏这家伙变得阴森森的。你说呢?"吕小雷实事求是地说:"谁没变?你看蔡东,三十年前他在中学里是这个样子吗?我们三个,当时在一个班级,他蔡东是这个样子吗?"吕小雷停顿了片刻,语气里突然含了悲伤:"三十年前?三十年前他真不是这个样子的。三十年前,我们也不是这个样子的。现在的生活就是一个笑话,甚至比笑话还糟糕。"

两个人说到这里就打住了话头,以后的一路上再也没有议论过谁,刚才的话题让他们觉得脸上好没意思。幸好就到蓝湖边了。他们忘掉了刚才的谈话,下了车子,脸上挂起愉悦的样子忙碌起来。他们把车子寄放在渔民老曾家里,租用了老曾的船。这些事都是贺苏去张罗的,他跑前跑后,忙得像一条忠实的狗一样。他在蔡东面前从来都像一条狗一样,他好像不得不如此。但他对蔡东身边的女人却从来都是厌恶的,而且不加掩饰。蔡东对此不以为忤。

花朝阳一心在打猎这件事上。他只顾抽着红壳"南京",给蔡东背着两杆"虎"牌猎枪。他和贺苏一样,看也不看小梅一眼。他向来对蔡东身边的女人没有好奇心,或者说,他不想表现出好奇心。

蔡东空着两手,也在吸烟,不过他吸的是上好的古巴雪茄。他在湖边意气风发地走来走去,一手作指点江山状:"想当初,我家老头子也在这里打过一阵子游击……我家老头子,想也没想过有一天他儿子也会到这里来……他当初反对我下海,现在不反对了。我回家看他,他还递给我香烟抽,吃饭的时候夹一块鸡腿给我,我可不想吃他的鸡腿,我一转眼就扔给了哈巴狗。我小时候没吃过他的鸡腿,老吃他的棍子。妈的，现在给我吃鸡腿。我不吃鸡腿，我吃的都是五分熟的牛肉。但是这句话我不敢说，他有心脏病。"

蔡东说这番话，没有人觉得奇怪。他经常会表示出对父权的蔑视，就像一个处在青春期的少年一样。而且大家都知道，每当他发上述这些牢骚时，并不是表达不愉快，而是表达愉快。是的，他到了湖边就心情愉快，不再若有所思地盯着小梅的脸，他几乎忘了小梅的存在，眼睛只盯住芦苇丛中的猎物。

现在，只有吕小雷一个人关注着小梅的情绪。他替小梅背着放弹药的背包，谦虚地站在她的身后。站在小梅身后有个好处，就是能一目了然地看清小梅的腰、屁股和大腿，安全可靠地对这些曲线想入非非。在渔船上，有一瞬间他想起"猎枪口上的小梅"这句话，心里有点儿悲伤的意思，酸酸的、甜甜的，像某个广告里的说辞那样的，让他尝到久违的某种渴求，有点儿担忧，有点儿享受，神圣的，又是犯罪的。

到了岛上，大家发出一阵阵欢呼声，立即进入狂欢状态。

贺苏选了一个好地方。

现在是一九九九年，这座青云岛还人迹罕至，没有后来建成的青云寺，也没有任何游客。岛上住着十几户茶农和渔民。草木茂盛，栖息着各种野鸟。靠近湖边芦苇丛的地方，游弋着成群的野鸭。芦苇丛里，时不时地飞出五彩斑斓的野鸡。当野鸡振翅一飞的时候，蔡东的猎枪总是追踪而至，把它从空中打落。蔡东练出了一手好枪法，他几乎算得上是一个神枪手。他曾经说过，他是一个真正的猎手，对女人也是如此。他能"生擒"女人，也能"猎杀"女人。

从下午一点钟一直打到下午四点多钟，除了蔡东，谁都不想继续打下去了。但是蔡东没有罢手的意思。他打疯了。他追逐起林间的小鸟，又瞄准一条水蛇。

蔡东打水蛇的时候,只有小梅跟在他后面,背着两只包,一只是蔡东放弹药的背包,一只是自己日常用的军绿色布包。手里抱着他的衣服。风吹着她的头发,使她的脸呈现出少有的沧桑。她穿得很朴素,一件白色的旧衬衫,一条黄色的旧军裤。长长的头发在脑后编了一条大辫子。裤子是她父亲的,衬衫是她母亲的。那只军绿布包,是蔡东用过的,扔在办公室里,被她要了去。她以前可不是这样子,就是在零下四五度的冬天,她也穿着一件露出乳沟的吊带衫。外面披着二十几万的皮草,德国买的皮靴上面,缀满施华洛世奇水晶。

大家散坐在草地上抽烟,蔡东不说走,大伙儿不能走。那条水蛇变成烂绳子后,小梅也坐到草地上了。就是说,她也和大伙儿坐到一块儿了。她侧身半躺,身体呈现诱人的自然姿态。风还是吹着她的头发,让她的脸现出一种沧桑感,但这沧桑也是诱人的。

蔡东朝后面一看,发觉自己孤单了。他很敏感。他不喜欢孤单的没有人包围的感觉。他迅速回想一下孤单的来龙去脉,发现和猎物有关。你看,猎物堆成了一座小山,是多了一点儿,但是这不能成为怀疑或者疏远蔡东的理由,不为别的,就为了他是蔡东。

蔡东对小梅一挥手:"你过来。"他又开始关注小梅了。小梅顺从地爬起来,站到他旁边。"你是不是很累?"蔡东问她,口气中却没有一点儿友好的成分。小梅看着蔡东的脸,说:"不累。"蔡东用枪托打了她屁股一下,说:"我看你坐到地上去了。""今天穿的鞋子不太合脚。"小梅悄然嘘了一口气,枪托很重,不是在调情,所以她很认真地回答。蔡东再次责问:"我给你在国外买了那么多的鞋子,你居然穿了一双不合脚的?"小梅略略低下头,避开蔡东的视线。蔡东居高临下地看着她的头顶,看了一阵,才说:"你走吧。你到房东那里去看看晚饭准备得怎么样。"小梅说:"嗯。"把衣服朝蔡东的手里一塞就走了。走了几步,回过头对蔡东郑重地说:"谢谢你。"

蔡东愣了一下。"谢谢"两个字透出无比的陌生,陌生中还透着一些平等,这平等是不是就在表达某一种坚强呢?他笑了起来,转脸对着吕小雷他们,指指小梅的背影说:"这个娼妇,对我说谢谢。她翅膀硬了,敢对我说谢谢。"

蔡东提着枪又开始在湖边巡视,草地上坐着的三个人都站起来,懒散地跟在他后面。吕小雷悄悄地对花朝阳说:"你看小梅,多蠢的女人?"花朝阳表示同意:"她难道一点儿都察觉不到危险?你看她,把衣服朝蔡东手里一塞,还说谢谢。她死到临头了。"蔡东在前面回过头问:"你们俩嘀咕什么?"吕小雷说:"我们想知道,你会把小梅怎么样?"蔡东说:"我让她从灰姑娘成为白雪公主,也能让她从白雪公主变回灰姑娘。"这句话说得恶狠狠的,吕小雷心中一疼,欣喜地想:啊,我知道疼。我是一个好人!

蔡东说了那句狠话后,大家都懒得说话。这样的状态一直到晚上喝酒时才改变。

那顿晚饭是真正的狂欢。蔡东的金管家用快艇从市内带来了红酒和香烟,还带来了蔡东老婆的一句话:她到巴黎去了。蔡东说:"她爱去哪儿就去哪儿。给足她钱,她就满意了。她是不敢乱来的。"他看看小梅,嘀咕了一声:"倒是这里有一个人想和我叫板。"

小梅还是穿着那件白衬衫和旧军裤,她就像一个真正的女主人一样,殷勤地招呼每一个人。酒是好酒,十年存的"路易十四",蔡东专门从香港空运过来的。金管家拿来了两箱。大家就像喝矿泉水那样喝着"路易十四",像喝烧酒一样干杯。不多久,贺苏就有些醉了,指着头上的灯胡言乱语。他是这次活动中最没有心思的一个,他不会像花朝阳那样时时看着蔡东的脸色,他也不管蔡东的猎枪对着谁,今朝有酒今朝醉,他不喝醉谁喝醉?

吕小雷最在意蔡东的猎枪口。他不知道这是为什么,他喜欢对蔡东的女人想入非非,但是他能确定自己从来没有真心喜欢过她们。也许是……也许是对一个将要倒霉的女人起了怜悯心肠吧。他去掏了烟吸着,并再次自言自语地表扬自己:"真的好久没有这样的好心肠了,好像回到了纯真年代。"

蔡东就像往常一样期待着酩酊大醉。

蔡东像往常一样期待酩酊大醉,也像往常一样无法达到目的。这使他又是难过又是狂躁,擦着不由自主落到腮上的眼泪,大喊大叫:"走,大家都走,拿上枪和电筒。打猎去!好日子没几天了!好好地过今天!"

他的话很有诱惑力,于是大家笑着,跌跌撞撞地随着他朝外面奔。

今夜是农历的二十二日,满天的星星,下弦月还没有出来。青云岛上,虫子和蛙拼了命地叫。除此以外,连一盏灯都没有。岛上人节俭,又早睡。这时候怕已进入梦乡了。但是也有例外,有一位五十几岁的渔民,外号叫"老泥鳅"的,一直偷偷地跟在他们的后面,从小梅上岛以后,他就对她充满好奇,起了一点儿天真的色心,希望时时看到她。

小梅拿着手电筒,和蔡东走在最前面。他们到了一片树林里,高大入云的树上,栖息着成群的白鹭和各种叫不出名字的鸟,它们看见树林里走进了一群人,并不惊慌失措,只是反感地嘀咕起来。

蔡东晃着眼神朝树上打了一枪,惊起几只白鹭。正要打第二枪,小梅一把拉住了他的胳膊。蔡东说:"干吗?"小梅没有话说,只好编了一个谎言:"我看到一样东西。"蔡东紧追着问:"什么东西?""一只鸟。"小梅继续朝下面编着谎话,并煞有介事地用手电在树上照来照去。"什么鸟?"蔡东好像找到了小梅的错误,他嗅觉灵敏,又是果断干脆。他心里"哼"了一声,想耍弄我,没那么容易。你昏了头了,现在也敢和我耍手腕。小梅的手电筒着急地晃来晃去,嘴里说:"你看你看……"忽然晃到了一样东西,把蔡东惊呆了。这是一只他从来没见过的鸟,比鸽子小一些,比麻雀要大一些。水蓝色的身体,上面有着一道一道白色的波浪纹。头上顶着一只圆圆的鸽子蛋大小的红冠。小梅惊喜得不行,今天就像有神在保佑着她,心想事成。

这只鸟在电光下站起来,在大伙儿面前偏着身体,向后伸开一条腿,再打开一面翅膀,无所谓地伸了一个懒腰。翅膀上的波浪纹活了一样地晃动一下。这个跳舞似的姿势把大家惹笑了,但是谁也不认识这只鸟。

"老泥鳅"就在这时候站出来了。他说这只鸟,只有他"老泥鳅"才认识的,没有第二个人能识得这种鸟。因为他爷爷活着的时候告诉过他。这种鸟叫"骨水鸟",绝迹起码一千年了。传说谁第一个见到它,谁就能得到他想要的权势。"老泥鳅"看着小梅,在他认为,小梅穿着白衬衫和军裤,这种装束,要么是高干子女,要么是部队里的。给她戴上一顶高帽子,她少不得会喜欢。她喜欢了,那他的目的就达到了。这是个多么漂亮的女人啊!她要是笑一笑,天上的月亮都要躲进云里去。"是这位女同志先看到的。"他说,"女同志要做大官了。"

小梅不想做官,但她还是高兴,清脆地笑了一声。

蔡东从小梅手里抢过手电筒,不客气地在"老泥鳅"的脸上晃了两下。"老泥鳅"在电筒光里无所畏惧地胡说八道:"男人先看到的不算数,没用。女人先看到才会灵验。传说,武则天看到过,慈禧太后也看到过……"

他没有说完,蔡东就把手电筒扔到了他的头上。并不疼,但是他终于有点儿害怕了,拔腿就跑。

这个小插曲是一个笑话,谁都看出这是一个笑话,除了蔡东。蔡东也许喝多了,也许"老泥鳅"的话里有什么东西正好打在了他的心坎上。他看了看小梅,想了想什么,又看了看小梅,脸上出现了少有的严肃。他说:"我们走。这林子里阴森森的。我们到湖边去打野鸡去。"

这一行人走出树林。蔡东忽然回过身,用手电筒把小梅从头到脚照了一遍,问:"你为什么老是穿着这破军裤和破衬衫?我给你的钱是不是太少了?"小梅轻声说:"不是,太多了。我用你的太多了,还都还不清。"蔡东就等着这句话,扔下手电筒,恶作剧地一把拉下小梅身上的军用帆布包,底朝天,"哗啦"一下把包里的东西都倒了出来,说:"你想还我?你就是都还了我,你也不是原来的你了。现在大家来看看,小梅同志在这个包里放了些什么东西。——这包不是我送她的,是她自己跟我要的。我想知道,她老是背着这个包是什么原因。"

贺苏喷着酒气凑上前,用手电筒照住地上的一堆东西。他们看到的是什么:一把瑞士军刀,一把木梳,一支钢笔,一包纸巾,一只小小的钱包,几只避孕套,一本黑色塑面的旧《圣经》。

蔡东说:"我知道了,你背着这个包不是爱我,而是爱基督。"他用指关节敲敲小梅的额头,"你真敢和我叫板?发展你信教的那个女人我已经开除了,你还敢用基督和我对抗?"

小梅机灵地朝后一跳,说:"你这种样子,连基督都不敢惹你呢。"她的话,她的动作,让吕小雷笑了出来。吕小雷率先一笑,大家也就顺水推舟地笑了起来。蔡东说:"他妈的,他妈的。你们都是狗娘养的。小梅同志,我待会儿和你算账。"他指着一块伸到湖里的高地说:"咱们兵分三路,到那块高地集合。我和老金一路,贺苏和花朝阳一路,小梅和吕小雷一路。大家走。"

吕小雷知道蔡东这种安排心怀不善，但他不敢抗议。再说他存着私心，他十分想与小梅独处，好好说上几句话。所以他就打着哈哈，说太好了太好了，殷勤地给小梅捡拾地上的东西。看到他们都走远了，还温柔地把黄布包套在小梅的身上。"这下好了，你跟着我，好好喘一口气。"他说。

小梅在前面走着，不说话。吕小雷忍不住想搭话："你和以前不太一样了。"小梅还是不说话。"你以前那个样子很好啊，蔡东很喜欢。"吕小雷又说。小梅还是不说话。吕小雷接上一句："我们也喜欢。前卫，高贵，有品位。"

小梅说话了。她说："有一次，我走到我住的巷子里，刚进门，我听到身后有人说，婊子回家了。那天我心里不开心，赴蔡东的约会迟到了一会儿，他对我说，小婊子，敢迟到？蔡东喜欢骂人，这我是知道的。但是这天我特别不开心，后来就一直不开心。因为我知道了，我不是一个高贵前卫的女人，我是一个婊子。"

小梅又不说话了。

吕小雷问她："那后来呢？"

小梅说："后来我就成了现在这个样子。"

吕小雷继续问她："那你现在开心吗？"

小梅换了一个话题说："其实每个人都在寻找开心是不是？"

吕小雷："你和蔡东不是一条心了。我们都看得出来。"

小梅说："我真的想报答蔡东，但报答不了。我父母住着他给的房子，我弟弟和弟媳妇也住着他给的房子，我的叔叔，我的姨妈……都是他安排的工作。他给了我太多的东西，都是我曾经需要的，恩情似海……但是我，不能总是跪在他的面前。"

吕小雷恍然大悟。小梅想离开蔡东了，"猎枪口下的小梅"？到底谁真正拿着枪呢?盘点生活中的琐碎正是感情走到尽头的标志。

小梅和吕小雷,走着走着,脚步越来越慢,竟是散步的样子了。

吕小雷问:"你就不用说这些漂亮话了。这么说吧,我认为你是找到别的男人了。小梅,你信任我的话,告诉我,也许我能给你出出主意。"他看到小梅很犹豫,就转过身,张开手臂说:"来,接受我一个真诚的拥抱。"

小梅迎面接受了吕小雷的拥抱。她感觉到了吕小雷的心跳和胸口的温暖,就说:"心跳代表着爱,我感到爱了。我信任你。……那我告诉你,我是找到我要的男人了。"

吕小雷心跳加快了,紧张地问:"他是干什么的?比蔡东还有市场吧?"

小梅的口气里充满了欣喜:"他是我小时候的邻居。我去年在教堂里碰到他的,他在那里替传道和牧师们修电脑。后来我们就一起去祷告,唱颂歌。他是一个修理电脑的,聪明能干,还很帅气,——他小时候就很帅气的。最主要的问题是,我和他在一起,感觉到我自己就像一位女王。我对他发号施令,我说什么他都听的。我真的很爱他。"

吕小雷沉吟半响,说:"原来是这样。青梅竹马啊!"他离开小梅几步,掏出手机打给他的情妇小雨。"有句重要的话想问你,"他疑惑地问,"你看上我什么?"小雨在那头不耐烦地说:"钱和权。你又不是不知道。"吕小雷说:"这个我知道。你再想想,除了这个,还有没有更深层的东西?"小雨"咯咯"地笑:"灵魂。看上你的灵魂了。可你有灵魂吗?"吕小雷说:"你什么时候才会学会对我尊重一些?"小雨说:"你是个让人尊重的人吗?算了,不说了。我要洗澡睡了。明天到我这里来吧,两天没见了,我想你了!——当然不是想你的灵魂。"吕小雷只好挂了手机。他把自己与小雨的关系想了一下,发现里面有一些让他感到不安的东西，类似蔡东和小梅的关系。他怏怏不快地回到路上。小梅说："我们要快一些了，他们应该到了。"吕小雷说："我知道。有一句话我要对你说，你离开了蔡东，没有好日子过。第一，蔡东有钱有势，你跟着他就有可靠的将来；第二，你是蔡东最喜欢的女人。你那个修理电脑的，你现在喜欢他，可是将来有一天你不再喜欢他呢？"小梅说："当初跟了蔡东，就是为了将来。你们也看到了，这个将来不好过。"吕小雷把手放到小梅的肩上，"蔡东对我们也……其实我们大家都和你一样的处境，但是总得要过日子。"他忽然感到自己的手指头在微微发抖，马上把手放下了。"也许你想和他结婚。"他说。小梅说："不是。我是一个没啥道德的女人，只要有爱，就甘心当别人的情妇。到老了，一个人独身也不在乎的。他看我的时候，经常从头看到脚，叫人浑身发冷。我现在的男友，他看我的时候，经常从脚上慢慢看到脸上。"

他们是最后到的。蔡东在小高地上忙着找野鸡，其他人都围着他，替他服务。贺苏和花朝阳拿着手电筒负责用光罩住野鸡，老金负责把猎物拿回岸上。

蔡东看到小梅和吕小雷，放下枪说道："你们到哪里去了？我把你们放在一起就是想看看你们会不会迟到。"吕小雷说："蔡东，我可没碰她，——一个手指头也没碰。"蔡东瞟一眼小梅，生硬地说："我的女人，谁敢碰？"抬起枪朝光圈里的一只野鸡放了一枪，很盲目的，却把那只想飞走的野鸡打了一个正着。野鸡远远地掉在水里了。小梅悄悄说："别打了。那也是一条生命。"

蔡东对吕小雷大声说道："小梅的游泳技术是一流的，她当过游泳馆的救生员呢。我第一次看到她的时候，她穿着巴掌大的游泳衣，在北门大桥上朝下一跳,好半天才从河中间冒上来。我就邀请她上了我的吉普车。"蔡东看着小梅,从头看到脚,继续说,"她真听我的话,叫她上来就上来。回到我的家,我叫她脱下游泳衣,她就当着我的面脱了。身材没的说。……小梅,现在,我叫你到湖里捡起那只野鸡。"

吕小雷不说话。倒是花朝阳小心地问了蔡东一句:"天已经凉了,夜里下水不妥吧?"

蔡东还没来得及回答,小梅说:"行。没啥不妥当的。"她也不脱衣服,只甩掉了鞋子,就下去了。下弦月就在这时候升了起来,风把水里面的月光吹来吹去,吹得一湖细碎的银光。因为像鱼鳞,所以整个蓝湖就像一条大鱼。空而深的夜里,大鱼驮着小梅朝月亮里去。小梅回到岸上的时候,身上好像还沾着破碎的星星点点的月光。

她刚站稳,蔡东一下就把她翻倒在地上,拉起她一条腿,把裤子捋到大腿上,手电筒照着说:"大家来欣赏欣赏我的女人。"所有的人听了他的话,吓得一下子退后回避了。接下来,因为蔡东的声音越来越不雅,大家关了手电筒,朝后退得远远的。花朝阳小声说:"老蔡的兴致真高!"贺苏对蔡东的女人从不感兴趣,也从不作出任何评价。此时情形诡异,他也忍不住发表意见:"小梅怎么也能这样?"

是啊,小梅怎么也能这样?吕小雷想,是不是像她所说的,要报答蔡东?但心里这么想,嘴上说的却是一句狠话:"她就是能这样!一个小泼皮,小混混。真不知蔡东看上她什么?"贺苏知道自己失言,马上回应:"是啊是啊。她不引逗蔡东,蔡东不会这样的。"

吕小雷想,哈哈,纯真的年代,少年的理想,狗屁!

他们坐在地上。月亮轻飘飘地在天空升高,越来越亮。蔡东和小梅走过来的时候,能清清楚楚地看到他俩的表情。——他们的表情就是没有表情。

男人们都站起来，蔡东给每人分了一支雪茄，于是他们又坐下去抽烟，安静地抽烟。天上只有星和月亮，地上好像只有树的影子，人不存在，只有雪茄烟的香味。

过了许久，蔡东打了一个哈欠说："走吧。我们回别墅睡觉去。啊，天气真好啊！小梅，你说呢？"

小梅说："是的。天气真好。每天都很好。"

蔡东说："刚才的事，你是不是觉得难为情？"

小梅说："你高兴，我就高兴。"

男人们懒洋洋地站起来。蔡东一手指着小梅厉声问道："我想知道，《圣经》教会了你什么？难道就是对我一味奉承？"

小梅说："你真的想知道？"声音很轻，但是十分坚硬。她站起来，一把扯掉了潮湿的衬衫，在众人还没有反应过来的时候，又脱下了裤子。"蔡东，"她说，"你看好了，我的体面都是你给的，今天都还给你。"她毫不犹豫地飞快脱掉胸衣和三角裤，转身奔向湖边，箭一样插进了湖水里，在众人的惊叫声里奋力向湖对岸游去。

蔡东的脸上浮起笑容。"他妈的，"他骂道，"这娼妇终于按不住了，还是原来那个特性，就像我刚碰到她的时候那样，一个泼妇，——我还真是喜欢她这种样子。本来我已经想扔了她，但是她想离开我，没那么容易。走着瞧，看谁斗得过谁。"

吕小雷说："蔡东，你们每次都这样，一会儿闹，一会儿好。但是这次你真的需要另找一个了。她刚才对我说漏了嘴，她有了别的男人。"

这句话是讨好还是凌厉的出击？

这天夜里，健壮的小梅，在下弦月清亮的光芒里游到了湖对岸，花了两个小时。走出湖水，她浑身滴着水珠，就像一株被大雨淋过的花树。她步伐坚定，从容镇定地走到了花码头镇的大道观，敲了门，借走了大道观看门人老邬的一件长外套。接近黎明时，她回到了家里。到家后，她做的第一件事就是给她的电脑修理员打了一个电话，说：

"成了。我自由了！"

后记

这本小说集的名字用了《对岸》，那么我就说说《对岸》这篇小说。

《对岸》不是我最喜欢的短篇小说，它的灵感是在思考后才到来的。就是说，思考在先，而后才引出了灵感。而我最爱写的小说题材，都是先有灵感，再从灵感中迸发思考，就像十月怀胎，自然地瓜熟蒂落。这种小说一旦写出来都是我喜欢的。

思考在先，好像与主题先行相类似。但类似不是等于，主题先行的小说是一种貌似思考实则上很少有思考的小说，因为主题扼制了思考。而思考是不会扼制思考的，就像水不会淹死在水里一样。

我写小说，习惯于依赖生活经验和直觉，这种写作的路径是我熟悉并喜爱的，我用这种方法写了十来年。直到有一天，我发觉生活已无法用经验去理解，无法理解的生活就像一条陌生的河流横亘于前，必定使人彷徨迷茫。现在大部分中年人都面临这个问题，这首先关乎我们的生活，而不是写作或其他。

为了解决这种彷徨迷茫，我开始思考。虽说人一思考上帝就发笑，但是他笑归他笑，拦不住人类思考。

《对岸》写于2019年。那几年我开始思考女性的生存。当我对许多东西都抱有怀疑时，打一个通向世界的小切口，是比较明智的选择。我是女性，当然应该从女性这个角度开始思考。身为女性，这不仅是研究和好奇。

  我思考了很长时间，得出一个结论，经济发达地区的女性更有地位和权利，女性有发言权的地区更为文明和开放。但事情也许不止于此。《对岸》写了五位事业有成的女性，显然来自经济发达地区，她们看上去也有地位和权利，甚至可以达到某种程度的自由自在。但故事到了最后，你会看到她们表露出无可掩饰的寂寞。找到爱情归宿的和没有找到爱情归宿的，一样缺少生存的意义。

  故事讲了五位女性在一个月夜倾诉内心最后的秘密。然后来了第六位女性，她也是一位事业成功的女性，她向五位女性倾吐了她的曲折生活，包括那次失败的一夜情。从这些女人的诉说中可以看到，每一个人的成功都是一场修行，或者已功德圆满，或者还在修行的过程中。对往事的复述和纠结，对生活不知道采取主动还是被动的态度，也证明了她们情感上无所依托的遗憾，让我们看见她们的脆弱——也许月亮更能照见她们的脆弱。

  从这个意义上讲，她们不是女权主义者或女性主义者。哈姆雷特说：脆弱，你的名字叫女性。强势、尖锐、睿智的上野千鹤子说：要诚实地对待自己，在每个方面扪心自问，关键是不能糊弄自己。从哈姆雷特到上野千鹤子，是《对岸》中六位女性要走的漫长的路。

  这也是我写《对岸》之前的思考。后来，我沿这个思路进行了更为开放的扩散性思考，从女性到婚恋、生育、与男性的关系、如何创造财富和文化……女性的终极目标也是人类的终极目标，就是得到真正的心灵自由和解脱。从这个意义上讲，《对岸》没有走我喜欢写的那种路径，却是我最珍惜的一篇小说。

叶弥
2022 年 12 月 22 日

叶弥

本名周洁。1964年6月出生,江苏苏州人。
1994年开始小说创作。江苏省作家协会副主席,中国作家协会第九届、第十届全国委员会委员。曾获第六届鲁迅文学奖、江苏省委省政府第四届"紫金文化奖章"、第十七届百花文学奖短篇小说奖、首届凤凰文学奖等多种文化艺术奖项。现居苏州太湖边。

代表作品

长篇小说
《风流图卷》
《美哉少年》
《不老》

中短篇小说集
《成长如蜕》
《桃花渡》
《亲人》
《粉红手册》
《天鹅绒》
《市民们》
《钱币的正反两面》

对岸

出 品 人｜郭文礼	选题策划｜刘文飞	责任编辑｜范　戈
复　　审｜陈学清	终　　审｜郭文礼	书籍设计｜张永文
印装监制｜郭　勇	项目运营｜有度文化·刘文飞工作室	

投稿邮箱　｜liuwenfei0223@163.com

微　　博　｜http://weibo.com/liuwenfei0223　　微信公众号｜YOUDU_CULTURE